# 两个人的故事

Stories From Two People

墨尽时 著

中国工人出版社

**图书在版编目（CIP）数据**

两个人的故事 / 墨尽时著. —北京：中国工人出版社，2021.7
ISBN 978-7-5008-7685-4

Ⅰ. ①两… Ⅱ. ①墨… Ⅲ. ①长篇小说—中国—当代 Ⅳ. ①I247.5

中国版本图书馆CIP数据核字（2021）第127427号

两个人的故事

| | |
|---|---|
| **出 版 人** | 王娇萍 |
| **责任编辑** | 左 鹏 |
| **责任印制** | 黄 丽 |
| **出版发行** | 中国工人出版社 |
| **地 址** | 北京市东城区鼓楼外大街45号 邮编：100120 |
| **网 址** | http://www.wp-china.com |
| **电 话** | （010）62005043（总编室）<br>（010）62005039（印制管理中心） |
| **发行热线** | （010）82029051 62383056 |
| **经 销** | 各地书店 |
| **印 刷** | 北京美图印务有限公司 |
| **开 本** | 880毫米×1230毫米 1/32 |
| **印 张** | 9.125 |
| **字 数** | 200千字 |
| **版 次** | 2021年9月第1版 2021年9月第1次印刷 |
| **定 价** | 60.00元 |

# 一　局外人

你有没有觉得自己是个“局外人”过?

我有过，我很多次有过，这是个病句，不过你知道我是什么意思。

大概是从2年前开始的，有那么一天，好像下着雪，又好像雪已经停了几个钟头，在中国，辽宁，沈阳那条名为“中街”的最有名的步行街上，到处都白茫茫的一片。人们都踩着雪从这边走向那边，或者从那边走向这边，我是前者，从这边走向那边的。

突然我停下了，没有原因，没听到什么，就是想停下。

于是我就停下了。

我看看左边，一个很帅的男人，可恶，那真的是个很帅的男人，更可恶的是他身边还有个漂亮的女人，可恶，那真的是个很漂亮的女人。

我看看右边，一个很落魄的家伙，哦，我看得出来的，他别想隐藏，朋友圈和网上都说天蝎座的男人很会识人，先不管是真是假，既然听起来像好话，我就这样相信了。那个家伙，他竟然穿着打补丁的衣服，难以相信，在现在这个年代，2015、2016这样的年份所在的年代，竟还有人穿打补丁的衣服。他的胡子很邋遢，他的眼皮很肮脏，他走起路来一点生气没有，就像那些趴在地上的乞丐被强行扶起，又用枪逼他走路一样。

当然，他身边也没有什么女人，我怀疑他可能家里都没有女人。

那种感觉就是在这一刻冒出来的，毫无征兆，开始只是一种隐隐的想法，一个埋于黄沙之下只露出半个表面的文物，而在我又看了一眼左边的人生赢家组合——趁他们还没走远——又看了一眼右边的落魄先生之后，突然，我的脑海里冒出这句话来：

“我……好像个局外人。”

是的，我找不到自己了，我是个局外人。也许这个说法很模糊，但我不想做进一步的解释，因为我不想让你觉得我在像个浑蛋一样地推销什么东西。

但有必要解释一下这点，局，指的是“世界”这个局。你知道的，世界是个局，里面有开心的家伙们——帅哥加美女，还有落魄的家伙们——孤独的邋遢先生，孤独的肮脏先生，孤独的寒酸先生。而我，我是个局外人，否则也不用写这些话了，我不开心，我孤孤单单，我没有太多钱，但真论悲惨也排不上号，因为我的衣服还算干净，头发……指甲也很干净，而如果我愿意——尽管没有太多钱——我随时可以买个烤得喷香的鸡腿。

但我是个局外人。

这可真够痛苦——2 年之后的 2 个月前，我这样想。

# 第一章

不知道从什么时候开始，我喜欢上读书了，哦，你误会了，你绝对误会了，我说的“读书”其实是一种心理状态，一种翻开书页前的自欺欺人。这样说吧，我开始花大把的时间在书店里，北方图书城，新华书店，西西弗书店，三联书店，歌德书店，听说中街大悦城还要开个不错的书店，我一直在关注着。没错，我花大把的时间在书店里，逛，看，想，幻想，一会儿拿起《人间失格》，一会儿翻翻《感知艺术》，但最多坚持20秒。我什么都看，除了哲学、过于严肃的历史、心灵鸡汤、生活医药、育儿保健、儿童画册以及其他种种我不看的书。哦，我有必要把心灵鸡汤单独拿出来说一下，好东西，心灵鸡汤，可我现在看这玩意儿心里像刀扎一样难受，因为我深刻发现安慰，以及变相的安慰，是无法真正解除痛苦的，只因我是个垃圾，废物，是蛆虫……挖的土，这点很重要，千万要知道这点很重要。一个伟大的人或许可以通过心灵鸡汤奋起，战斗，用他的知识和本领冲入上层社会，可我不行，我没有知识和本领，倒是站起来了，然后呢？从一个躺着的废物变成一个意气风发的废物了事？

不，我不需要心灵鸡汤，因为我能看穿那份虚假的自豪感，自欺欺人，我说过这个词的。

总之，我就在书店里逛，拿起各种书来翻上个一两页，如果强逼自己一下，三四页不是问题。我会被两点吸引，漂亮的封面，还有帅气的名字。有时甚至有抱着书去付款这种极不理智的行为发生。

说到封面，我举点例子来为你们提供有关我审美的参考，《柏林谍影》，我前几天刚发现的书，封面的设计很棒，而材质，简直让我爱不释手，我把它拿在手里走了好久，要不是理智帮了大忙，我肯定就买了。还有丹·布朗的《达·芬奇密码》《天使与魔鬼》和《地狱》，我指的是那一套，设计很简约，文字布满封面，图画朦胧地作为背景的那套。嘿！真希望现在手边就有一套，这样就可以直观地告诉你们了。哦，对了，《奥威尔日记》，我不管这家伙是不是什么“英国的冷峻良心”，那个封面可真带劲，要不是它78块钱，我就买了，那天三联书店还打折，不，是第二本半价，反正也算一种打折吧。

然后我要隆重地介绍一下什么叫名字帅。我给你们这个说法：

你拿起一本书，快速读出它的名字，哦，《尸案调查科》，你又拿起一本书，快速读出它的名字，哦，《漫长的中场休息》，接着你又拿起一本书，看到了它的名字，我的天！

百——年——孤独。

你明白吗？你的语气变了，至少我的语气变了，《百年孤独》《金色梦乡》《为亡灵弹奏玛祖卡》，我的眼里莫名地多了一些东西，不是眼泪，更不是眼屎，我会盯着这个名字看一会儿，脑海中有想象翻涌。很模糊的想象，一个轮廓而已，这想象和书的内容无关，它是我这一生的某种凝缩。这样的名字让我对作者产生敬意，要不是《百年孤独》那个封面实在不合我的胃口，我肯定做出不理智行为了。除了这些，还有其他靠名字就让我心里长草的书，不过基本都是小说，哦！有一本不是！《杀戮与文化》，名字和封面都帅爆的家伙，现在已经稳稳地躺在我家桌子上。

至于那本《金色梦乡》，要不是当时西西弗没有新的了，后果不敢想象。

我只买新的，我不喜欢别人翻过的书。除了一本《吉尔伽美什》，毕竟是冷门史诗，我怕不买以后买不着了。

总之，我对书的封面和名字很讲究，那天在单向街咖啡厅的时候，我向小依反复强调了这一点。

“真的有那么重要吗？”她质疑。

“对我来说非常重要。”我说，拿起手边的据说掺了一点点酒的牛奶喝一口。

小依，一个女孩儿，比我小一个月，我们认识有 5 年左右了。

但那一天是我们第一次见面，就在不久之前。

事情是这样的，2012 年 6 月的一天，我看了《马达加斯加 3》这部动画片，被其中那段马戏表演深深触动。它讲的是一个落魄的马戏团，试图通过这场演出重新赢回声誉，于是在《*Firework*》（我写英文是为了方便你们搜索，我讨厌中文夹英文，巨讨厌）的伴奏下，动物们，也就是主角们，在灯光与目光的交汇中尽情挥洒，享受着所有人的关注。当时不知怎么的，我被感动了，我竟然真的被感动了，觉得他们终于实现了梦想，而这让人落泪。

明明不是什么新鲜的东西，在那一刻，竟然把我感动了。

于是回家之后，我就在豆瓣上写了一篇影评，我在豆瓣的第一篇影评，《那一抹梦中的华光》。大概是这个名字吧，我记不清了。总之，我完全挥洒自己的情绪，讲述自己的平庸和对梦想的渴望，然后出人意料地，排到了前面。

好多人留言，其中就有小依一个。

后来，我们就成了没见过面的朋友。

我们真的没见过面，只在 QQ 上偶尔聊聊，注意这个词，偶尔，你知道它是什么意思。曾经有过一次我们差点见上面，那时我在太原街的韦博英语上课，而她在太原街上班。好像还是在一个楼里呢，但我对这点不太肯定。

有一次，我们约好了见一面，看看对方什么样，其实我大概知道她的样子，因为她的空间里有她从前的照片；她不知道我的样子，因为我觉得自己丑爆了，甚至称得上长得"尴尬"，就是让人看了难受的类型，这样的我怎么可能有照片嘛，到哪里旅游我都是只照风景的。

总之，我们约好了，可还是因为种种原因错过了。

这一错过，5 年过去了。

小依对美学，尤其是颜色，有她的理解，她是学动漫的，毕业之后一直在从事美工方面的工作。之前她帮过我一次忙，不求回报，认认真真，我实在不知道该怎么说才能表达我的感激。于是当我再次需要帮忙的时候，我一下就想到了她。

给钱，我给钱，我不是浑蛋。

于是我联系上了她，告诉她最近我也在北京，还要待上好久，一切便顺理成章，约好了。我记得很清楚，"单向街咖啡厅"是她提出的地点，下午两点也是她提出的时间，她还说，这是下午茶时间。高端啊，小依，感觉封面设计交给你绝对是妥了。

当时我真的是这样想的。

于是呢，我就去查那个混账单向街咖啡厅，之所以这么说，是因为它好好地搞了我一下。这样说吧，如果你现在去北京市的百度地图上查“单向街”，它会瞬间变成“单厨”，没关系，去试试吧，看是不是这样。

混账，本着负责的态度我试了一下，好像又不是这样了，到底怎么回事？

不管了，总之当时我被搞得晕头转向，在网页上找，又差点被误导到阿拉伯去，要不是我注意了新闻发布的时间，肯定就上钩了。一番辛苦寻觅也没什么结果，我便决定直接去朝阳大悦城——这是小依告诉我的单向街咖啡所在的商场，一个商场嘛，我挨个地方找能找多久。

于是我出发了，带着自信出发了，像所有愚蠢的男人一样。

话说你们知道男人有十大愚蠢行为吗？我总结的，你在别的地方听不到的。

第一！迷路了不问路。

“亲爱的，我们问一下吧！”

“问个屁！我知道得清清楚楚！”或者是略微妥协版“问个屁！我看下地图就知道了！”然而并没有什么狗屁作用。于是可怜的女人们就跟在她们的丈夫身后转圈，还要忍受他们迷之自信的面容。

第二！秀肌肉！

“哇，你的胳膊真……”“喝啊！”还没等女孩儿说完呢，男人已经喊起来了，小臂猛地向上一弯，露出是个人类就会拥有的弧线或是不是谁都有然而真够恶心的曲线。

第三，用筷子夹鱼丸。

这是我好朋友的真人真事。另一位好友刚结婚不久的一天，邀请我们数人去他家吃火锅，于是这位好友——你们知道我说的是哪位——开始与鱼丸作斗争了！在我们丁咣吃的时候，他“诶～诶～诶～刺溜～诶～”地自得其乐。

“给你拿个勺吧！”女主人说着就把勺递了过来。

“不用！这太容易了！”

然后呢，诶～诶～刺溜～诶～诶……

诶～诶～诶～刺溜～诶～诶……

你们知道么？本来十大男人愚蠢行为我只想出来了两个的，他帮了我大忙。

总之，与小依见面那天我深陷第一大愚蠢行为之中，从楼下到楼上，从楼上到楼下，好几个扶梯——如果它们有眼睛的话——都看过一个满脸迷惑的男人左看看，右看看，明明刚踩着自己上去，这会儿又踩着自己旁边的同伴下来。我找了很久，并相信总会找到，结果掏出手机一看时间，都迟到了思密达。

啊！迟到了思密达！第一次和小依见面竟然迟到了思密达！

这真是尴尬，我真是个白痴。

“您好，请问这里有个单向街咖啡……您知道在哪里吗？”

我知道我会认出小依，我也知道，她不会认出我。

我还知道一点，她一定是有期待的。

所以在见面前的最后联系中，我打给她这样一句话：“友情提示，别抱期望。”我是真心的，尽管为了这次见面我购置了全套的衣服，还有鞋，好好地洗了个澡，好好地刷了个牙，可我知道如果这样就能改变天生的缺陷的话，世界上就不会有那么多不幸的人了。

所以我要打预防针，必须要打，即使没有用也要尝试着打。

“五层，悦空间一直往里走。”小依又发来短信说。

所以你看出直到最后我也没有找到。唉，果然还是得向她暴露这个事实，真丢脸。

小心，我要改变文风了。

单向街咖啡厅，我想我认出来了。

就在远隔着长廊的那一头，一切都化作了电影中温柔的旧时光，阳光，书本，绿色的植物，原木色用温柔浸染了所有，包括那个在远处眺望的男人的心。我知道那是什么地方，不再需要任何人的指点，我知道那里有千万年的文明和风雨，写尽了世间的离合，在所有白昼和所有夜色交错的地方，有哀伤者唱起的悲歌。我看到这个年代的人们与从前的人们单方面的对话；我看到蹒跚的老人戴起眼镜，回顾岁月，往昔的生活。和平年代的安宁祥和折射在人们抬杯啜饮的手腕上，折射在咖啡与牛奶的馨香中，我来到了这片乐土的边缘，站立，感受着看不见，也触不到的月色与微风。

我向里面走去，在一地的阳光中看到书架，看到吧台，看到散落的桌子，然后，我看到了她。

“小依？”

“对。”

你好，小依，我是梁敲寒。

好了好了好了，改了一万次没给我累死，上一段话拒绝所有批评，拜拜，再见。

总之，我见到了小依，而说起她长什么样……混账，我又想改变文风了……

还是不要啦，我怕自己的无能丑化她，就这样说吧。她还是很漂亮的，鼻梁高高，眉眼弯弯，脸很娇小，圆起尖收，像一片玫瑰花瓣。对了，对称美，如果塞到一个田字格里，格子的两侧紧贴脸颊，那么下巴尖应该正好碰到底线与中间竖线的交点。皮肤的话因为化妆的缘故我看不出是好是坏，不过肯定黑不了就是了，除非她抹的是大白。

总之，她很漂亮，我早就知道。如果你不信，觉得我在写小说，在瞎编，在意淫，那我可以带你去见她，但是，你得请我们两个人吃饭。

不，只请她不行。

## 第二章

“马斯洛”三个字现在已经烂大街了，这家伙提出了一个什么需求层次理论，把人类的各种需求分成 5 部分后摞出一个花里胡哨的金字塔来。当然，也可能就是个黑白的金字塔，这取决于你看的那个有没有上色。

在这个金字塔中，最底层的是生理需求，往上依次是安全、社交……混账，我在干什么呀，烂大街的玩意儿我竟然还在花时间解释。其实我想说的是从这个金字塔可以轻易地看出马斯洛的年代局限来，他是个伟大的人，可是，你懂的，1970 年就去世了。他没活到我们这个年代，否则这个金字塔一定会加上一层——如果他够聪明的话。

装一下的需求。没错，就是装一下的需求。

总之，装一下是刚需，如果马斯洛老人家够聪明，最重要的是够长寿的话，他一定会看出这一点来。我们每个人都会装一下，装一下是我们每一个人的硬性需求，在你喝完酒后，你一开口，就会不自觉地装一下；你跑到了一个自认为能去就比别人强的地方，比如混账的意大利或者巴黎希腊，你会不自觉地发个朋友圈来装一下，你在大肆批评某个现象的时候，没跑了，你在装一下。是的，有些人不是这样，在希腊只是在希腊而已，聊天只是聊天而已，可你不是有些人，面对这个现实吧朋友，你我都知道真相是怎么回事。

这没什么，要是你以为我在批判这个，拜托，那是 1 万年前的我会干的事了。

反正不管你装不装，我是要装一下的，这是刚需，我再说一遍。我找小依就是为了让自己的一下装得有理有据，令人信服，再以谦逊的态度掩盖动机。

“这……这本书是你写的？”

“哦，是。”

“你不是搞什么环境科学的么？”

“啥科学，就是分析数据。”

“不是，你写的书摆在这里，新华书店里了？”

“嗨，不是啥了不起的事。对了，西西弗也有卖，你要是想要我也可以送你。”

再补上一句“咱们这关系”，完美。

就是这样，我花了好久好久鼓捣出一本小说来，眼看着要截稿，我打定主意就算自费也要把书出出来。

事实上应该只能自费出了，我实在没有自信，我是个没有自信的、懦弱的废物。

“我没做过封面，你能信任我吗？”小依眨巴着眼睛。

“我当然信任你！”

我说的是真话，面对漂亮姑娘我一般说的都是真话，他们说真诚是很重要的一点，尽管二十多年来它都被证明没什么狗屁作用。不过我习惯了，真要我说谎，十次有八次被逮住，而八次有六次会留下极其尴尬的后果。

小依，点点她那可爱的小脑袋，似乎也确定要帮我这个忙了，于是我把准备好的材料递给她。我们开始讨论书籍封面的设计，还有一些各自的生活。其实聊生活会多一点，可是说多了就变成了车轱辘话，这时我们就把话题转回封面设计去，结果不用多久，有关封面设计的聊天也变成车轱辘话了。这真是尴尬，是的，这真是超级尴尬，好在手边还摆着几本书，一本是《巷说百物语》，一本是《1984》，后者是中英双语版，黑色封面，画着抽象的白斑。

“千万不要是这样的！”我拿起《巷说百物语》，我拿这本书过来就是为了告诉小依什么是我接受不了的。我特意指了指封面上每一个花里胡哨的元素，每一个人物，每一个怪物，这种大锅炖还画出每一个菜来的封面真比撒了一地的彩虹糖还令我难以容忍。

“不过我觉得还行啊！”

完蛋！出现了分歧！这真是尴尬！这真是考验脑筋的时候！

“是的，很不错的封面，不过不适合我的小说。”我赶紧这样说着，我没有撒谎，面对漂亮女孩我一般都不撒谎，其实我也蛮喜欢这种封面风格，只是不适合我的作品。

“哦……”她说。

我赶紧拿起《1984》中英双语版，以免事态进一步扩大。我把《1984》在小依眼前晃了晃，试图洗掉她眼中《巷说百物语》的倒影。“这样的，”我说，“我觉得更合我的想法，高端的感觉，沉稳的感觉。”

我真是这样想的，你们知道这一点。我的小说主题说沉重不沉重，说轻松也不轻松，毕竟是写给那些痛苦却注定无能为力的人，有点暗黑的治愈，但并不恐怖的安抚。我知道让一个第一次见面的女孩儿理解这些有点困难，不过我相信小依，我发自内心地相信她。她是个认真的人，而认真的人往往会正确地理解一切事物。

现在的问题是她有点不相信自己，这倒也正常。

话说我自己心中对封面也是有一定考量的，黑白两色是我的偏爱，但若能加上一些橘色想来也会不错。不知道从什么时候开始我喜欢上橘色了，还有黄色，金黄色，前一阵子J.K.罗琳的新书《哈利波特与被诅咒的孩子》上架，它的封面就深得我心。真可惜我的书会更哀伤沉痛一点，所以大片的金黄色恐怕有些不妥，太明亮了，不妥。

“橘黄色比较有力量。”听了我的想法后，她说。我说过小依对美学，尤其是颜色，有她的理解，她是学动漫的。

所以我点头表示同意，我觉得她说得不错。不过当我说出“橘黄色”三个字的时候，其实是想表达一种落日的质感，不是景色或黄昏的感觉，而是质感。但这和“有力量”不冲突。我决定不再过多纠结这个问题，万一影响了设计师的直觉就完了。你不会想影响设计师的直觉的，他们也顶顶讨厌这一点。于是我把话题往下牵引，移步到更具体的地方，我说，羽毛什么的，这种飘浮的意象会很好。

其实我只是在举例子，我就是想举一个例子！

但是小依的眼睛都亮了，“羽毛……”她说，“羽毛这个想法很好。”

混账啊！我就是想举一个例子！我这个白痴，干吗要拿最俗最常见的东西举例子。我真想像个暴君一样大喊：“不！不可以用羽毛！”可我不能，要是影响了设计师的直觉就难搞了。

“嗯，羽毛也可以。”我说。

我真是个超级大白痴，真的。

就在我默默狂骂自己的时候，一直低头看材料的小依抬手顺了一下右耳后面的头发，然后抬起眼睛看着我，在那一瞬间，她的脸浸润在从上面投下的柔光之中，光与暗完美交错，其中有玫瑰花瓣的淡雅轮廓，刻着一双晶亮的明眸。我发誓这一辈子都没见过这样错落有致的面容，即使在电影中也没有。

“天……”我这白痴根本没控制住自己，“你现在好漂亮……”

她俏皮一笑，“怎么，一直都不漂亮吗？”

尴尬，我只好说：“不是，刚才超级好看。”

完蛋，这会让女生反感的，我深知这一点，一个丑爆了的男人对一个美女说“你真好看”简直是混账的性骚扰。她可以告我的。

“总之，”我咳嗽了两声，我尴尬的时候总想咳嗽两声，“《亡灵远去》是个深沉，甚至略带悲伤的书，你可以想象，一个人生命将尽，眼中含泪，他回想着一生的遗憾，最渴望的却从未得到。他感到了深深的无能为力，终于化作亡灵，转身离去。”我又拿起《1984》双语版比画起来，希望能帮助小依理解，“我希望读者在看到这个封面，再看到书名的时候，会在不自觉中化为一个观者，他们在看着一个亡灵慢慢远去，而那个背影，充满了悲伤。”

说到这里我停顿了一下，转了转眼珠，最后补充一句：

“这是我想传达给读者的感觉。”

小依点点头：“嗯，我知道。”

我真是个白痴，她当然知道，一模一样的话我已经说过一万遍了，我就会这点汉字，然后我已经说了一万遍了。

我这个家伙真是，怪不得一点都不招女孩儿喜欢。

在有关封面设计的谈话又陷入车轱辘的转动后，我们聊起了沈阳，不过小依超级讨厌沈阳，那个城市，我的家乡。唉，沈阳带给了她无尽的伤心。

“不是本来都要在那里结婚了嘛……”她淡淡地说。

几年之前她可不是这么淡然的，我记得很清楚，她怎么在QQ上向我倾诉，透过屏幕我都能感受到她的泪光。她有个相处了7年的男朋友，两人本来都已经谈婚论嫁，却不知怎么的，最终还是没有走到一起。

“对我来说，那不是分手，是离婚。”这句话，我记到现在，清清楚楚。

所以我很高兴至少如今她能以淡然的语气说出这句话来，想想当时的自己，因白痴而浑蛋，实在是愧疚不已。当时我说让她想想我，还说无论怎样，拥有过爱的人总比没有过的强，我告诉她我从来没有过女朋友，也不知道爱情是什么滋味，我最渴望的就是爱情，可从来不曾拥有过，我说她不是最惨的，想想我，她不是最惨的。

我的本意是好的，真的，只是我不会安慰人，说出来的话总是很欠揍。反正是过了好久之后我才惊觉自己说的破玩意儿根本就毫无帮助，可是已经过去那么久了还能怎么样，回去道歉？那岂不是再次勾起她的伤心事？从这点来看我倒真庆幸自己的白痴还是有限度的。好在现在一切都过去了，我也就可以原谅自己了。

不过还是补上一句吧，抱歉了，小依，以前的我是个浑蛋，比现在还差的浑蛋。

小依拿起《巷说百物语》又放下，眼睛依旧亮晶晶的，“我不回去了，沈阳的冬天太冷了，”她说，“每次出门我都要穿好多东西，像个球。”说完她试着演示了一下。

不，小依，支起两手的那副模样不叫球，叫企鹅。

我盯着她看了一会儿，做个“暂停”的手势说：

“对不起，我有点事儿。”

她很好奇，往前凑了凑。

我一边从包中拿出纸张和笔，一边说自己最近正在研究一个课题。

说完，我装模作样地写起字来，还用对面的姑娘足够听见的音量叨叨咕咕：

“经过调查，男人会迁徙及更改居住地主要有以下几个原因，战乱，饥荒，生活环境与预期不符，等等，这些重大的，影响人生及家庭的因素。女孩儿会更改居住地是因为……”我加快一倍语速，并用小依的语气和音量继续，“我在冬天会穿成一个球！”

小依嗔叫一声，随即低头大笑，她使劲打我胳膊，小手跨过一整个桌子一下一下地拍我。

“结论，男人负责改变世界，女人负责卖萌。”

糟糕，我不该说最后这句话的，说完我就后悔了，之前那些话已经达到了最完美的效果。

好在她只顾着笑，可能没有听到。

气氛变得轻松多了，我等她平静下来，重新开始讲封面设计的事。

从 2 点到 5 点，我们一直在聊天和欢笑。她说现在自己很宅，常常一天一句话不说，有点封闭。她还说自己一直一个人住，不知怎么就喜欢上自己做晚饭了，甚至提议哪天我去她家我们一起做饭吃，我的天，小依，不是我不答应，你要我怎么和老谢解释？

老谢是我在北京的室友，其实……其实是我寄宿在人家那里。

“哟，这是要去哪儿呀？”

“还记得上次跟你说的那个帮我设计封面的姑娘吗？”

“记得啊。”

“我去她家和她一起做饭去。”

“你他妈是去做饭吗！”

你看，这对话很合情理嘛。

所以我始终没有说出那个好字，这一点小依比我强多了，在分别之前，我问她想不想去看《比利林恩的中场战事》这部电影，她说想，我问她想不想和我一起去看这部电影，她说，想。

棒极了。

再后来我们就分别啦，是她主动说该回家准备晚饭，意思是，她要走了。我张了张嘴，或许已经说出来了但我自己不知道，我真没想到她根本没有和我一起吃晚饭的意思。

嗨，算了吧，虽然有点遗憾，可如今的我已经对很多遗憾毫无感觉了。互道再见之后，我自己跑到楼上去吃了一碗蛮贵却不蛮好吃的面。

或许这也是为什么，我开始觉得自己是个局外人。心冷了之后，眼光也就冷了。

## 第三章

我认为有必要介绍一下我的工作情况，这样当你们发现我一会儿在北京一会儿在沈阳的时候才不会大惊小怪。我是做环境数据分析的，大致意思就是算算哪个工厂排放了多少污染物，对环境有什么影响，希望对你们来说这个解释还算通俗易懂。其实，这本身就是个通俗易懂的工作，真正运算数据的是模型软件，我？我只是个负责输入数字的机器人，就是这样，我只是个电脑操作员而已。虽然也有一些需要我随机应变或稍作分析的部分，可是，你懂的，和真正的科研工作者比起来差远了。

去他的科研工作者，我不可能成为科研工作者，之所以我会那么佩服真正的科研工作者就是因为我不可能成为一个什么科研工作者。

我在一个很小的，私人的环保公司做兼职，没有底薪，有活儿了就有钱拿。做一个活儿——根据难易程度——我可以拿 1000 到 2000 不等。或许冷一听你会说，天，你这个工作可真好，可我告诉你，我一个月没赚 6000 元以上过，因为没有那么多活儿飞来找你，而且每个活儿也都蛮费劲的。

这也没什么奇怪，现在什么经济形势，朋友。你或许没听说过沈阳的“倒第一”传奇，我可不仅听说过，还生活在其中。我已经习惯了一个月 4000 左右的收入，如果你认为一个快 30 的人没有五险一金，一个月赚 4000 还叫赚得多，那我真他妈谢谢你的抬举。

唉，不是针对你，朋友，一说到收入我就忍不住想加“他妈的”三个字上去。

于是我就成了现在这个尴尬的我，每天住在家里，这样省下的房租就可以变成咖啡、烤肉还有书，充实我的生活。可是住在家里是很难受的，对于一个快要 30 的男人来说，如果你是一个快 30 还住在家里的男人，你就知道我在说什么。

于是我就去找老谢了，他在北京，和一个发小住在一起。

“嗨！你来还要什么钱啊！”

这个家伙真够意思，直到现在我都是这么想的。

公司那边也没说什么，反正我本就是兼职，只要能交活儿，在哪儿干不是干。唯一的问题是我需要到公司交接，商讨，总不能单凭电子邮件往来吧。于是你们就明白了，没事的时候，还有干活的时候，我在北京；交接的时候，等反馈的时候，我在沈阳。这真是来来回回的人生，光花在动车上的时间就有混账的一万个小时。

算了，自己的选择。

现在的我手头没什么活儿，在北京，草场地“国际”艺术区，鼓捣我的小说。这里有一个给力的咖啡厅，我每天都会来的、宽敞明亮、摆满花花草草的给力的咖啡厅，开始的时候，我觉得就自己这个收入还总喝咖啡有点奢侈，然后我算了一笔账。一杯咖啡就算它 40 块钱，一个月我喝 25 天，25 杯一共也就 1000 块钱。好了，梁敲寒，现在我来温和地请问你一下，你这白痴在北京什么地方能租到 1000 块钱一个月的办公室？送饮品！有花有草！还就在离住处几百米的地方？

我把自己问蒙了，然后，就释然了。

想到这里，我嘴角露出了一丝笑容。

“笑什么呢？”

服务员走过来，放下一杯玫瑰奶茶。她不像小依那么漂亮，可是很热情，很亲切，有着 25 岁以下的年纪应有的活力。

我自知失态：“没有，想起来个笑话。”

她笑了笑，忙别的去了。

其实也不算我撒谎，这确实是个笑话，自己当时一脸蒙圈的样子一定很好笑。

我摇摇脑袋，把思绪重新放回自己可悲的作品中。老实说，我要写的东西是很宏大的，即使是我这么自卑的人也不得不承认这个小说很宏大。里面有很多文明，很多故事，还有个家伙有一副帅爆了的披风，一旦展开就像黑莲绽放，他是五大远古飞魂之一，活过了好久好久的岁月。现在我在鼓捣的是两个孩子的故事，这两个孩子正在雨林里接受训练，刚刚惊讶地发现自己生活了很久的石屋下面竟藏着一个恐怖的秘密。

我觉得这会是个受欢迎的小说，但要先把它搞出来才行。

可惜写着写着，我又走神了，我看着对面的座位走神，因为那两个姑娘曾经是坐在那里的。

妈的，怎么老想起姑娘，难道我其实是个超级色的人？

或许我真的是个超级色的人。

那是一个雨天，我在咖啡厅鼓捣小说，对面坐了两个很漂亮的女孩儿，最要命的是，身材也很好。老实说，小依虽然长得漂亮，个性又温柔，可身材就差得远了。瘦倒是瘦，可该大的地方，咳……咳……而且因为个子的缘故，腿也不算长。这两个姑娘，乖乖，真要命！她们一直站在门口等着雨停，那两双腿，又直又白，晃得我睁不开眼。

四根上好的火腿肠在眼前晃晃荡荡，我还写个屁的小说，一下笔就是些奇怪的内容。

最终她们还是走了，应该是有人来接。我没看是不是车，是不是好车，只顾着在心中默默惋惜，不过没过多久这种感觉就过去了，我或许是个超级色的人，但我不是变态好吧。于是我重新整理思绪，文字也一点点地从指尖落入屏幕了。

不过现在想起来，唉，她们曾经就坐在那个位置呢！

刚想完那两个姑娘，我控制不住自己，又想起另一个姑娘来。

妈的，我真的是个超级色的人。

我去过尼泊尔，跟一个好朋友一起自由行，他现在在桂林读研究生。其实我很想解释一下为什么他和我一样大却还在读研究生，可现在的重点不是他，对不起了，湖哥。那个女生是我在尼泊尔加德满都的机场遇见的，中国人，当然我没和人家说话，那需要搭讪，而搭讪在我这种相貌的人的字典里是没有的。

虽然我也强行从别人的字典里借过。你知道我是什么意思。

反正呢，我就在祈祷她和我们坐一架飞机，结果上帝，或者佛祖，或者貌似已经身亡的宙斯再不就是确定已经身亡的奥丁……总之是某个好心眼儿的神听见了，并且答应了，结果我一路偷笑着跟着她走进同一架飞机，去往西藏贡嘎机场。

本来一路上都想看着她的，竟然睡着了。

好在还没完！到了贡嘎之后我和湖哥顺着人潮前行，我赌你想不到此时我们在那个女孩儿前面，因为我真不是变态，我不会一路尾随某个人的。而在入境之后，那个长官问了我这个问题：

“你们身后还有中国人吗？”

茫然一回头，我勒个去，那个姑娘不正远远走来吗！

就在一会儿的迟疑之后，她到面前了！

告诉你们，我开口时声音其实是抖的：

“你……是中国人吗？”

姑娘瞪着狐疑的，但是超漂亮的大眼睛说：

“是啊……”

好好听……她的声音……好好听……

这个女孩儿算是我见过的最让我惊叹的一个了，即使以前在咖啡厅门口等雨停的那两位也比不了。肌肤雪白，面容娇丽，身材从上到下没什么可挑的，温柔的曲线打一个大弧直奔平坦的小腹，超短裙下是两根洁白的象牙，天哪，声音还这么好听，这简直太不公平了。

老天，你听到我说的了吗？现在我代表所有对自己容貌不满而她们也确实应该不满的女孩儿们对你说，你太不公平了！

还好我没有失态，口水好好地留在嘴里，鼻血也好好地奔涌在血管中，我适时地回过头去，面对长官说，应该没有了。

长官点点头。

取行李，出航站楼，如果幸运的话，还能坐上同一班机场大巴——我是这样计划的。结果在过一个设备的时候，“滴滴”——或者没有这声音，我记不清了——总之，湖哥被拦住了！

然后就被叫到了一个屋子里！

他体温过高！

要抽血检疫！

湖哥！你是猪吗！要检疫！

那个姑娘已经要过去了！你看！要过去了！

湖哥！她已经过去了！

这真是伤啊！伤爆了！我被伤得爆掉了！湖哥！你要不是我湖哥我真跟你翻脸了！

不过话说你没有事吧，湖哥，需要什么药吗？

“他没事吧？”我问另一个女长官。

“应该没事，体温有点高，查查，一般没事。”

哦，没事。

混个账啊！湖哥！没事你体温过高搞什么！闹球肾！做么子！闹哪样！你……你干哈呢呀！

我把会的所有方言都在心里过了一遍，可是已经没希望了，那个姑娘，连个影都没了。

哈库！（改自英文的 Fuck，我不喜欢说英文，但骂人的时候用英文，而且是改过的英文确实会降低低俗感。）

等到最后坐上大巴之后，我心里一直在想一句话：

唉，本来说不定她就在前面坐着呢呀！

这真是寂寞，所有有关漂亮姑娘的回忆都是以感叹结束，老实说，这真有点寂寞。

我又摇了摇头，不敢再想下去了，老是想这些悲剧结局的故事，就算拍成电影也没人看的吧。我觉得就连梦工厂都不敢挑战这一点，他们最多让男女主角都变丑，但绝不敢让他们分道扬镳。

可是生活恰恰相反呢，对于我这样的人来说。

“不过这也没什么，”我在心里对自己说，“仔细想想，这再正常不过了。”

收拾收拾东西，我打算回去了，混个账，今天什么有意义的玩意儿都没写出来，反而想了一大堆令人难受的东西。我在咖啡厅待了好几个小时，却什么有意义的东西都没写出来，这不是在把自己当有钱人看待吗！

我走了，要回去了，明天不可以再这样。

## 第四章

“爱迪大部分时间都是愤愤然的样子，”米奇·阿尔博姆说，“他攥紧拳头，啪啪地打自己的手掌，一连几个小时。”

《你在天堂里遇见的五个人》，第77页，这本书我已经读了大半个月了，刚看到第77页。没错，我用了18天才读到混账的第77页。就算一天只读5页都能读到第90页，我有算错吗？ 18乘以5

难道不是90吗？！

哈库！

其实我很喜欢这本书，从封面到内容。这本书的封面是一片蓝天白云，还飘着一片小依喜欢的羽毛。这是一片淡褐色的羽毛，靠近根部的地方渐变成白云的颜色。

《你在天堂里遇见的五个人》,【美】米奇·阿尔博姆著，赵晓春译，上海译文出版社。

白色的框框里，写着这些汉字。

我喜欢这本书，从封面到内容，尤其是从主人公爱迪遇到第二个人开始，读起来很有淡淡的温馨和忧伤。我开始有种冲动想把它放到我新家的书板上，无论后面写得怎么样。

不过现在最大的问题是我还没有新家，这真是不折不扣的，最大的问题。

我拄着脑袋，穿着衬衣缩在沙发里，把书翻了一页。

傲哥在另一边的床上，鼓捣着他的飞机，坦克，也许还有大炮。我提到过的老谢的发小就是他了，不过虽然他叫傲哥，人可一点也不高傲，这个家伙简直太好说话了，老实说，他真是我见过的最好说话的人之一。

以前有一天，我洗澡，结果水漫出了浴室，把傲哥铺在地上的被子都弄湿了。

是这样的，以前我们三人住在一个20平米左右的屋子里，也是在草场地国际艺术村，甚至在同一个楼，不过和现在不同，那是个单间。傲哥常年睡在地上，按照他的说法，有一次倒是上床去睡了，可那床板实在太硬，受不了。

我至今也没有搞懂这个逻辑，床——上面还铺着床单被褥呢——太硬，还是睡地上好。

不过每个人都有自己的喜好，这个无法否认，就我自己来说，谁也别想和我抢沙发，就是老谢也不行。所以那天不小心的我弄湿了傲哥的被子，真蠢，我这个人，本来应该把被子收好的，在这样的房间洗澡之前你总该先想到这些问题。

可是我太蠢了，于是我难堪地对傲哥说，我会帮他把被子洗了的。

结果他脑袋一甩：

“没事！”

他说。

他真的一点都不高傲，这点体现在方方面面，从让他帮忙到给他帮倒忙。这真让我惊讶，因为我知道傲哥并不是个老好人，这家伙脾气暴着呢，他说以前去吉林的时候，因为出租车司机说咱们辽宁人的坏话（算是吧），他直接砸了人家车。

“那司机问我是哪儿的，我说辽宁的。”傲哥绘声绘色，“结果那傻玩意儿问我辽宁的小崽子来我们吉林干吗？”

我听得入了神。

“我当时就不太乐意了，”傲哥说，“我说，你……你怎么说话呢？‘我怎么说话能怎么地，’那司机说，‘这是在吉林，你们在这不好使。’”

后来那个吉林司机的吉林车就在吉林被一个不好使的家伙给砸了，自己好像也挨了拳头。

这不是活该吗！都是东北人！你们不知道我们现在还不够外地

人鄙视的吗！话说吉林人不是这个样子的啊！我大学就有吉林同学，人好得很！

“后来那人报警了，警察就来啦！”傲哥抽了一口烟，虽然老谢不喜欢他在屋里抽烟，可傲哥还是眯着眼睛抽了一口烟，“来了五个警察，没打过我。”

啥？

“然后就叫增援，是警察局长亲自过来的，结果一来就给他那几个手下一顿骂，说‘废物，我以为有几个人呢，就他妈一个人？’”

当然后来傲哥还是进了局子，毕竟警察有枪，他砸人家车也确实不对。但从这件事我能看出来傲哥是很有暴脾气的，包括以前要是有不认识的人来找他麻烦，他绝对不会拿出“客气”俩字来招呼。

不过这个暴脾气又能打的傲哥此刻就在那边的床上，摆弄着心爱的遥控飞机，一脸人畜无害的认真表情。这不由得让我想到人的多面性，我想每个人都是有多面性的，无论是看起来多么残暴的人——当然傲哥看起来也不残暴，我只是在说这个观点——心中都有柔软的一面，或者他们就是在脑袋里有个过滤的装置，就像筛网什么的，什么人可以在他们面前胡来，什么人不可以，一筛就知道了。

我就有这个筛网，不过这个破网“对他好”那一面标的是“所有可怕的家伙”，我他妈就是个胆怯、怕事的懦夫。

想到这里，我换了个姿势让自己更舒服一点，重新开始看书。

看到了没，看到了没？这就是问题，我看不了两页书就开始胡思乱想，明明才看几行就开始胡思乱想，我无法集中注意力，这真是个莫名其妙的毛病。不骗人，不开玩笑，小的时候我可是众多看书狂魔之中的一个，虽然看的是《十万个为什么》，可那仍然是书，是字啊！后来，我津津有味地把《哈尔罗杰历险记》读了一遍又一遍，真是一遍又一遍，还有《小淘气尼古拉》，那是我爸爸的同事送我的书，讲的是一群法国小孩天天打打闹闹的故事，我花了无数个小时趴在床上，两脚高高跷起，偶尔交叉着晃悠，看奥德是怎么揍人，杰夫是怎么炫富还有阿南是怎么大喊“我戴着眼镜你们不能打我”的。那真是一段快乐的时光，我是说，我一想到自己也曾是个看书飞快的家伙就觉得不可思议。

想想，小时候的自己绝不会想到，有一天我会成为这么一个怕事而懒惰的人，我也绝不会想到，我根本不可能想到，长大以后，我会这么孤独。

这真够混账，搞得我都没有心情看书了。

不行，这太差劲了，我使劲地眨了眨眼睛，再次强迫自己把目光放到文字上。

“晚上，他梦到他又回到了码头……”

第二天，我照常 11:35 起床，这个“照常”二字或许你觉得古怪，或许你觉得“确实如此”，反正拜兼职所赐，我的生物钟已经固定在这个特立尼达和多巴哥时间了。

哦，特立尼达和多巴哥是个国家，位于加勒比海南部，因为名字又长又怪，我常用来表达一种荒谬或扯淡的感觉，不过有时候我也习惯用“阿拉伯”。

“我的生物钟已经固定在这个阿拉伯时间了。”看，一样的。

这个时间老谢通常已经上班去了，他是做 App 研发的，每月拿着让人眼红的高薪。真是令人羡慕啊，这个家伙，不过都是辛苦钱，你知道的，写代码的人并不容易，所以我很佩服他们。

有必要说一下，我极其佩服那些勤劳的或是有真才实学的家伙们，因为我自己是个懒惰的，脑袋里毫无任何真正技术的，废物。

有时我会对老谢说这些，发自内心地说这些，可是他不愿发自内心地认同我。

“你有你的优点，老梁，”他说，“你想的那些稀奇古怪的玩意儿我永远想不出来。”

那叫瞎想，老谢，你真是个好人。

话说正是这些“好人”在推动着我前进，这一点毋庸置疑。有一本书，应该是那个疯了的尼采写的或者是他的言论，书名叫《从尊敬一事无成的自己开始》，虽然这是那种非常典型的我之前喜欢，现在讨厌的书名，就像《你要去相信没有到不了的明天》还有《愿有人陪你颠沛流离》之类的，好书，治愈，可是现在的我需要的是变强，我没有病，我只是他妈的弱而已。虽然尼采那本书也是这样的书名，可是仔细想想，或许应该稍微听从一下这种真正的大家的指导。

自怨自艾解决不了任何问题，尊敬自己，然后认真学习，这才是我应该做的。

而真正学习之后，也许我就不会再讨厌心灵鸡汤了，谁知道呢？真正学习之后，说不定我真的会去相信，没有到不了的明天，也说不定真的有人会来陪我颠沛流离。哈库，这么一想，我好像不太讨厌心灵鸡汤了，不过至少现在的我绝不会捧着一本什么《不畏将来，不念过去》一边不畏将来，一边不念过去，然后在自暴自弃中变成一坨大便。

我说的是真的，字面意义上的大便，死去，被吃掉，被排出来，变成大便。

咦，这样一说，每个人最后都会变成大便……

混账，偏了，我的思维偏了。

回到现实中来，我偏出头去看一看，果然，老谢已经不在了。傲哥倒是还没走，他现在在和某个公司研究做直播节目，就讲航模及航拍什么的，这家公司不要求他早早就去，我觉得他们应该是采用了一种更灵活，对彼此更有好处的合作方式。

比如“你爱他妈几点来几点来”。这话不好听，但真进到耳朵里，至少我是高兴的。

傲哥一定也是高兴的，现在他哼着小曲，有模有样地穿着衣服。

我说有模有样是因为他在整理，在检查，反复确定衣角没有冒出来或是衬衫没有皱得奇形怪状。可能是要直播了，今天他得穿正装去报到，这是一身飞行制服，还配着墨镜，领带。说老实话，在屋里傲哥就像我，像老谢，衣着散乱邋遢，绝对是最需要女人的那一种类型，可是看他在外地开直升飞机的照片，坐在驾驶舱里戴着墨镜，嘿！真是个有样的家伙！

“我先走了。”傲哥一边和我告别一边向外屋走，大包撞在墙上叮叮咣咣。

“嗯，慢走。”我说。

“咚！”门关上了，好大一声，这个门关上的时候总是好大一声。

我揉了揉眼睛，坐起身子，衬衫皱皱巴巴，绝对是最需要女人的那一种类型。我真的需要一个女人来照顾我的生活，可这句话本身就大写着“欠揍”两个字。

磨磨蹭蹭，磨磨蹭蹭，我终于也穿好衣服了，从旁边拽出笔记本电脑来。这一整个背包儿，昨天回来之后就没有打开过，于是省去了收拾的麻烦。

“真是明智啊……”我一边这样想，一边把包背好。

一瞬之间，注意我说的是一瞬之间，我变得无比清醒，无比有力，我像一头睡饱了的雄狮身后的野猪，满怀创作的激情，誓要在今天写他个一万八千字。

我快步走向门口，但在经过卫生间的时候，停下了。

要不要洗个漱？

洗个屁！今天又不去见小依！

## 第五章

这一天，我苦恼地发现，有件事不能再等了。

《比利林恩的中场战事》啊！再不去就下映啦！

其实我已经看过了，不过不是120帧的，这是个卖点，120帧，听说全球只有五家影城可以放，中国只有两家，一家在北京，一家在上海，这下很明白了吧！既然身在北京，甚至该说恰巧身在北京，怎么可以不去呢！本来我倒是可以安心地再等上一阵子，可是过两天我必须回沈阳了，就是过两天，不是虚指，要是等我回来再说那简直比把零食放在满是男人的宿舍还要危险！

于是我去QQ上问小依。

“过两天我要离开北京几天，所以那个比利林恩的中场战事……”

电影名字很长，我本来不想打的。

她好久都没回复，于是我也等了好久。过了整整15分32秒，我正在苦思文章，对话框闪了。

“啊哈，那我自己找机会看了”

“也就是说这两天你出不来呗”“我下周一走”

“这几天不想出门。”

“你要回家吗”

“是啊”

“没事，那我就明天自己去看”

“嗯。再回北京见！”

“好的！”

混账，一段段复制粘贴有点累人。

总之，我必须自己去看了，这没什么，如果是5年前我可能会很失落，很难过，然后各种纠缠不休，烦人到死，但现在我已经不会了。

5年，一个人可以经历很多，当然，也可以改变很多。

我没有食言，第二天真的跑去看电影了，唯一的问题是我不知道该怎么坐地铁，于是，打车去的什么悠唐国际广场——如果真是这个名字的话。

他爹！他爹！打车啊！我为什么要睡懒觉？这个问题真他妈的

困扰我！我为什么要睡懒觉！可以说我看着计价器目光都是抖的，手也是抖的，腿也是抖的，我的意思是说我整个人都像安了个电动马达似的抖个不停。

倒是没堵车！我谢谢你，北京！真的！你竟然没堵车！当年直接让我误动车的事情就一笔勾销了吧。

不过那次最主要的原因还是睡了懒觉。

我为什么要睡懒觉？这个问题真他妈的困扰我！

我维持着表面的安静和内心的骂骂咧咧拿出钱包，掏出一份我自己不愿意看到的价钱，作为对司机师傅将我送达的感谢。今天是个阴天，好像还有点小雨，不知道是不是我的错觉，总感觉地上结了一层若有若无的霜。悠唐国际广场，或叫悠唐国际中心，再不就叫唐悠别的什么东西，我记不清了，又懒得查，总之是个看起来非常不错的商场，非常国际化，非常富丽堂皇，大招牌，外屏幕，应有尽有。

里面也确实富丽堂皇，最棒的是问询处的工作人员很热情，告诉我说想去博纳国际影城只要左手边下电梯到地下一层就可以了。

于是我就去了左手边下电梯到地下一层，顺利到达这个全北方唯一可以放映李安导演 120 帧影片的地方。

博纳国际影城，我是后来看别的电影的时候才惊觉“博纳影业”是蛮有名的四个字的。

说起《比利林恩的中场战事》120 帧版，听说首映以及前几天的票是根本买不到的，太火了，火爆了，光业内人士就像疯了一样地排队，抢票，哭号，呐喊。

当然，我只是这么一说，他们怎么可能哭号和呐喊。

不过这点再容易理解不过了，我甚至想说一个人只要有点脑子他就能轻易理解这个现象。假设你是一个搞影评的或是其他类似的家伙，你总是需要在第一时间告诉大家这个东西怎么怎么样，有何优点，有何缺点，再加上一些主观得过分的观点。在当今世界你总是需要一些主观得过分的观点，我是说不知道为什么，人们开始越来越讨厌“权威”这两个字了，如果你想受欢迎，被推崇，那就别玩背书那一套。

当然，主观不是瞎掰，你得有理有据，令人信服。

比如现在大火的《罗辑思维》《晓松奇谈》，都是这样。不瞒你们说，我爸爸都快60了，整天看着手机上高晓松的节目傻乐直到眼睛快瞎掉为止，不开玩笑，有一天他的眼睛痛得睁不开，我妈带他去医院检查，结果医生说你这个岁数不要整天看手机。

我爸点点头，从此改成整天塞着耳机听《晓松奇谈》傻乐。

他们很受人们的推崇，我指的是《罗辑思维》和高晓松这些，我爸总是发自内心地说高晓松真是太他妈有才了，我爸作为南京大学的研究生，照理说不该骂人，可是他偏偏很喜欢骂人。不过他骂人一般都是有原因的，比如这个东西真他妈好，或这个东西是真他妈坏，或者我不知道为什么就是他妈的想加上个他妈的。高晓松真的太他妈有才了，他总是说，同时还流露着“我完全在说心里话”的表情。

《罗辑思维》也一样，罗胖子——他们都这么叫他，他自己也这么叫自己——是个读了大概一万本书的家伙，我听过他的节目，讲美国纽约时报创始人亨利·卢斯的那一期，他讲得很好，侃侃而谈，我自然听得津津有味，他说的每一个字都是主观的，除了那些不主观的部分，所以我知道在现在这个社会，人们就喜欢听你有理有据地狂谈自己的观点，如果你懂得如何有理有据地狂谈自己的观点，你就能挣到钱。

不过我不得不说，在经过深入的思考之后，我决定以后再也不听《罗辑思维》这种节目了。

这是我个人的问题，讲真，完全是我个人的问题。因为我是个浮躁的家伙，也就是说我一直以来就不肯下苦功夫做什么事。像《罗辑思维》这种节目会助长我的一种很可怕的心态，那就是“我听了这么多期《罗辑思维》和《晓松奇谈》，我知道亨利·卢斯，我知道‘二战’时的德国形势，我甚至知道日本的‘道文化’究竟是怎么一回事，很明显，我很厉害”。然后，就进入最可怕的阶段了，夸夸其谈。这真是最恐怖的一点，夸夸其谈。本来明显暴露的无能会让我有一种自知之明，那就是“我得看书，就算看不进去也要尽力”，可《罗辑思维》这样的节目会蒙蔽我的自知，让我根本不该，却控制不了地高看自己一眼。

这真够令人苦恼，别人听是当作消遣，还是很有教育意义的消遣，我听了就用来麻痹自己，我知道这不对，我甚至清楚地知道自己会犯这个错误，可是我控制不了这一切的发生。

心理缺陷，这绝对是一种心理缺陷，我这该早投胎的生理有缺陷，心理有缺陷，或许智力也是有缺陷的，只不过一直没有发现而已。

正在我这样想的时候，该我买票了。

那一天我没有看上电影，因为所有的座位都已经卖出去了，没错，大家都他妈疯了，200 多块钱一张的电影票竟然已被抢购一空，毫无疑问，大家都他妈的疯了。

于是我只好买第二天的电影票，那天是周一，也是我要回去的日子。

这样看来，或许我的智力是没有缺陷的，因为至少我足够聪明到能够安排好“看完电影就去赶动车”这种事，没错，我正是这样安排的，悠唐或者唐悠或者别的什么名字，这个商业中心离北京站只有 3 站地的路程，就算堵车，预留一个多小时也足够了。

于是我就在离动车开走还有 3 个多小时的时候安心坐进了这个放眼全球也只有 5 家的 120 帧影厅内，打算看看他们说的“啊呀就在我眼前啊！”“啊呀太逼真了！”“啊呀我在跟着他们在战场上奔跑啊！”的 120 帧到底能“我勒个去！”到什么程度。

话说我又是打车过来的……

他爹！他爹！

影片开场之前，李安做了段简朴却蛮有力的致辞，这个家伙，李安，还是蛮可敬的。本来我对他没什么感觉，简直是看着名字都不知道是谁的家伙，可在看了他的《少年派的奇幻漂流》之后，我差点没把自己打死。

为什么不去电影院看？为什么没去电影院看！

那部片子的赞扬之词和各路分析已经满得要溢出来了，在豆瓣上，在时光网上，在任何和电影相关的网站还有人们的谈话中。我不知道该怎么表达我对那部片子的喜爱甚至是崇敬，我只能告诉你们这段电影中的原话：

“我想到了最后整个人生就会变成一个逐渐放下的过程，但是往往最痛的，是没有机会，好好地说一声‘再见’。”

我连英文原句都完完全全地背下来了，我就是这样喜爱，甚至崇敬这部电影，这一句话我随时随地都会说，大部分是对自己，不过我也非常开心能够向别人安利这一段话。

安利就是“推荐”，不知道你们是不是也这样讲。

《少年派的奇幻漂流》就是那样一部电影，一部你看了之后会说“这真是一部好片子！”的电影。不同的人都会在其中找到令自己感动的部分，而大家感动的千差万别就像这个世界的多彩缤纷。这真是一部好电影，《少年派的奇幻漂流》，如果你还没有看过，那你懂我想对你说什么。

《断背山》也是李安的作品，后来我又知道《色·戒》也是他的作品，于是，我越发觉得李安这个家伙可敬起来了，他是这个浮躁及利益至上的社会中少有的拿作品说话的人，而且，深知如何进行软煽情。我讨厌硬煽情，我简直要讨厌死硬煽情了，一个人抱着另一个可能还有救的人大喊“你不能死”直到那人被活活耽误死，或者一个涕泪横流的帅哥大吼“没了你我也不活了！”然后还他妈没到头七呢，已经在哼着歌走在路上。有这样的事，你知道的，这样的电视剧和电影多如牛毛，大吼，大叫，大喊，大哭，像个智障一样把身边所有立着的东西全部抡倒，桌子椅子完全是一脸蒙圈的好吧，黑人问号脸，“易克斯哥依欧子迷？”

混账，我真是烦死硬煽情了。

李安不是这样的导演，他知道如何软煽情，把东西轻轻往你面前一摆，好了，哭吧，我知道你忍不住。我没看过《断背山》，毕竟是同性恋题材而以前的我对这几个字十分讨厌，不过听说结尾的时候李安拿出了一份漂亮的软煽情，这确实像是李安会做出的事情。同性恋加软煽情是很可怕的，我知道这一点，《霸王别姬》，河图的《第三十八年夏至》（这是一首歌）都是这样，他们把人类情感中最让人深感无能为力的一种娓娓道来，你便会觉得，混账，这帮倒霉的家伙，希望他们能得到幸福。

不过现在同性恋也没什么了，我接触过一些 T 呀之类的，没什么。

但是千万别以同性恋为骄傲，真的，别这样。

好了，看电影。

嗯？

## 第六章

我坐在动车上，还在思索 120 帧到底好在哪里，景色在窗外飞驰，像飞速消逝的时光。

不开玩笑，我真的很困惑，120 帧到底好在哪里？

倒是，极其精细的画面，逼近的感觉，可是 60 帧也是这样啊！60 帧已经与现在普通的 24 帧电影拉开了极大的差距，而多出来的 60 帧似乎并没有让这个差距进一步惊人起来。本来看了别人的“啊呀我就跟着他们在战场上跑”的评论我心中痒得像有一万只蚂蚁在爬，可在真的看到了战场那段的时候，“唰”的一下，一万只蚂蚁一起死掉了。

混账，它们都死掉了，徒留我呆坐在座椅里，戴着特制的，弄坏了就要赔800块钱的大眼镜。

怎么说，难道我视觉也有缺陷？

总之我完全没看出区别来，我是说就像是重新看了一遍60帧的《比利林恩的中场战事》一样，那个浑蛋有钱人的面部细节还是一览无遗，可我并没有觉得他比上一次看的时候更靠近我一点。

我也不在跑！我也不在战场！他们在战场！我是指那些明显是在屏幕上的家伙们！

这真令人困惑，我的人生中充满了各式各样的困惑。

不过不管怎么样，我看过了，于是便没有遗憾。我的心很冷，并不怕遗憾，可这不代表我对遗憾有什么偏爱，其实恰恰相反，我恨死遗憾了，我不怕它，可是我实在是恨死它了！

我恨得牙根直痒痒，于是我真的磨起牙来。

但我很快就停下了，因为旁边还有人，我不想让她误会我是个什么变态食人魔。人们说在动车上你可以碰到各种各样的人，不过我并没有，我在动车上大概花了有1万小时可并没有碰到任何令我觉得大长见识的人。倒是有一个小孩儿，他在那次旅程的后半段疯了一样地哭，声音巨大，耐力持久，我怀疑他长大以后会成为一个他妈的游泳运动员，专门为国争光的那种。

这一次没有这种未来的种子选手陪我坐车，我猜自己的运气不会好到那种程度。于是我在安静的氛围中翻开《你在天堂里遇见的五个人》，要是能在近期把它读完，我就不用再把这本书带回北京了，这样就可以省下一点地方，如果你和我一样和两个人一起住在不到40平米的地方，你也会觉得能省下一点地方总是好的。

不过别误会，我没有嫌老谢的屋子小的意思，我想即使给我一个300平的大别墅，我还是会用乱七八糟的东西把它堆成一个猪圈，然后想着“能省下一点地方总是好的”之类的蠢话。这是我的问题，我没有什么规划，这也是为什么我常常会幻想以后住到了新家，完全的，自己的新家，我该怎么布置和摆设。

幻想是有害的，可是你得承认，幻想真够爽哎！

我决定在新家里一改从前的邋遢与混乱，好好地做出一件混账的艺术品出来。墙壁，衣橱，甚至卫生间，都要好好地思考设计一番。还有床铺，书柜……不，不要书柜，那种传统的“咣”地往地上一坐的书柜蠢爆了，我要在墙上打置物板，然后在两端摆上帅爆了的书挡。

没错，我赌你想不到我真的要放弃书柜，我甚至到淘宝网上去查哪些书挡会合我的胃口，在无数个下午及晚上，甚至半夜，我就像女孩儿一样两眼放光，滑动鼠标，一个个奇形怪状的书挡在屏幕上出现又消失。当然也不全是奇形怪状，我只是这样说而已，有些确实让人心动，我的脑海中甚至不自觉地蹦出“匠心独运”四个字来。

我看好了一对儿思想者的书挡，巨大，巨沉，光看着就有一股“分量感”汹涌袭来。其实我对思想者本身并无太大好感，可能是因为太俗了的缘故，可是一旦让我知道这一雕塑本来源于“地狱之门”这一庞大构思，事情马上就不一样了，地狱之门，我想象不出比这更霸气的玩意儿。

我是指在“门”这一范畴中，天堂之门……不知道，没见过。

总之，我对思想者的书挡心动了，可是又在纠结要不要那个地球仪的，还有沙漏的，鸟儿的，马头的，或者干脆就是做成书的样子的。这真是令人苦恼，你懂的，你没有足够的钱买下所有，也没有足够的理由说服自己放弃这个或是那个，在这种时候我就会深刻地认识到金钱的重要性，或者说，在这种时候我就会尤其深刻地认识到金钱的重要性，在这个令穷人悲伤的社会中，处处都是为有钱人设计的天国零件。

哈库，果然还是先想办法搞到一拨钱才是正经。

不过这是有前提的。不知道你有没有听过那个有关山水的三个阶段，我不得不自大地告诉你，现在的我就是处在第三阶段。

好吧，其实所谓的山水三阶段是我自己编的词，不过这个理论存在，讲的是人生的三种境界。听说是佛家话语，禅意之言，总之，是这么三句话。

看山是山，看水是水。

看山不是山，看水不是水。

看山还是山，看水还是水。

混账，打下这三句话之后我突然想解释了，不知道为什么，我突然想好好解释一番。

好！我拿自己来解释。

小的时候，我认为钱不是最重要的，注意这个“最”字，自打我知道钱能买糖以来我就没觉得钱不重要过。但小孩子嘛，难免觉得钱不是最重要的，糖这种东西怎么也不能排到人生的最前面，雪糕也不行。

那什么最重要？

为国争光啊！理想啊！当科学家啊！哈库，什么能比当科学家更重要！

因为《哈尔罗杰历险记》，我打小就想当个博物学家，整天跟同学们扯什么黑美洲豹南美大林蚺的，小时候的我真是好猛，这个“蚺”字我估计有些大人都不认识。

于是我认为钱不是最重要的，当科学家最重要，简单明了。

后来，我长大了，开始经历是个人就会经历的，甚至有好多人经历了混账的一辈子的第二阶段：

钱是最重要的。

别误会，你肯定又误会了，我说的这六个字是指把钱看得凌驾一切，什么道德，什么底线，都给我滚到一边去。做假药赚钱，那咱们就做假药；药死人了，啥？我真悲伤，然后继续做假药。百度，竞价排名，只要有钱不惜把无知的人们领向深渊，这就是没有底线，这就是没有道德，我用百度，百度帮了我大忙，可这不代表它是个完美无缺的公司，本来说到百度人们可以竖起大拇指说“真是多亏它了”，可现在，人们——至少我——要掂量掂量，我要权衡一下百度的善与恶，然后做出客观的，毁誉参半的评价来。

搞竞价排名，搞假冒伪劣，搞一部圈钱的电影完全不管质量，就是认为钱最重要。

我也经历过这个阶段，在很深的绝望之后，难以自拔地陷入无脑的对金钱的崇拜中。

是啊，钱就是最重要的，有钱你就有大房子，有好生活，有漂亮姑娘，想怎么享受怎么享受，如果你觉得这样太俗太恶心，好，有钱就可以让爸妈也过上好日子，让子女获得最棒的教育，这还不足以说明钱最重要吗？！

现在想想当时的自己，真想扇这张丑脸两巴掌。

我会步入第三个阶段，要感谢一个人，名字就不提了，我根本不知道，就算知道也根本就不想提，这个人是一个叫“快手”的直播网站上的所谓网红。

如果你处在我这个年代，你就会知道这个名词，不过对于之前的人们来说，这个词还挺难懂的。

下面我要开始讲故事了，讲的是一个大土鳖的故事。

我来北京的第二天，跟着老谢去一个摄影棚，在那里，老谢有个朋友——这个朋友以后也许会说到，也许不会，别误会，他没问题——在组织网剧拍摄。这是我闻所未闻的赚钱方式：找网红拍网剧，网红有粉丝，粉丝点击观看自己偶像拍的剧，然后视频网站就分钱。听起来没什么，可是当我知道一个网红有几百万粉丝，一个剧里有好多个网红，最后能挣到的钱数以百万计的时候，我下巴差点掉下去。

因为自己也在做小说，以后也想转影视——如果可能的话，所以我想，了解一下拍摄流程总不是坏事。

然后我就去了！

真感谢这次的“去了”！

中午吃完饭，我坐在外面像是大堂的地方，有那种圆桌，高椅，就是你要先把屁股搭上去再撑一下的那种。在圆桌的正对面有个立式冰柜，如果你从里面拿了饮料，那就要用微信扫贴在侧面的二维码付款。

我正盯着那个冰柜发呆，就在这时，那个家伙，直接向我走来了！他是要抽烟还是怎么的我不知道，反正就向我走来了！然后，他直接跟我说了这句话：

“唉，这个剧要是整好了还行，能挣100万，整不好，只能挣50万。”

我蒙了！还有人这么开始一场聊天！这怎么接！“我教你个一下挣1000万的招儿，抢银行。”

混账，我能怎么接，我只能说：“不错，50万已经不错了！”没办法，我能怎么接！

总之这是一场令我刻骨铭心的谈话，我知道这家伙在剧里演什么，一个酒保，配得不能再配的角儿，演得又没怎么好，这是最关键的，演得没怎么好。可就是这个智障，一直在跟我说他怎么怎么赚钱，我随便敷衍一句“看你演得不错以前也演过吧”还勾出了他以前在秦皇岛28天赚20万的事情来。

这真让人不爽，你想想自己的工作，再想想我刚刚告诉你的事情，是不是有点不爽？

“唉，我也没想到，自己玩快手竟然火了。”他夹着烟，烟头冒着烟。

呵呵，土鳖。

“本来就是随便玩玩，谁知道还玩儿火了。”

呵呵，大土鳖。

故事讲完了。

不过讲真，我还是要感谢他，他就是佛祖派来指导我进入第三重境界的，当天晚上我就开始背林肯写给比克斯比太太的信的英文原文，太可怕了，我的心怦怦直跳，像这样的家伙，多少钱都救不了了。

我要有钱，但不能让人瞧不起，我打心眼里瞧不起那个家伙，就算他能挣一个亿都没用。

钱不是最重要的，那只是个物质保障而已。

文化，梁敲寒，文化。

从此以后，我常常会扪心自问，无论贫穷与富有，无论孤独与幸福，梁敲寒，你的文化足不足以撑起一个令人尊敬的灵魂？

恐怕答案永远是“不足以”吧。

## 第七章

我回到沈阳了，沈阳的冬天确实很冷，于是我便想起小依说的“穿成一个球”，她那个样子，实在是可爱极了。

没错，虽然她身材不算好，可实在可爱极了，有时这比身材好更让男人念念不忘。毕竟在一部分生命冲出身体之后，山峰和平原还有火腿肠都会瞬间毁落成虚无，可一个俏皮的笑，一点吐出的舌，或者一个羞红的脸，并不容易从心中洗掉。再说了，现在就是个卖萌当道的年代，你看现在的动画片都开始叫什么名了，《小黄人大眼萌》《逗鸟外传：萌宝满天飞》，“萌”这个字已经在“Pia”“Pia”地往你脸上甩了。

帅爆，帅爆，一个英文单词 Minions（你们知道我讨厌中文夹英文，可是这里没有办法）翻译过来竟然是小黄人！大眼！萌！这真让我感叹中英文的巨大差异。

英文太他妈浓缩了，这就是我要说的差异。

萌没有什么不好，我喜欢萌，我喜欢白茶画的《就喜欢你看不惯我又干不掉我的样子》还有《就喜欢你看不惯我又干不掉我的样子2》，这两本书让世界变得柔软，我的意思是，你总不会拒绝柔软的，而非冷冰冰的东西。以前我曾经买过一本《咦，被发现了呢》，里面有一个叫鹿尤的长颈鹿，一只叫蛙肆的青蛙，还有其他许多鼓鼓囊囊圆圆滚滚的小动物们，甚至还有一颗我不会念名字的猫屎，是的，一颗猫屎，你绝想不到会有人把猫屎搞成萌物而他居然还成功了。

可恶，我喜欢这些画册，《咦，被发现了呢》《就喜欢你看不惯我又干不掉我的样子》还有《就喜欢你看不惯我又干不掉我的样子2》。我没事就翻，我是说我对它们爱不释手。

所以我得承认，现在我又想翻看这些漫画了，可是我正坐在查理布朗咖啡厅里，不得不专心搞我的混账小说。查理布朗是沈阳中街边缘的一家咖啡厅，通常我们说它是在“东中街”，这是这条商业街这一头的称呼，那个雪天，当我对自己产生“局外人”的想法的时候，我就是在往这一边走。

但当时不是为了来查理布朗，当时为了去哪里，我已经忘了。

总之，我在这个阳光明媚但地上有积雪的下午，来到查理布朗，试图尽快让小说结尾。可我不能只顾着赶进度，这是个宏大的小说，没有比用一个糟糕的结尾结束一本宏大的小说更令人难受的了。

唉，这是个挑战。

但我希望你们知道，就目前而言，最大的挑战可不是我的思路或肚子里的墨水，最大的挑战来自对面，而且还是双重挑战，你懂我的意思吗？双重挑战，一个令人厌烦的男人和一个令人分心的女人。

妈的，我真是一个超级色的人，我开始对这一点感到恶心了。

因为是在二楼——我习惯去查理布朗的二楼——所以当我发现这个可怕组合的时候已经太迟了，付完了款，拿完了饮品，这个时候除了坐下已经没有别的选择。那个男人，我只能看到侧脸，一直在说，太能说了，就像我面对小依时做的那样。他在说关于日本的事情，说日本人有民族情感，所以看不起我们，还有韩国人、朝鲜人，日本人都看不起，就算我们有钱也没用。对面那个女孩儿，我一直想看清她到底有多好看，因为这点毋庸置疑，可是她恰巧坐在完全背光的位置，唉，我恨死背光了。没错，此时此刻，我恨死背光了。

真的，我真希望可以拿出一部视频来直观地告诉你们这些事情。

那个男的一直在讲，喋喋不休地讲，于是我找到男人十大愚蠢行为之四了——面对女孩儿喋喋不休地讲话，无论讲的是什么。那个男人，那个和我一样的男人，嘴里不停，声音又大，于是我就知道了自己有多烦人。也许小依也正是这么想的，她表面不说，并且保持着畅快的笑容，可心里，一定已经在咒骂我了。或者正在走神，跑到了泰国去，她去过泰国的，她提到过这一点。

哦，现在又在讲郁金香了，讲沈阳植物园，那个女孩儿——因为光线的原因，我始终看不清她到底有多好看，可我又不能一直往那里瞥眼睛，被发现了就尴尬了。

女孩儿的声音很好听，好久没听到这么好听的声音了，不过和加德满都机场那位比恐怕还差一些。而那个男的，根本就不帅，至少从侧脸来看，不算成难看就不错了。他们俩好像都是老师，至少那个男的应该是个老师，所以他会去这里去那里开会，我想就像那些腐败的官员一样。

红肠，秋林公司的红肠？那是什么玩意儿。

哦，一种哈尔滨红肠，我听出来了。

这个男人真的讲了很多东西，从开始到现在，一直在往我的耳朵里灌，日本，大和民族，出事，语言不通，被偷，美国，火车站，沈阳，锅包肉，大连，星海广场，开会，大学，美女，发票……发票是说香肠的，你们别乱想。

哦哦哦！现在他们要去吃饭了！

可恶，到了最后我也没看清那女的到底有多好看。

莫名其妙的，我的脑海中又蹦出话来，我想起了那天在单向街咖啡厅，小依在讲完自己的宅和沉默后说的一句“你太能说啦！”我才明白她到底是什么意思。原来她真的超讨厌这样的家伙，怪不得她改了主意，不想和我一起去看电影了，这是理所应当的！我真是个白痴，真的，本该在当时就想到的，还以为正处于封闭状态的小依和一个能说的家伙在一起会觉得不寂寞，这倒没错，确实不寂寞了，满脑袋都是“烦人”二字还寂寞个屁。

我就这样坐在那里，一边写东西一边胡思乱想，双重挑战结束了，可我还是没能彻底静下来。

过了快一个小时，上来了一个姑娘，我忍不住盯着她看。

这回我看清了，她很漂亮，甚至很纯洁的感觉，可恶，今天查理布朗净是一些漂亮的女孩儿，这不合常理啊！没一会儿工夫，那个姑娘因为种种原因下去了两次，上来了三次，我每次都偷偷看，前两次她也看我，后面就不理了。

我想去要她的联系方式，可是我不敢。

我想起了《死侍》里面韦德·威尔逊在厕所镜子前狠狠骂自己

的话。

你这个软弱的废物！

等等，也不能这么说，万一她在等谁呢，万一她在等男朋友呢？那我现在的懦弱简直是再正确不过了。人类最值得称道的就是智慧，等待，静观其变的智慧，我还是先观察一阵子比较好。

对的对的，就先等着吧。

过了一会儿，我决定了！

如果我走的时候，她还没走，那我就写个纸条给她。

写什么？

就写“我想请你看电影”，再把电话留下就好了。

对的，对的，这个好，反正之后我就离开了，没什么尴尬的。

没过太久，有人来找她了！哦，是个女孩儿，这比预想的好太多了。

我一直很开心，很恐惧，直到两个人站起身，走了。

唉，真是像个白痴一样演了好大一出屁用没有的内心戏。

过了一会儿，我还是拽过一张餐巾纸来，掏出笔，写下了几个字。

“想请你看电影。”

真难看，我的字真难看，我他妈就是个废物，人也难看，字也难看，两张脸都是上帝泄愤的产物。我把纸团起来，扔进一旁的垃圾桶。

突然，心里一阵难受，妈的，我的心里竟然一股一股地难过起来，我不知道别人都是怎么遇见姑娘的，对我来说，这真他妈是个谜。

# 第八章

最近这几天，每次从厕所出来的时候，我的表情都是严肃的。

因为我觉得自己要死了。

不开玩笑，我真是这么想的。

这个事情如果解释得太直白，就会变得太恶心，所以我只打算这样说：无论在任何时间，任何地点，看到血总归不是一件好事，当然，这是针对我们男人来说，如果是女孩儿的话，往往是看不到血才大事不妙。总之，我没感到疼痛，却看到了血，这简直就是摆明了告诉我这些血是来自体内没有痛感神经的地方的，体内什么地方会没有痛感神经呢？肿瘤。可恶，我该有这种担心，因为我吃了太多的烧烤了，从小到大，我吃了太多的以致癌闻名的烧烤。

该死，我干吗要吃那么多以致癌闻名的烧烤？

这还不是我判断的唯一依据，更前一阵子，我的肚子总会莫名其妙地一动就痛，一动就痛，不动还好，一动就痛。这叫什么？小腹隐痛。如果你到网上，把这几个名词凑在一起搜索的话，那个最可怕的名词就会出现，就像几个小鬼怪组成了一个大魔王一样。不过我很欣慰在这个过程中，发现百度上所谓的“广告”及“推广”已经完全不见了，魏则西真的是可敬的，他以一己之力造成了巨大的改变。

他是牺牲的勇士，魏则西，他是牺牲的勇士。如果你不知道他是谁，那么可以去搜索一下，他的故事可不是一两句话就讲得完的。

慢着，也许一两句话也可以。

魏则西是一个生了重病的青年，通过百度的广告查到了一个混账医院，在那里被坑尽了钱财，然后不治身亡。他的死在中国舆论引起一场海啸，最终迫使百度对自己的公司和网站进行了大反思和大清洗。

两个句号就算两句话，就是这样。

其实仔细想想，我倒是最应该得这种癌，毕竟是靠嘴摄入了那么多致癌物，比起脑袋、肺或是肝等器官来，果然肚子里面的肿瘤才是最恰当的惩罚。可是我是不想死的，尽管我一而再再而三地说自己该死，可脑袋里面，果然还是不想死的，于是我在考虑去医院做检查，不过思来想去，还是打算再观望一周。

混账，我已经进入倒数第二危险的阶段了，观望。

“嗨！”从厕所出来后，我尽量拿出一副满不在乎的神情，“我已经快要死啦！”我对表弟说。

我有没有提过，我有一个表弟?

总之，不管有没有提过，我是有一个表弟的，他只比我小 9 个月，是姑姑家的孩子。我有两个姑姑，表弟的妈妈是比较小的那个。

通常我不叫他表弟，我直接叫他的名字，黎德寰。

黎德寰对我的遭遇并不同情，因为他压根儿不相信。“恭喜你！”他说，他总是用这三个字开头来回答我，“你可以离开满是网红的世界了！”

自从我跟他说了“佛祖使者”的事情之后他就对网红这个团体产生了深深的误解，不是每个网红都是土鳖好吧。

不过也有相当一部分是，这个真难否认。

“嗨，你不懂！”我说，“无痛便血，小腹隐痛，大肠癌可能就要来啦！”我可不怕他觉得恶心，因为他动不动就说“吃屎”这两个字。

“也不一定，也可能是因为吃了太多屎！”

你看，我说什么来着。

其实，黎德寰是一个超有思想的人，真的，他超有思想，他是一个对国学有一定狂热的家伙，背过很多孔子孟子墨子庄子，带“子”字他就要背，至少在我看来是这样。恐怕他以后生了儿子的话也一定会拿个小本本记好孩子的话，然后我就会听到这样的开头：

“儿子曾经说过。”

没错，是个“子”他就要背。

但是不开玩笑，我从他那里学到了很多东西，大部分是思想上的，比如“守破离”。糟糕的是我一直背成了“断舍离”，那天在单向街和小依见面的时候还大谈特谈来着，现在想来真是一阵阵的脸红。是啊，设身处地地想想，你就会觉得我应该脸红，多滑稽呀！说什么“我知道学习就是一个断舍离的过程……”

还我知道……你知道个屁。

说不定小依当时心里就是这么想的。不过她是个温柔而文静的人，不会骂人的，所以想的应该是这样的话语：

还你知道……你知道个体内之气。

唉，现在的我倒是真希望体内只有气呢，肿瘤，那可不是闹着玩的玩意儿。

现在正是夜里，我和黎德寰在万象城的西西弗书店瞎逛，一会儿拿起一本书看几个字，一会儿再拿起另一本书看几个字。其实他和我有一样的毛病，完全一样的毛病，我们俩都是看不进去书的可怜人，也一样憎恨那些瞬间就消化掉一本小说的家伙。

说起来，那个家伙我还没删掉呢，就是发朋友圈说一个礼拜看了 10 本书的家伙。我一个个数的，把图片放大，123456789，10。他发的是一张一堆书在沙发上摞起的图片，配文字说，一个星期的成果。

他太帅了，我差点当时就把这么帅的家伙屏蔽掉。

“是时候增添一拨家具了！”身边，黎德寰拿着一本《本书书名无法描述本书内容》说。

这书名读起来怪怪的。

“心理学相关的。”他补充。

我不看心理学，虽然在读了《别和她说话》之后有过冲动搞本微表情或是心理学相关的书籍，可冲动，你知道的，挺过去就挺过去了。

我摇摇头，拿起一本《人间失格》，这已经是我第一千八百六十次拿起《人间失格》了。

“我已经读完了第二手扎！”我不知道“札”字是不是念“扎”，或是念“礼”，“也许我该读完，然后把它买下来。”

“也许你可以把它买下来，然后把它读完。”

这是怂恿。

“那要是没读完呢？”

“那就多了一本家具！”

没错，家具，他总这么说，我觉得这个说法简直好极了。

最终我没有买下《人间失格》，就像之前的一千八百五十九次一样。不过这一拿一放确实让我想起了那本《知日》杂志，我在不久之前非常冲动地买下，只是因为封面，结果我到现在也没有看，拆都没拆。

真可笑，那个封面本不是什么帅炸的设计，就是八个字，写得大大的八个字：

生而为人，我很抱歉。

太宰治，《人间失格》的作者，他最出名的就是这几个字。

当时我也是和黎德寰在这个西西弗瞎逛，完全一模一样地一会儿拿起一本书翻两下，可就在经过某个由书籍平放成堆组成的拐角的时候，我的目光一下扫到了那八个大字，然后，根本不受控制地，一个画面从思想中冲出。

一个人，在海边，或许面对着大海，或许侧对着大海我不知道，他满脸泪水，声嘶力竭，对着咆哮的海浪或是某个人，大喊说：

生而为人，我很抱歉！

这真是神奇的八个字，用句号哀伤，用叹号有力，它是那种一千个人会解读出一千种情绪的话语，就像《少年派的奇幻漂流》这部电影一样。当时我“嗖”地一下就把那本杂志拽了起来，到了最后，没扛住，买了。

你看，小依，我说了封面的影响特别大，你比我小一个月，要听老人言。

或许是为了弥补这次冲动，我开始读起《人间失格》来，不过并没有买回去，而是在西西弗蹭书。我意外地发现这本书竟然对我很友好，我是说，我可以像个正常人一样一句一句读下去。

或许你不知道什么是正常人的读书，因为你就是个正常人，就像没有残疾的人是不知道四肢是怎么动起来的一样，我让它动，它就动了。

反正我认为，正常人是像下面这样读书的，我还是拿《你在天堂里遇见的五个人》举例。

“老妇人静静地坐着。爱迪注视着翡翠一样辽阔的天空。他想起了他自己也曾经好多次有过同样的愿望，他希望建造‘红宝石’码头的人把他的钱派在其他用途上。”

当然还有人是这么读的：

“老妇人上。”

或者“咣！”，完了。

你知道我是怎么读书的吗？

“老妇人静静地坐着。老妇人静静地坐着。老妇人……坐着。老妇人静静地！坐着。老妇人静静地坐着。爱迪……爱迪注视着翡翠一样辽阔的天空。注视着翡翠！是翡翠！一样辽阔的天空。爱迪注视着翡翠一样辽阔的天空。爱迪注视着翡翠一样辽阔的天空。他想起了，他想起了他想起了他想起了，他想起了他自己也曾经好多次，他想起了他自己也曾经好多次有过同样的愿望，有过同样的愿望，他想起了他自己也曾经好多次有过同样的愿望，他希望建造‘红宝石’码头，‘红宝石’，‘红宝石’码头，建造‘红宝石’码头的人，的人，把他的钱派在其他用途上。他的钱，用途，他的钱派在其他的用途上，他希望建造‘红宝石’码头的人把他的钱派在其他用途上。他希望建造‘红宝石’码头的人把他的钱派在其他用途上。”

你可能会说，你他妈的是在骗稿费吗？

看见没有，如果把我的读书过程完整地写下来，看起来就像骗稿费的一样。

我相信你是不会逐字读完上面一段话的，而如果你逐字读完，并感到巨大的痛苦，那么，你就知道我在读书时是多么痛苦了。

我的大脑有缺陷，这是唯一的解释。

或许黎德寰也有一模一样的感受，或许他没有，其实听他的描述，更像一种单纯的排斥，他读不进去书，不是要重复或怎样，就是读不进去，于是他硬读，朗读，甚至背诵，那些“子”就是这么刻进他的脑袋的。

乖乖，仔细一想，了不得。

总之，我们都发自内心地想读书，可真读起来又被“痛苦”二字打得措手不及，诡异的是，一离开书店，不，是一放下书本，兴致就又来了，决心就又来了，这心态到底是什么鬼？我不得不发自内心地这么问一句。

就像混账的健身，每次都是兴致勃勃地去，然后愁眉苦脸地坚持或者放弃。

现在彻底放弃了，都三年过去了。

到了最后，我看看黎德寰的手里，空空，什么都没有。

我也是。

我们什么书都没买，这是常态，就是有点对不起书店。其实也不能这么说，我都买过好多本了，像那本《杀戮与文化》，就在这买的，90 多呢，还不是一边哭一边掏了钱。话说那本大厚书自从躺在我屋桌上就再也没起来过，身都没翻过，塑封完完整整，打眼一看，亮闪闪的。

没办法，我想把它摆到新家去，能进到那个现在还没影的屋子里的，全是新得不能再新的家伙。

哦，除了一个旧玩意儿。

老梁敲寒。

## 第九章

回北京的事遥遥无期，没有办法，看来暂时没法和小依见面了。最近《你的名字》刚刚上映，其实我合计着，要不强行回去一下，约上小依，去看看这部电影岂不是美事。

于是，我再次在 QQ 上联系她。

“小依，想去看《你的名字》吗？”

“你回来啦”“我看过了，我觉得很好看”

“没呢，既然你看过了那我就自己去看啦！”

然后，我打定了主意，最后发给她一句话：

“封面的事还请你多费心！”

没错，我打定了主意。

我打定了主意再也不去烦她了，我还没蠢到那个程度，也许我看不出来一个人是否想见我，但我能清楚地看出来一个人是否不想见我，小依不想见我，而这没什么，如果是五年前，我真的会难受死，可是现在，完全没有关系。

我说的是实话，事实上，我打算明天就去看这部口碑和票房都炸了的日本动画长片。

第二天，我买好了电影票，出乎意料的是，有好多好多空座。

唉，毕竟已经上映几天……哦，对，在中国的上映已经推迟数百个月了，该看的早就看完了。说到这部片子的作者，新海诚，我真不知道原来《秒速五厘米》就是他的作品，不过我也没看过《秒速五厘米》，一听说是有关年少恋爱的我就害怕，万一看完了难受，又没人说，那可不是开玩笑的。

或许我还不是一个够格的局外人——我非常突兀地想起了这一点。

万象城的美嘉欢乐影城是一个通道设计方面蠢爆了的影城，我这么说，完全是有理有据。你不能从各个影厅的入口出去，你得从真正的出口出去，然后发现自己置身于一个和爆发生化危机前的浣熊市没什么两样的楼道之中。我是说，在这个楼道中你觉得拐角就能碰到丧尸什么的，而你的手中并没有霰弹枪哪怕是手枪，只有一个证明你刚刚看完某部电影的票根可以用来让丧尸羡慕致死。他妈的，你需要把丧尸羡慕死，所以祈祷你刚刚看完的是李安的片子或是詹姆斯·卡梅隆的片子吧，要是《澳门风云3》你就死定了。

我要看的是《你的名字》，胜算还蛮大。

这真是我见过的设计得最蠢的走道，一顿绕之后会看到一个八百年落下来一次的电梯，若你不想等他个八百年，那么你十有八九会转回原点，相信我，你十有八九会转回原点。我不止一次皱皱眉头，弃电梯而去，然后惊觉自己就在刚刚走出来的影厅的出口，只好再次准备好票根以防丧尸，最后等上第二个八百年逃出生天。我不明白究竟是哪里出了问题，从影厅的入口出去会怎么样？

拥挤？人流交错？先看的会给后来的剧透吗？

“告诉你们那个穿蓝衣服的就是凶手！”

“啊！”

“120吗！这里是万象城美嘉蠢爆影城，有人心脏病发了！”

骗谁啊！

总之，这是个令人疑惑及愤怒的地方，可因为种种原因，比如环境确实不错，设备确实要好，还有去书店方便——反过来亦然——等原因，我一次又一次地来这里看电影，恐怕以后也会一次又一次地来这里看电影。

真希望有一天出口可以改一下，或者设计这个的那个设计师退出设计界。不不，我不希望他死，他没有罪，只是蠢而已。

或许还有其他客观原因，可是去他的吧，我又不是一个面面俱到的混账的圣人。

好，牢骚发完了，看电影。

等到看完了影片，我知道自己最近，或是近两年来，真的出问题了。

没那么好看啊！

这是一部好片子，这个确实是难以否认的，你说新海诚是做壁纸的，恭维也好，嘲讽也罢，确实只要在观影过程中，在任意时刻，只要你能让时间静止，你就会得到一张壁纸，哪怕是把女孩儿刚刚睡醒的那会儿截下来，也是一张让人想入非非的桌面图片——她的睡衣是圆领的，斜在一边，想想看你就知道我在说什么。从故事和立意来说，都很不错；从感动来说，我倒没太觉得，不过我绝不会因为自己无动于衷就说这个片子不感人。

或许是因为我是自己去看的。他们说如果你没有女朋友就不会觉得这个片子感人。

这可有点混账了，朋友。

所以这是一个好片子，发自内心，不说反话，不过要说什么“超过宫崎骏！”“和《疯狂动物城》争夺奥斯卡最佳动画长片！”这都有点过了吧？票房上超过宫崎骏的卖座长片，比如《哈尔的移动城堡》我没有异议，这也正是实际发生的情况，可影片质量呢？还有《疯狂动物城》，那家伙是个神，零差评的可怕对手，恐怕到了现在也是零差评，你要费很大劲或者极其专业才能从故事、画面、内涵等某一个方面找到一丝瑕疵。

很明显没人愿意费很大劲或者没人那么专业，所以到现在《疯狂动物城》仍是零差评也说不定，从各个方面来说，不，从任意方面来说。这是个在任意方面都零差评的神之制作，你要怎么和这种怪物竞争。

后来我知道，新海诚自己是这么说的。

他说……呃……

他说……

混账，找不到了！我去网上一顿狂找可是找不到了，但我清楚地记得曾经看到过，他说如果没有老一辈的人，比如宫崎骏，开拓市场，《你的名字》绝不会达到目前的高度。这真是个谦虚的家伙，这个新海诚，明明做了一部席卷亚洲——搞不好还席卷了全球——的电影，却把这一切归功于前辈的努力。像这样的家伙女孩儿是绝不会讨厌他的，有实力，又谦虚，话也不算多，这三样中有两样我根本没做到，我没实力，话又多。

不过我倒很谦虚，虽然这样一说就显得很不谦虚。

可恶，看来这三样我一样都没有。

就在我这样想的时候，前面有人说话了，一位很富态的女子，还有她的男朋友：

“感觉没有他们说的那么好。”

女士！我认同你！

日子一天一天地过，局外人继续冷眼旁观着这个世界。每天都看着一大票幸运的浑蛋，还有一大票悲哀的脸。令人悲哀，也许这样说更准确一点。我就是会产生这种感觉，尤其是在街上的时候，中街，太原街，人潮拥挤的地方，熙来攘往的商场。因为这些地方会出现对比，如果你想产生“局外人”的想法，那就必须要有对比。

2016 年 12 月 12 日，天降大雪，我透过兜帽下沿儿，一边迈步，一边看着满天的雪花，我试图跟住某一片雪花，可一直不成功，它们落得太快了。

我只好放弃这个想法，继续沿着大路走，我要到中街去，明明有车可坐可我却想走，不得不说有的时候人的喜好真的会很怪，连自己都搞不清楚。

我一直走，走到了东中街，打个直角向左拐，又走到了“老边饺子”那里。

我就是在这里听到的。

“‘双 11’觉得不过瘾，‘双 12’我们让你 Hold 不住！全场……”他妈的，我一下就笑了，忍不住地笑了，让我 Hold 不住……我根本不想买你怎么让我 Hold 不住，下药吗？现在的中国，或者是全世界，已经疯了，满大街的嗷嗷乱喊全是“卖！”“卖！”“卖！”“便宜！”“便宜！”“便宜！”，还有最直接的，“快来买吧！”，简直是他妈的传销。我从来不否认商业的价值，毕竟岁数和毕业年限都不允许我否认，可满大街都是甩到你脸上的钱钱钱，这多少让人觉得有一点庸俗。

“帅哥！帅哥！”有人在叫。

他在叫我，因为他冲我走过来了。

我不想和第一句话就撒谎的人打交道。

他还没走近我就知道他要干什么了，小蜜蜂，是那个用筷子夹鱼丸的好朋友告诉我这个名称的，因为他也做过，我真难想象他在大马路上一边喊“帅哥”一边向人家走过去的样子。

“帅哥！”

他还在叫，我不想和连续撒谎的家伙打交道，可我的想法并不重要，他已经到身边了，告诉你们，我都不用想，肯定是“就耽误你两分钟时间”或是“别误会，我不是坏人”，遇到稍微真诚一点的才会告诉你“发廊在做活动”，我在中街来来往往了一百年，就算是个智障这几句话也差不多该背下来了。

“别误会，我不是坏人。”

听见没有！

我偷偷叹了口气，以一种意味深长的眼神看着他，我当然知道你不是坏人，你只是烦人。果不其然，“就耽误两分钟”出现了！你们这些年轻的小蜜蜂啊，就不知道换两句话尝尝鲜吗？要去没去过的远方才有更香甜的蜜哦！

总之，我老实告诉他，以他们根本没有的真诚告诉他，我天天在中街走。

言外之意已经很明显了吧，是个人就能理解吧！

但他很明显不想放弃，“你就去看看！”

然后再花上个几百上千甚至上万是吧。

好了，拜拜，我赶时间。

“我觉得你像明星！”另一个家伙在我背后大喊。

那个字不念“明”，念“谐”，你个文盲。

我走过沈阳春天拥挤的出入口，把那帮烦人但也有点可怜的家伙远远甩在后面。

唯一一个曾让我觉得有点小本事的家伙是一个小伙子，他也是干同样活计的小蜜蜂，在我说完“天天有人找我去看”之后，他说：

“可是你一次也没去呢。”

他的言外之意也很明显，可恶，这是个说话的高手，我是说他成功把我呛住了。

我想了半天，眼珠转啊转啊转，费了牛劲才知道该怎么办。

拜拜。

唉，其实我输了。

## 第十章

身边人来人往，但没人说话。我站在一大堆书中间，手中拿着一本《我是猫》。

这已经是我第四次在新华书店翻开这本书啦，这是我第四次翻开《我是猫》，可是你猜怎么着，我才看到第20页。

没错，看了四次，才看到第20页！那岂不是要到临死前才能读完！我不知道夏目漱石写这本书用了多久，但肯定不是一辈子，我命里和书不合，而这点让我难受。

我立刻决定把那个发朋友圈说一个礼拜读了10本书的家伙屏蔽，没错，你听见我说什么了，一会儿坐下我就把那个读书狂魔屏蔽。

混账，果然还是删了比较好。

我费了好大劲才把自己的注意力从读书狂魔那里拽回来，继续啃食精神食粮。“像主人那样表里不一的人，”夏目漱石写道，此时他是一只猫，“也许还有靠日记来暗地发挥他那不可见人的思想感情的必要；但是我们猫类，一切行居坐卧，拉屎撒尿，都是真正的日记，用不着另找麻烦，来保存自己的真面目。”嗯！这倒是有趣的想法。夏目漱石有很多有趣的想法，他描写主人家的两个孩子争相偷吃白糖那段让我忍俊不禁。我本高傲地认为自己是个高傲的人，结果一段描写两个小屁孩的文字就让我忍俊不禁了，这真是耻辱。

还有另一件更耻辱的事，是我刚刚发现的，发现的那一刻我都替自己感到害臊。在新华书店有个小机器人，机械地重复着“欢迎光临中街新华书店”“中街新华书店是最温情的书店”之类自吹自擂的屁话，像个白痴一样地重复着新华书店的悠久历史还有国营背景。这真是蠢爆了，你想一想就会知道，这蠢得简直不能再蠢了。可是当我把鄙视的目光瞥视过去，看到那个机器人转动着身子嘟囔时，我差点没忍住。

我差那么一点点就走过去了，就差那么一点点我就要走过去，摸摸那个白痴小机器人的脑袋说：

“嗨，小家伙！”

然后它要什么吃的我都给买，就算是电池我也给买。这可真是丢人，想想看，众目睽睽，大庭广众之下，一个男人面带傻笑走向一个小机器人，摸摸脑袋，嘴里还说“嗨，小家伙！”天哪，我都不敢再想下去，我是说如果再想下去我就会尴尬地咳嗽起来。

由此可见，一个男人想维系自己高傲的形象，是有很多困难要克服的，有的时候就在一瞬之间，一念之间，一个动作就会毁掉所有。要小心那些恶魔，如果你想保持高傲的话，小心狗狗，猫咪，还有一切会动的小东西，我自己家里就有一只猫，相信我，你很难抵挡的，当它睁着大眼睛看你的时候，你只想使劲揉它的肥脸。

我在北京还有个朋友，叫赵率，他家则有一只狗，一只并不纯的雪纳瑞，每天傻乎乎地跑来跑去，吐着舌头，“嗨，嗨”地喘气，它就像一个玩偶一样，是的，一模一样，如果它屏住呼吸倒在地上，哪怕就隔一米你也绝对判断不出来这玩意儿到底是个活物还是单纯的是个玩具。

它就是那样的像一个玩偶，只要一点食物就开心得要死的蠢材。我曾在赵率家住过一天，结果早晨一醒来，就觉得背后有什么在看我。

你也许会说“这不可能！”，可我对天发誓，我感到了身后的目光。

于是我翻了个身，就看见一双又黑又亮的眼睛埋在拖布一样的白毛下面，两脚搭在床边，“嗨，嗨”的声音响个不停，口哨，原来是你呀。不过我很不想和它玩，因为我才刚刚睁开眼睛，是个人就知道人在刚刚睁开眼睛的时候不会有太高的兴致，有时甚至像个浑蛋一样和最亲的人生气。

总之，我翻回去了，再次背对着那只傻乎乎的狗。

信不信由你，“嗨，嗨”的声音消失了！

这……口哨你怎么了？

我赶紧再翻回去，生怕看见那家伙已经口吐白沫死在了床边。不过并没有，当然不会有，它看我又在面对它，重新发出了“嗨，嗨”的声音。

我转身，没声了；

我再转回来，又有了。

这真让我惊讶，讲实话，我觉得口哨的礼貌程度已经远超过它此时面对的那个白痴了！它就在旁边等着你，看着你，陪着你，你睡着它不吵，你醒了它在听，我瞬间就理解了那些拦车的爱狗人士，或许还是不赞同他们的一些具体行为，但动机，太容易理解了。我想一个人多少会在人生的某一个时刻，面对着一个傻乎乎的小东西，心中涌起一股暖流，而当这个世界用它最温柔的一面面对你的时候，不知怎的，力量，就涌出来了。

“中街新华书店是最温情的书店……”

那个小机器人还在说，“嘶——”，它转身，朝向另一个方向。

你真是个白痴。你知道这点吗？小家伙？

我一笑，合上《我是猫》，向另一柜儿书走去。

就在这三两步道儿的过程中，不知怎么的，我又想起了那个在查理布朗看了我两次的女孩儿，当然，你们知道，我看了人家三次。

我总是会想起姑娘，这点让我厌烦，可厌烦不了多久就变成呆呆地发起呆来。我想起了那个姑娘的脸，她的步子，她说话的语气，我没听清她说什么，尽管她就在我面前不远。我想起当时有两个女孩儿，可是我分不清哪个声音是她的；我想起她的面庞是那么清纯，一双大眼睛扑闪着干干净净的光彩。

她没穿超短裙，她没有夸张的曲线，可那粉色毛衣的微微隆起，就像小兔子怯怯地露出半个脑袋。这让我受不了，说实话，或许男人到了 25 岁以上就会成为字母 E 的俘虏，可我不是，我不说假话，不过字母 A 和字母 B 倒确实太靠前了一点。

于是你知道我是什么意思了，再告诉你一个小秘密，“25”这个数儿是我瞎编的。

小依就是字母 B，咳咳，我猜。这方面我不是专家。

总之，我就是会想起这些事情来，即使被书本环绕，即使正处在无数先哲的智慧凝缩之中，仍然会想起这些事情来。我本来不是这样，直到大学都不是这样，可是不知道从哪一天起，我变了，信不信由你，当真正意识到这一点时我很惊恐，很羞愧，可是，却再也没能摆脱它。好在我慢慢了解到，有这毛病的男人还是有一些的，既然如此，那也不必太过上纲上线。

反正我是这么对自己说的，出于种种原因。

终于，我把目光和思维都放回了正经的东西上，《伯罗奔尼撒战争》，它和《杀戮与文化》同属一个系列——至少看起来是这样，于是也有着极吸引人的封面。这一系列都是用封面引诱读者的高手，还有《迦太基必须毁灭》《拿破仑大帝》等，希望名字我都没有记错。

我拿起《伯罗奔尼撒战争》，想了想，又放下。

还是去看看小说吧，我得学学该怎么写。

我把我的计划告诉你，我打算研读一下各国文学的写作特点，当然是以我自己那种一点都不努力的方式。《你在天堂里遇见的五个人》是美国文学，文笔淡，少修辞；《我是猫》是日本文学，还是一九〇几年的作品，总觉得和鲁迅先生的作品有同样感觉。其实我还看过《007》，英国文学，不过当时还没想从中汲取什么于是就没什么用了；德国的《浮士德》，法国的《巴黎圣母院》，我都想看，也都看了一点，《浮士德》虽然是戏剧，可也有一定的借鉴价值。总之，我开始想这些事情，手里的书走马灯般地换，然后，我叹了一口气。

去他妈的吧，我还是想那个姑娘。

于是我放弃了，什么文学，什么历史，什么封面……都圆润地离开吧。

如果能更深入地了解一下那个姑娘，那该多好呀！

没错，在这一瞬间，和所有文学秘籍，所有写作技巧哪怕是所有赚钱绝招相比，我都更想了解她。我感到有什么紧紧抓住了我思维的缆绳，把它固定在那个女孩儿的面庞和身体之上，无论我如何想要摆脱，想要挣扎，这绳索也只会微微颤动而已。

黔驴技穷了，没错，我正是这样，我只能听之随之，开始完全以她为中心胡思乱想。

不知道她喜不喜欢旅行什么的，我就很喜欢旅行，如果她喜欢旅行我可以带她去旅行。

不知道她喜不喜欢美食，我就很喜欢美食，如果她喜欢美食我可以带她去吃好吃的。

不知道她喜不喜欢电影，不知道她喜不喜欢音乐。信不信由你，我愿意折寿3到5天来了解有关她的事情。你嫌少，可没办法，因为我不知道她有没有男朋友，我可不想折寿好几年，只为了解一个已经有男朋友的姑娘。那毫无意义，你仔细想想便会知道，那毫无意义。

我静静地站着，手里还有残留的《金色梦乡》，我感到了一种无奈，又感到了一种期待，然后期待变成了争辩，最后争辩燃烧成最悲哀的结局。

然后，我又感到了孤独。

突然，仿佛神在玩什么恶作剧一般，我的脑海中一下蹦出两句诗来：

谁此刻没有房屋，就不必再建造；

谁此时孤独，就永远孤独。

他妈的。

## 第十一章

那个人瞪着乌黑的大眼睛，粗重的眉毛一动一动，他的笑容越来越大，最后，都快乐出声了。

“上来！”他一挥手，“上来，我给你们看。”

我和湖哥面面相觑，还有一个来自西安的大哥，我们三个一起面面相觑。

“可是我们肯定买不起的。”我说。

“没问题，”那家伙像个复读机，“上来，我给你们看。”

说完，他自顾自地攀上台阶，那可真是超陡的台阶，蜷缩在屋内最深的墙边，可他“噔噔噔”就爬上去了。他弯下腰——本来消失的上半身又出现——看着还在下面犹豫的我们，满脸的期待，好像要上楼去见识见识的不是我们而是他一样。

“来！”他又冲我们一挥手。

别无他法，我们仨一个接一个地走了上去。

“小心，小心。”他指着台阶。

楼上面，各式手工挂毯都卷成卷，或立放在地上，或挂在墙上，这家伙跑到一个超大的布卷儿跟前，“哟呵哟呵”地把它取下来，然后，向我们使了个眼色。

我们赶紧散开，腾出好大一块地方来。

“嘭！”

好大一块儿地方被盖上了好大一块儿挂毯，足有 2 米见方。

切实地想想，我的朋友，2 米，你知道那是很长的距离。

“我的杰作！”

这个满脸大胡子的巴基斯坦人，这个戴着白帽儿，穿着浅咖啡色长袍的家伙，骄傲地说。

天气越来越冷，好像地球已经被放弃了一样，好像地核已经死亡，一切都在冷却，再过个几千万年，我们重孙子的重孙子的重孙子的重孙子的……总之，那些人，都会在冰河世纪里和猛犸象玩儿你拍一我拍一。

不过那不关我的事，你懂的，我倒是希望能活那么长，可秦始皇也是这么想的，并没有什么狗屁作用。

那么什么是和我有关的事呢？

存款，没错，这就是跟我有关的事。

我准备了一个木盒子，一个大有来头的木盒子，这是我在尼泊尔加德满都泰米尔地区买下的手工木盒，从一个巴基斯坦人那里。原价 1000 元人民币的高贵容器，你猜，我多少钱买的？

3999，没错，就是……混账，多打了一个 9。

399，这是最终成交的价格。

我知道你在偷笑，因为你想起了电视促销，想起了“只要 998”或者更像疯子的“只要 9 块 9！”，可如果你去过加德满都，或者是尼泊尔其他什么地方——我相信都一样——你会知道那里是个随便砍价而不会被砍的“就看谁更不要脸”之国。

或者说，你必须像个疯子一样砍价，真希望我有魔法能把你们立刻传送到那个环境中，你便会知道我是什么意思。

这天晚上，当我抚摩着这个木盒畅想根本不可能到来的未来的时候，我突然想起了那个巴基斯坦人和他的挂毯来。你知道的，人有时候会这样，你拿着一个东西，便会想起另一件和它相关的玩意儿来。开始的时候我只是想起了他给我包装木盒的样子，全神贯注，小心翼翼，而拜他那一身中东服装，还有我们的刻板印象所赐，我觉得他在用心准备的不是商品，而是一个好用的炸弹。

这不怪我，你真应该看看他当时的样子，全神贯注，小心翼翼，好像稍一疏忽报纸里的东西就能把我们都送上西天一样。

当时我就想笑，可是我忍住了。

来自西安的大哥——希望以后有机会我能多介绍一些有关他的事情——看好了一副国际象棋，当然，也是手工制作的。其实那副国际象棋我也很喜欢，可我的收入是一个月4000而不是该挨刀子的一个月40000，所以在“这里终结了我的淘宝之旅！”的心态怂恿下，我还是选择了一直想要搞一个的手工木盒。我说这些是为了告诉你们，这个巴基斯坦人有很多好东西，其中相当一部分都是他制作或参与制作的，有些东西你只能参与制作，因为它需要几代人一点一点地弄。

就像是一种继承，不过继承的不是遗产而是工作，这么一听可真够差劲的。

好在那家伙明显乐在其中，他主动提出自己有一个挂毯，是他的最高杰作，如果我们以为手头的木盒啊，国际象棋啊已经太贵了的话，那我们真该看看什么叫真正的好东西。

然后去死吧！穷酸之人！

最后一句话是我理解的，他说的是“不买没关系。和你们分享”。

好了，让我们把时间调回五个月之前，把文章，调回上一大段。

“我的杰作！”他很骄傲。

他应该骄傲，因为眼前的东西不加点脏字就完全表达不了我们的赞叹之情。请想象一个毯子，可供双人躺在上面那么大，厚重，带绒，金光闪闪；每一分，每一寸，每一个角落，都刻满了华丽的图形，以完美的对称从外到内，层层回落。细密的针脚钩出一个个方形，而每一个方形里面都圈着一千零一夜的绚丽多彩。如果你从这头走到那头——我们正是这样做的——想从另一个角度观赏，一道涌动的光波会刷新你面前的宝贝。

我没在开玩笑，这也不是一种夸大其词，确实有一道光从头刷到尾，然后整个毯子就变了色。太可怕了，这个毯子，简直是恶魔的耳语，告诉你去他妈的文化，你需要的只是金钱。

“这个……多少钱……”我有点颤抖，面对让自己感到自卑的玩意儿时我总是容易颤抖。

“10万RMB！”他说。

10万……一个破毯子还敢……我为什么没有10万！

“这个毯子，”那个人走来走去，像是在享受来回改变的颜色，“是三代人的作品，我祖父，我父亲，还有我。”

“那花了多长时间做好呢？”我又问，还是有那么一点颤抖。

“做这个？要10年！”

嗯？你祖父，你父亲，和你，你们仨一共就用了10年？不是应该50年打底吗？

不过我很快就懂了，难免会感到枯燥的是不是，一个人三年零四个月，然后就交给下一代吧，“我已经太老了，对于制作这个宝贝来说。”也许他们会这样说。

总之，这是个宝贝，无论制作它用了50年，20年或者仅仅是混账的10年。话说10年已经是很长的时间了，是“三代人”这个词让我陷入了先入为主的愚蠢心态，你一定要小心先入为主这种心态，有时候它会让你错失真正的宝贝，或是对某件事情产生错得离谱的判断。这不公平，对于对方来说，无论它是一件宝贝，或是一件事情。

我就是这样调整好心态的，我很高兴告诉你这一点。我开始重新找回尊敬和感激，尊敬眼前几代人的努力，并感激这个只有外貌像恐怖分子的巴基斯坦人给我们分享他的至宝。

他知道我们买不起，很明显，他知道这一点，可这并没有影响他的骄傲和快乐。

“还有一件也不错，虽然赶不上这个。”等我们拍完照——当然已经征得人家的同意了，这种时刻你最好做一个懂礼貌的人——他就把毯子收了起来，卷好，放回原处，然后又搬下另一个毯子。可是，请你们原谅，我不想再费笔墨去说那个毯子怎么怎么样，因为我的头脑还沉浸在“至宝”的光彩变换中。

即使到了现在也是一样，我是说在今天这个夜里，我的头脑中仍然有一道光波，“哗！哗！”，刷来刷去。

我知道我给你们造成了误解，你们以为那次尼泊尔之行给这个可怜的单身狗留下的只有一个身材诱惑，容貌迷人，声音又如天使轻吟的女神。我不否认我单身，我甚至不否认我是只狗，可是，朋友，我不会把那个女孩儿排到“尼泊尔之行怀念排行榜”的第一位的，她甚至进不了前十，而这是句老实话。

她甚至排不到这个木盒的前面，如果不是因为此物就在我手中所以算不上怀念的话。我的意思是，看看这盒子上精美繁复的花纹，你可以打赌它来自一双灵巧的手，而绝不是单调重复的“嘟嘟吱吱”的产物。

我是指机器制品，如果你不懂什么是“嘟嘟吱吱”的话。

总之，那个姑娘，我不想把她放在太高的位置，因为她不是我的，而且有极大可能是别人的，相信我，你永远不会想把别人的东西摆在太高的位置，这会让你真正觉得自己像条狗。或许在此时此刻，在你的人生经历还不够，还幼稚的时候，你会认为这是爱情，这是牺牲，或是其他看似伟大实则蠢爆又可怜的名词，但在某一天，某一个时刻，或许在某个寂静的夜，也可能在拥挤的人群中，你会想到从前自己的所作所为，然后你会在心底大骂，或者是一声叹息。

骂什么？当时的我真他妈就是一条狗！

叹息什么？当时的我，真他妈就是一条狗。

狗是好动物，我喜欢狗，赵率家有一只不纯的雪纳瑞，你们知道我有多么喜欢它。可是我们作为人类，终究是不该成为狗的，尤其是当那个让我们自愿长出四条腿，开始吐舌头，并最终丧失本心的人不是爸爸，不是妈妈，也不是爷爷奶奶或人生知己，而是一个根本不在乎你的人的时候。他或许是一个男人，她或许是一个女人，或许是电影明星，或许是歌坛天王，这不重要，真的，这根本不重要，重要的只是下面这句话而已。

我的生命，只为爱我的人燃烧。

其实还该加上“帮助过我的人”，不过那样音律上就逊色了一些。

我不否认我是只狗，可我知道我不是，仔细想想，我的朋友，你便会明白其中的区别。

所以，太宰治，不管你怎么想，生而为人，我并不抱歉。

好啦，我知道你说的其实是“被生下来”，我懂点日语，知道你想说的是他妈什么。

# 第十二章

女孩儿这个物种我真的搞不懂，她们把毛裤穿在外面，把书包背在屁股上……她们为什么要把书包背在屁股上？

她们一起上厕所，在操场上莫名其妙就抱在一起；花数百个小时在化妆上，直到自己成为一个长着五官的白墙。她们莫名其妙就哭起来，莫名其妙又不哭了，她们像瘫痪一样依偎着你，半个身子都贴着你，但要是你敢伸手乱碰，就一巴掌让你满眼繁星。

女孩儿没有十大愚蠢行为，她们的愚蠢行为数不过来，最要命的是我作为男人，我仍然知道男人的某些行为是很愚蠢的，可女孩儿永远不会认为她们的那些行为有问题，如果你认为愚蠢，那是你不懂女人。

这一下就尴尬了，活生生的道理被活生生地掐死，吵架便从道理的尸体上勃然而起。我可以证明这一点，只要我拍拍前面的姑娘，认真而诚恳地问她为什么要特意把健康的手指涂成灰指甲。

你知道灰指甲吧，一种病。

现在我正坐在地铁上，眼前站着一个女孩儿，相貌中等偏上，看起来颇文静的样子。她的嘴唇很红，妆也很浓，不过看起来仍然比较文静，我可以对天发誓，对这一点，我十分感激。

然后我的目光下移，迅速滑过不该看的位置，接着在她和嘴唇呼应的鲜红指甲旁边，我看到了病变。

没错，我就是这样想的，病变，我以为她是一个病人。

“得了灰指甲，一个传染俩！”

然后是什么来着？

哦！对了！

“问我怎么办？赶快用亮甲！”

这是广告，我竟然在自己的文章里插了一个广告。

总之，我感到了诧异，好奇，还有无数其他像海一样深的情绪。我对枪灰色倒没有什么反感，这是指它出现在枪上，灰上，或是金属管之类的东西上面的时候。你也一样，你不会讨厌土黄色可当这种颜色出现在坐便座儿上的时候你总该好好犹豫一下。

这便是对颜色的环境性厌恶了，我自己编的名词，感觉还不错。

然后我想起了女孩儿的其他奇怪行为，就像我说过的，一起上厕所，或是在操场上莫名其妙地抱在一起。我试图批判这种行为，在自己还不知道天高地厚的时候，可即便是在那样一个容易陷入狂热情绪的时节，我仍然感到了深深的不安。

混账，觉得有点萌是怎么回事。

这令我陷入一种可笑的意淫之中——我发誓这将是我最后一次使用这个词——幻想着哪天有个姑娘莫名其妙地就跳到我怀里，或是亲一下我的脸颊，陷入了这种幻想，于是我傻笑起来，主要在心里，也可能已经表现出来了，要真是那样的话会很糟糕，路人将会看见一个相貌粗鄙的男人露出了更加粗鄙的微笑，而他们绝不会相信这个家伙此刻脑袋里想的只是被姑娘抱一下或亲一下而已。

这就是这个社会如今的问题，看见了没有？他们胡思乱想。

而就在我胡思乱想这个社会是如何胡思乱想的时候，该用亮甲的姑娘已经坐在了我的身旁，又看见了没有？世事就是这样无常，我是说只需要想上个一两句话的工夫，你的身边就可能腾出座位了，而若你眼巴巴地等着某人离开地铁好把座位让给你，那么相信我，十有八九你要眼巴巴好几站，20站吧，差不多，我的意思是从头到尾。

或许是为了配合这悲伤的定律，悠扬的二胡响起来了，这声音由远及近，就像渐渐行近的火车。

我没有玩文学修辞，没有玩想象烘托，我倒是有点希望自己在玩这些老把戏。

两个有钱人过来了，真正的有钱人，真正谦卑的有钱人。他们衣着低调，相貌质朴，慢慢挪动着，从遥远的金银岛缓缓而来。一男，一女，不发一言，他们不屑于向人炫耀自己的富有，只是专注地拉着二胡，让悲凉的声音在大地的肠道中贯穿。

嘿，最近看了一些诗，手痒痒了。

乞者——人们曾经这样叫他们，后来随着文明的逐步推进，变成了“要饭的”。但很明显这词完全是在扯淡，想当然的产物，懒于修订的证据，现在谁还要饭？我说的是，现在，谁还要，饭？

没人要饭，我又可以证明这一点了，并且像从前一样，有理有据。

数年前，我问过一个女孩儿一句话。

啊？

不，你猜错了，我倒希望是“嫁给我好不好？”我他妈还希望她答应了呢。

是“我给你买饭你吃不吃？”

怪我吗？她面前摆的破纸壳儿上就写着5个字，“求十元吃饭”。

求，十元，吃饭，哪个词我理解错了？顺带一提姑娘，我还会帮你买瓶矿泉水，更早之前我就帮另一个家伙买过饭外加矿泉水，因为我自己没有水就吃不下饭，万一你们有同样的毛病呢。

谁知那个姑娘理都不理我，你好歹说句“滚”啊！

再后来，经历过种种事件之后，我就再也不玩所谓“施舍”那一套了，因为我不想拿自己挫爆了的收入去资助比我更有钱的人。说起来还有一件事，我揣摩着，也许你们会想听，这件事发生在大概9年前，那时我还在成都上大学。

好了，故事开始，准备好你们的可乐和爆米花。

那天，在成都金沙车站，我打算坐311路回学校去。

她就是在那时出现的，面色红润，体态康健，臂弯中抱着一个酣睡的婴儿。

多么幸福而慈爱的母亲啊！

我难免会这么想。

或许是心灵感应，或许是上天安排，她，竟向我走来了！那矫健的步伐，多么自信而从容，那眼神明亮澄澈，就像湖水泛起了微波。她来了，走近了，停下了，她就在我的身旁，嘴唇轻启，说：

“小弟弟不知道我说话你能不能听懂我是外地来的现在想求你点事儿你看我们现在想回去但是没有票钱了你看能不能资助我们一点票钱10块8块的就行。”

我茫然，我恐慌，我感到一种无能，深深的悲哀与同情。

“对不起我没有零钱。”

“哦。”她想了想，又说：

“没关系那能不能给我孩子买点吃的这孩子好长时间没吃东西

了我好不容易才把他哄睡着小弟弟帮帮忙呗那边有小卖部你就随便给孩子买点东西就行真是谢谢你了帮帮忙谢谢。”

我想，无论怎样，总不能苦了孩子的，于是我点点头，跟着她到了小卖部跟前，买了一包饼干，一瓶水，还有一袋零食，希望这点小小心意能够给那个可怜的宝宝带去幸福，让他眼中的世界再没有寒冷，只有温柔。

年轻的母亲感激涕零，她使劲道谢，然后说：

“现在你有零钱了。”

等会儿……等会儿？

我他妈真是个白痴！给人家吧！已经没有办法了！你是智障吗！你是智障吗！我他妈不得不再问你一遍，你是智障吗！

你无法想象我当时有多愤怒，真的，你无法想象，这个贱人，真正的贱人，还有我这个弱智，真正的弱智。我只能又掏出10元给她，因为这零钱就在我的手上，我已经没有托词了，你知道吗？没有托词了！

在回去的路上，我心里难受得很，差点哭了出来，我想哭不是因为损失了多少钱，而是因为我想起了我的同学朱时许对我说过的话：

“可是你很善良啊，这就是你的优点。”

我善良，朱时许，可是人家骗我。

我不怕人家骗，可是，朱时许，我心里难过。

因为没有哪个姑娘会因为我的善良就喜欢上我，朱时许，没有哪个姑娘喜欢我，你说善良是我的优点，可这优点有什么用呢？

好，我不要它有用，做一个善良的人，我不要什么奖励，可是，我也不该被惩罚啊！

做个善良的人，怎么反会被惩罚啊！

朱时许！请你告诉我啊！

我的目光变得很冷，在这个地铁上。但我没看那两个要钱的家伙，他们不值得。

他们向我伸出手来，真是徒劳。

现在的我已经不再是个善良的人了，我也不再那样害怕孤独。现在的我更懂得这个世界的真相，也能忍受更大的痛苦。今年，我28岁，你们这套，我不吃了。

地铁继续飞驰，在一个黑暗的世界中。两个乞丐重新迈开步子，二胡声渐渐远去了。

我有我该做的事，同时尽可能不要损害别人的利益，仅此而已。拜此观念所赐，我再也没有捐过一分钱，哦，不，还捐过一次，在轻松筹上，是一个朋友的朋友的朋友，得了白血病的可怜家伙。可是随后需要帮助的浑蛋接二连三地出现在朋友圈里，我不是他妈的亿万富翁，就算是，我也不是他妈的世界救助者。

我牢记这句话，就算是，我也不是他妈的世界救助者。于是便躲过了罗尔的文章，罗一笑站不站得住，跟我屁关系没有。

全家都该死的浑蛋们……想要我的帮助，哪怕只是他妈的一分钱，给我拿爱来换。

哦对了，后来，我和同学去金沙车站，那个贱人又在那里，开口第一句话又是“我不知道我说话你们听不听得懂”。

我拉着同学离开，很没好气，我告诉她，上次你就在这里和我说过同样的话，她说，是吗，我怎么不记得了？

你当然不记得了，但是我，我会记一辈子。

你是个真正的该死的家伙，你知道吗？

## 第十三章

我想告诉你们两件事，一件是好事，另一件不知道是不是好事。

或许反过来说更容易写下去，于是我想告诉你们两件事情，一件不知道是不是好事，另一件则一定是！

第一件事，我有一段时间没有“自己是个局外人”的感觉了。

当然，不是释怀，更像是一种麻木，要么就是太久没有被夹在鲜明的对比中了。我仔细想过，其实是三个阶级在帮助你产生这种所谓“局外人”的毫无意义的感觉：你羡慕的人，你同情的人，还有你。置身事外的感受就像是羡慕与同情中和的产物，就像浓缩咖啡兑牛奶，产出了完全不同的，新颖的融合体。

不过这么说倒也太草率，毕竟只是很突然的一种观念，除了当天就让我开始写这些话并延续至今外，好像没什么作用了。话说因为写这个，我的白痴小说被极大拖累，本来就差一个故事就截稿，却好久没有再打开过的样子。嘿，或许先完成的是这本《局外人》呢！

没错，《局外人》，我已决定这么叫它。

唔……局外人……糟糕，我又想说电影《死侍》的台词了，不过这回要稍微改一下。

敬这个名字，《局外人》，听起来就像个他妈的名著。

至于第二件事，你猜怎么着，《你在天堂里遇见的五个人》我读完了！

这绝对是个好事，天大的好事，这表示我可以理直气壮地买下一本书了。那天晚上，我美滋滋地打开电脑，打开一个名叫《新家元素》的文档，再把《你在天堂里遇见的五个人》改成红色字体，这表示，我读完了。

咦？胸中涌起的这股感觉是什么？

是成就感啊！

这本书将以非常正式，非常受人尊敬的身份进驻我那还没影儿的新家，摆上书架，和《三体》《老人与海》《小王子》等书籍立在一起，每天闲暇时间，他们互相对话。

“嗨，你好，我是《老人与海》。”

“哦，嗨，你好，我叫《你在天堂里遇见的五个人》。”

“老兄，你的名字可真长。”

“嗨，这没什么，我在书店还有个朋友叫《本书书名无法描述本书内容》呢。”

“一听就是个有城府的家伙。呃……《你在……》《你在天堂里遇见的五个人》对吧？你是什么时候被读完的？”

“2016 年 12 月左右吧，你知道的，这种事不太容易记清。”

“说的也是。”

“你呢？你是什么时候被读完的？”

“2015 年吧，我连哪月都记不清了。”

然后，又会有新的朋友加入谈天：

“你好，我叫《纯粹经济学》，中国经济文学，很高兴认识你。”

“很高兴认识你，我叫《你在天堂里遇见的五个人》，美国治愈文学。”

“治愈文学？”《纯粹经济学》笑了笑，看了看旁边的《人间失格》，“或许那个家伙正需要你的帮助。”

《人间失格》一脸阴郁，它一直在想怎么进行第六次自杀。

总之，在我不在家的时候，它们总该干点什么，近10个小时的无聊时光并不容易被打发。还是那句老话，切实想想，你便知道10个小时有多难熬。不过那不是我该关心的事情，我从不干扰书本之间的对话，我只负责认真思索，仔细考量，再去一次书店，并确定下个阅读目标。

我很想买《金色梦乡》，非常想，可是它太长了。

最重要的是，没有新的了。

这真是令人悲哀，每当我想买的时候，就没有新的了。我和黎德寰在万象城的西西弗转了一圈又一圈，甚至找到店员帮我们查寻，可没有就是没有，它才不管你有多想要咧！

“我们去万象汇的西西弗看看吧。”黎德寰说。

为一本书，这么奔波，值得吗？

当然值得了，这点毫无疑问。

于是我们强行来到万象汇，试图强行买到《金色梦乡》，可这并没有什么狗屁作用，名为“没有”的恶魔——或者它叫“缺货”或者“没新的了”，我不管——笑眯眯地跟上我们，进地铁，换乘，一起来到不那么豪华版的万象城，再像个智障一样冲我们做鬼脸。

“卟嘞！”

不知道为什么，我觉得它做鬼脸的时候，就是会发出这样的声音。

总之，你明白我是什么意思了，如果没懂，那就从“名为‘没有’”那里开始重读一遍。其实倒不是没有，两个西西弗书店都有那么一本孤零零地摆在那里，可那不是新的，我不买被人翻过的书——除了《吉尔伽美什》，我说过，冷门史诗要珍惜。

这怎么办？换书呗，这叫天意好吧。

于是我们又开始转圈了，徘徊，犹豫，当然，主要是我在做这两件事。我琢磨着既然已经看了美国文学，下一步转日本文学应该是不错的选择。

然后我就想到了《麦田里的守望者》。

混账，这根本不是日本文学！J.D. 塞林格可不是什么混账的日本人！

这个人名是我把书拿起来之后才知道的，至于为什么我会想到这一版本的——注意，这点很重要——是这一版本的《麦田里的守望者》，是因为它的封面，这封面一片金黄，简洁，有力，漂亮，黑色书名略带艺术与设计，竖成一排，竟完美沉降了所有的光芒，于是就有了一种耀眼之中的内敛，或者俗一点，叫“高端大气上档次”。其实我早就想买这一版的《麦田里的守望者》了，要不是当时《你在天堂里遇见的五个人》在搞促销，我本该先来读这一本书的。

总之，封面太重要了，我觉得这一点怎么强调都不过分。

我花了很久，终于做出决定，然后便欣欣然地付款去了。本来，这是交钱，没人喜欢交钱，你或许喜欢交朋友，但绝不会喜欢交钱，可那时的我完全沉浸在一种理直气壮的购买快感中，就像我已经读完了这本混账的《麦田里的守望者》，或者就好像我在付款购买一种证明，证明我已经消化了一本书里的所有故事、所有思想乃至所有的写作技巧，于是我厉害了，我比别人强了，我看别人的眼光都已经斜成智障了！

真愚蠢，可也真快乐，你并不会拒绝快乐，即使你知道这会让你显得有点低级。

好吧，说到这里已经够多了，总之，你们知道我开始读下一本书了。

就在我把金黄色的《麦田里的守望者》拿回家的这个晚上，我失眠了，噢，这完全是我自己的错。倒不是这天晚上我做了什么，或是《麦田里的守望者》有什么欠揍的魔力，而是之前长久以来的熬夜，把生物钟彻底搞碎了。没错，我很想用这个词，它能让我看见自己体内的生物钟是如何一点一点裂出裂痕，到最后“哗啦”一声，彻底完蛋，就像有玻璃表盘的闹钟，“哗啦”一下，声音清脆。

然后它就像烟雾一样，慢慢地消失了，就像电脑游戏或是电影里的恶魔被干掉后的样子。出于某种原因，那些恶魔总是化成灰，然后飞散，我并不能经常看到它们像人类受伤时一样流血及倒下。有人说是因为“和谐”的原因，可我想，更重要的原因是让死亡这件事也能拥有某种美感。于是在英雄的雄壮之美还有战场的苍茫之美外，又有敌人的消散之美来供人欣赏了。

我会想这些事情，因为我现在失眠得厉害，于是我不自觉地想起自己的生物钟，它消散的时候一定也很美丽，可惜，没有人看见。

连我自己都没看见。

反正它走了，如今独留我混乱而随意地生活在这个世界上。我每天自然醒，每天自然睡，这听起来很健康，而且很舒适，可若你在每天晚上的凌晨三点都还瞪着一双蠢眼睛直到手机上的时间变成凌晨四点，你就知道我内心有多么焦灼。

他们说每天的凌晨三点是你的肝排毒的时间，我希望他们在撒谎。

还有凌晨两点是什么在干吗，凌晨四点是什么在干吗，我希望都是撒谎。

如果你的记忆力够好的话，你会记得我曾说自己“照常”11:35起床，这没错，仿佛拥有规律的生物钟。可是这是所谓“大多数”的情况。有时我九点起来，不管前一天晚上，或者说，那一天早上，是几点睡的；有时我早晨七点就会痛苦地醒来，说痛苦是因为肚子饿得像要陷进胃里去，于是我一边哼着“那些不回家的清早又失了眠”，一边穿过大半个草场地去早点摊吃包子。我会再点一碗胡辣汤，热热的很暖胃。

可就算有热热的胡辣汤暖胃，我仍然觉得自己要得胃癌了，我很好奇自己的肠与胃到底哪个会先要我的命。

顺带一提，吃完我就回去睡觉，我必须睡觉，因为仅有4个小时的睡眠会毁了我的一整个第二天。

有时我会八点起来，依然饿得要命；有时我在12:30起来，明明都到了中午饭的时间，却反而不那么饥饿。当然，大部分时间我都是在11:30到11:40之间睁眼，就像一种规律，这点我承认。

不过我忘了告诉你，上面说的都是在北京的时候会发生的事。

于是现在的我很苦恼，在沈阳，我一般都会在凌晨一点之前睡着，一旦出现了失眠，我就有点不知所措了。在北京失眠，我会看书，看电影，甚至用手机翻《浮士德》打发时间，可在沈阳，在家里，不知怎的，就是看不进去了。

我有这个毛病，在这儿就干不了这在那儿就干不了那的，我每天都往咖啡厅跑，就是因为只有在那里我才写得出东西来。

你觉得很夸张？我不觉得。

看看表，这番胡思乱想帮我度过了大约两分钟的时间。

他妈的，两分钟，你知道一个晚上有多少个两分钟。

或许我该起来看看书……

我不想。

或者去写下一些文字……

我想不出有什么好写的。

哪怕听听《罗辑思维》也行啊！

对不起，这是我最不想干的一件事。

一秒，一秒，一秒，一秒，我在黑暗中瞪大了眼睛，不是盲人，却什么也看不见。我从面向这边转向面向那边，又从面向那边转回面向这边，我这样说不是因为不知道“辗转反侧”这个词语，而是不想让四个字轻描淡写地掩掉不该掩掉的烦躁。混账，真的有点不好受，如果你也失过眠，你就知道我在说什么。

被褥温柔作响，我一直在折腾它。

突然，我灵光一现！

我可以看电影啊！

想到这里，我有点激动，竟然有种期待冲了上来。这可真是莫名其妙，快到而立之年的我的脑海中，竟然充满了“要看电影喽”这种小学生似的兴奋，我一骨碌爬起来，在黑暗中摸索出笔记本电脑，插上电源，按下开机键。

屏幕亮了，亮得刺眼。

妈的，想睡觉。

## 第十四章

我身边有位女士一直在叽里咕噜地说着外语，听起来像法语，可恶，我羡慕能够叽里咕噜地说法语的人。

原因很简单，法语实在太难啦！

我想你们多少有所耳闻，关于法语里面桌子椅子都有性别一说之类的，总之，麻烦得很。你想，一个语言，“我吃饭”用一个“吃”，“你吃饭”又用另一个“吃”，“我昨天吃饭”还用第三个“吃”，我你他她过去现在将来一共有十几个吃，十几个吃！简直没有再麻烦的语言了。

后来有个学德语的朋友说我说得不对。

总之，总之，法语是一种顶顶麻烦，又顶顶难听的语言，没错，你听到我说的了。

“吐哇！”

如果你觉得这个不难听，那好，你是白痴。

这是法语的“三”，学“一”、“二”的时候还好，“三”的时候就不行了。即使换成“坨啊！”也不行，满脑袋都是大便闪过，还真是形象的语言。我说这些是为了告诉你们我有多么羡慕，以及崇拜旁边的这位女士，她相貌平平，还很胖，但一脸中国人的肤貌特征却一嘴流利的法语，这让她迸发出了无比的光辉。

这光辉让我感到敬佩。

这个时候玩儿反语是没有意思的，我说她不好看仅仅是为了表明“真才实学”能打败一切外表上的问题，让她熠熠生辉，她让我想起了自己的愚钝与孱弱，我想写一本书，就叫《法语学习：从入门到放弃》。

这个名字是抄网上的一个段子，那个好像叫《C++：从入门到放弃》。

总之，我佩服这位女士，佩服到想面对面问问她她的法语是怎么学的，可很明显只有真正的蠢材才会真的去这么做。于是我收敛心思，收敛敬佩，回过头来鼓捣我的，没错，混账小说。

其实我真的希望自己能够告诉你们一些别的玩意儿，而不是翻来覆去的混账小说、读书、电影和姑娘。我希望能告诉你们我正在思考，突然，一整片吊顶猛砸下来，整个咖啡厅天摇地动，转瞬之间，桌椅都被强风撕成了碎片。又是一声巨响，大地开裂，无数丧尸狂涌而出，它们浑身烂得不像样子，一下就扑倒了几十个人。

它们疯狂地撕咬着，本来宁静的咖啡厅顿时鲜血四溅。

“没时间了！这边！”一个男人猛合上笔记本，冲着身旁一位会说法语的女士大吼，“我掩护你们！”

然后就开始逃亡啊，战斗啊，各种热血的情节。我真心希望可以告诉你们这些，可这偏偏是不可能的。我把目光投向四周，于是便看到了很多平凡到无聊的场景。一个男人，面带微笑，手在空中随意比画了一下，于是他对面的男人便也笑了起来；一个孩子，两手捧着塑料杯，下巴都快碰到桌面了，“哧溜”、“哧溜”地吸着饮料；一个少年，戴着Beats耳机，摇头晃脑地写作业；一个女孩儿，年纪轻轻，拍了一下手，又重新投入和自己的女伴的谈笑中。咖啡厅外，人们来来往往，一切都是它该是的模样，一切都是我熟悉的模样。

唉，我能说什么呢？这是生活。

好死不死，我竟想起自己仅会的一点法语来。

C’est la vie.

意思说过了，这是生活。

听说好像本来用于比较消极的情况？

去他的吧，无所谓了，我会的法语一共不到5句，用错了难道不应该吗？

尽管电脑一直开着机，屏幕白花花地瞪着我，可我还是花了很久来回忆自己学习法语的日子，换言之，愣神，发呆，不干正事儿。这点让我感到羞愧，可我还是决定告诉你们。如果做不到可敬，至少要做到诚恳，一直以来，我正是这样想的。

好，我决定再诚恳地告诉你们一件事，那就是我写不出东西来了。

老实说，这件事已经开始困扰我了，我指的是“该和你们说什么”这件事。我绞尽脑汁想从自己平凡的，旁观世界的生活中找到一些有趣的话题或是有趣的思想，可是老天爷啊，我只是个人，还是个普普通通的中国人，写不出跨度达数年的异国生活，也搞不出

《独自一人穿越沙漠的多少多少天》这种拿命来换的文章。我是说，我这个人并没有值得夸耀的人生阅历，所以难免会陷入词穷的窘境。当然这点并不值得骄傲，作为一个想完成一部作品的人，靠“我没啥好故事，我就写不出来了爱看不看”这种流氓做派是无法赢得尊重的。你们知道我最想要的就是赢得尊重，就像可怜的老保罗·沃克在《速度与激情1》里面说的那样，“对某些人来说它很重要”。

他指的是尊敬，如果看过《速度与激情1》你就会理解上文。

讲真，跳出目前面临的问题说句题外话，我倒真希望可以切实地叫保罗“老保罗”，这表示他活到了至少60岁的年纪，于是也就表示没发生过什么混账车祸。我在这里这样叫他，一方面是因为极大地受到了《麦田里的守望者》的影响——没错，我开始读这本书了——另一方面也是为了营造一种“他活到了很老”的假象，你懂的，一种寄托，人们在处理悲伤或是同情的时候，总是需要制造一些寄托出来，有时这种寄托越造越多，甚至成了体系，于是人们就把这个体系统称起来，叫宗教。

妈的，我竟然在谈宗教，我连一点小小的，有趣味性的故事都写不出来了，还在谈宗教。

总之，我不想自己像个无赖一样把键盘一丢，我绞尽脑汁，试图挽救一切。我花了数分钟像个变态一样在脑海里搜刮自己的整个人生，试图搞一个，大新闻，而这个家伙就是在这个时候跳进我“锦州”的眉头的。

是“紧皱的眉头”，混账，这输入法简直是个白痴。尽管有时它像个先知，但更多时候，像个白痴。

在继续往下说之前，我一定要进行一下忏悔，我知道用这个家伙来解决我“没有内容”的危机是十分可耻的，可看在我之前一直尽心尽力地耗费自己本就那么一丢丢的智慧的份儿上，朋友们，请你们原谅我。我发誓后面不会再有类似的情况出现了。

所谓的“这个家伙”是一首歌，是一个已经被我拿刀捅死的家伙介绍给我的，当时他一脸的神秘兮兮，告诉我到处都可以搜到，还告诉我，一定要戴着耳机听。

这首歌的名字叫,《威风堂堂》。

或许你已经知道我在说什么了。

我以为是一个战歌，或者军歌之类的。我不懂为什么一定要戴着耳机。

反正我就去查了，正如他所说，没有任何难度就可以找到，因为距离那个浑蛋嘱咐我已经过了好多好多个小时，所以我差点忘了戴耳机。爸爸妈妈就在外面看电视，我挪动鼠标，去点播放键。

就在这时，我想起来要戴耳机了，简直是灵光一现。

这灵光一现救了我的狗命。

第一个歌词，“啊”。

第二个歌词，“啊”。

后面还是“啊”。

这样说你可能想象不出来，你会说“嘟嘟啦啦”“哼哼啊啊”的歌曲多了去了，这有何大惊小怪。

现在我把歌词连起来。

“啊——啊——啊——啊——”

这是什么玩意儿!

你误会了，你绝对误会了，你以为我在装纯，说自己不知道这是什么玩意儿，我他妈当然知道，我28了谢谢！可是我实在想不出来怎么会有这么堂而皇之的神奇歌曲，话说你为什么叫《威风堂堂》啊！倒确实威风，我已经微疯了！

然后你问我关没关，天，这还用问吗？

要是你，你下得去手吗？

于是我就继续听着，带着批判的心态，没错，就是带着批判的心态。我揣摩这首歌曲是在表达什么思想，拥有什么内涵，或许是讲一对恋人纯洁的爱，抑或是歌颂人类之间紧密的联系。我冥思苦想着，提出理论，提出猜测，然后，得出最终结论：

放他妈的屁啊！

其实真正令我疑惑的是这首歌的定位，很明显，它有完善的配乐，有严谨的音阶安排，连那呻……哇啦啦啦悦诗风吟都充满了技巧性。它像是一件精美的艺术作品，这我不说假话，所以这其实是一种登不到台面上的美在控诉，在争取，是这样吗？

等会儿，有观众有问题，你，第二排左数第四位，你想问什么？

不，你的质问蠢爆了，亲爱的朋友，这种美就是登不到台面的。你见过有人当众做饭，但你绝对没见过有人当众做……

妈的！这你都见过！

幸运的家伙。

结束精神分裂式自我辩论之后，我继续想着这个问题。我不仅想，还把自己的所想一字不差地打出来，于是这个第十四章就有了除法语之外的话题，而这个新话题，说老实话，甚至可能颇具深度。

我不喜欢自吹自擂，如果我说自己的某个话题有深度，那么多半是因为，我需要凑字数。

我……我是说……总之，你至少要跟得上这个逻辑，我们才能探讨下面的话题，就是这样。

我开始认真地思考性与艺术，不骗你，认真地思考。我思考它们各自在人的生活中扮演的角色，还有一旦联合起来，该如何看待。众所周知，古希腊和古罗马雕塑有大量的裸露，所以……

混账，裸露和性是两回事，上一段删掉。

我特意跑到外面拿了一本《感知艺术》——于是你知道我是在书店了，现在很多书店都有咖啡厅，就像是一种白痴趋势——可没翻两下就放了回去。并没有什么狗屁作用，对于我将要谈论的话题来说。其实对性的看法是非常主观的，有些人单纯就是变态色魔，他们的荷尔蒙有问题，尽管这么一解释我竟会同情起这帮杂种来。总之，我想说的是，性对每个人的意义并不相同，对有些人来说是欲望，对有些人来说，是渴望。

我忘了说了，真糟糕，我早该说的，我早该请你们把我从这个话题中撇出去，我现在要做的不是说自己多么崇高多么伟大好吧，我想做的，是替那些这样想着却没人帮着发声的人说话。没错，我要做个代言人，因为我不相信这世界上没有人把性看成一种安抚，我不相信没有一个灵魂，深陷孤独，于是在渴望一种名为性的救赎。

代言人嘛……他妈的，看来我还是在玩装崇高那一套。

不过有何所谓，思绪至此，再想刹住就难了。

我一直在强调自己 28 岁，是为了告诉你们该知道的我都知道，我知道女孩儿的皮肤有多细嫩，心思有多温柔，从一个混账男人的立场出发，我完全懂得一次拥抱可以治愈多么可怕的伤痕。当我说

“性是一种救赎”的时候，我说的不是那些猥琐的动作和肮脏的嗥叫，我说的是一种世界的温柔面，就像《就喜欢你看不惯我又干不掉我的样子》还有《就喜欢你看不惯我又干不掉我的样子 2》，还有《咦，被发现了呢》，我说性是一种救赎是因为在这一过程中你知道有人心甘情愿地把自己交给你，温柔地对待你，这份温柔化作娇嫩的肌肤，化作温暖的亲吻，化作迷人的轻吟，化作一句通知，甚至是承诺，它告诉你，这个世界对你，温柔善良。

受伤没什么，可怕的是无处疗伤。

好了，既然性是一种治愈，那么艺术呢？艺术是什么？

一种包装。我花了 3 分钟才想出这个词。3 分钟，180 秒，一秒一秒查过去还真长呢。我想到尽管性是一种治愈，但这种治愈却是极难得到的，应召女郎倒是好找（应召女郎应该好找吧？），可你知道她并不想温柔地对待你，她只是想要钱，这就他妈没意思了，别忘了我们在讨论性是渴望的情况，不是欲望。

于是艺术就迸发出光芒了，就我在听的这首歌而言，它是以美包装性，配上音阶，节奏，通过听觉输入你的思维。这不是完美的治愈，我承认这一点，可艺术会让渴望化作希望，当你看到有人描画出了你想要的未来时，你难免会涌起一股希望，会觉得只要我还有生命，还可以前进，说不定就会得到这份幸福。天，希望，这个词的重要性再怎么强调都不为过，它简直能把一个人从必死的境地中拯救出来，一个自称一无所有的人，只有在他连希望都彻底放弃的时候才真正一无所有。

听起来就像是混账的心灵鸡汤，如果不是我自己在用生命诠释这一点的话。

我继续听着《威风堂堂》，渐渐露出了笑容，我突然觉得如果真能为一些人代言也不错，从某种程度来说，也算是在提供一种治愈。如果我说的话能在这世界的某个角落，让某个哭泣的面容坚毅起来，让某个倒下的身躯咬紧牙关，再次站起来，那么我的灵魂，也算是在发出某种光彩。我自己已经不奢求得到治愈了，不奢求再拥有哪个姑娘，不奢求能组建自己的家庭，我把这一切渴望都锁进名为梦的彼方，每个深夜都可以回去的避风港。

幸福是个宝箱，钥匙我他妈丢了。

# 第十五章

我一脸诧异，非常不雅地拿着筷子在一锅牛腩炖西红柿里搅来搅去，这倒没什么，毕竟是我一个人吃这一锅，可怕的是我好像真正撞见灵异事件了。

我还没开始吃呢，牛腩怎么就没了？

随后我陷入了沉思。

该不会那个厨师就叫“牛腩”吧，于是他做的炖西红柿就叫“牛腩炖西红柿”，我也应该改名叫梁鲍鱼，这样光靠卖“鲍鱼炒饭”就能赚翻了。或者，叫“梁鱼翅”，反正选个奢侈食材当名儿然后滚到一个脏兮兮的厨房里面就可以开始发财了。再不就是那个记菜的是个智障，她以为“牛腩”二字只是我的口头禅。

牛腩二字是我的口头禅……谁会把“牛腩”两个字当成口头禅？“牛腩，这么大一幅画？”“简直难以忍受啊，牛腩。”

我无法理解啊！

我感到了深深的失落，继续在锅中翻看，但毫无惊喜。

正如我所说，我很失落。

再次抬头，墙上的图片一片艳红，此起彼伏的牛腩勾人魅惑。就这一眼，就足以激发我内心最深处对酸汤与肉香的渴望。我不知道自己是从什么时候开始喜欢吃酸的，这是我人生中的数大谜题之一。

等会儿……啥？下面还有一行小字？

原来人家早就提醒过了。

“图片仅供参考，一切菜品以实物为准。”

世界是个爹，我纳头便拜。

我决定再也不来这家饭店吃饭了，一边这样想，一边迈出店门，然后，下意识地狂奔起来。

105 路已经到脸上了，我要坐着它去中街。

就这一下，搞得我又要开始对小事发牢骚了！

你想坐哪辆车，哪辆车就会爆炸，没错，爆炸，除此之外根本解释不了它们怎么花了大概一万年在路上。当我要坐 246 的时候，246 就会被传送到异空间一段时间；但假如我要坐 105，那么 246 就会如释重负，大摇大摆地钻出那个混账时空，迅速出现在我面前。人们说你只会注意自己被坑的时候，他们说你只会注意愤怒情绪，可是我特意看过，查过，就是你想坐哪辆车哪辆车就会好好地让你烦躁一下。

可能我们的生活都是有人操纵的，就像《楚门的世界》，你知道。

不过无论是哪个浑蛋在操纵我的生活，这一次他可打错算盘了！我懂的，他本来要玩把刺激，想让我眼睁睁地看着一辆105在面前逃开，还用屁股对我做鬼脸，可他算错了时间。所以我才能像现在这样扶着把手，面带骄傲，对着一个根本不存在的家伙暗自嗤笑，没错，我嗤笑，我就有这个毛病，一旦哪个家伙的小算盘落了空——尤其是当那个小算盘在算计我的时候——我便会从心底生出一种“小人还想得志？”的快感来。

混账，这感觉有点小人得志。

总之，晃晃荡荡晃晃荡荡，20分钟后，我出现在了查理布朗的二楼，再也没有上次一样的漂亮姑娘，也再也没有上次一样的清纯姑娘。唉，一想到那个纯洁又美丽的脸庞，我的心里就很不是滋味。可这又没有办法，除了摇摇头装装深沉之外，我什么都做不了。

你知道一个人很不喜欢这种感觉，这叫无能为力，他们说。

我掀开电脑，插上电源，按下开机键，然后看着屏幕发呆。可怜的家伙，跟了我才几年工夫，电池已经差不多是个废东西了。我这人用东西真是非常费，不过我坚持认为，那不是我的错。

奔波，没错，都怪奔波的生活。

今天的查理布朗非常安静，换句话说，生意不好，不过我想他们也习惯了。我也习惯性地报以同情的目光，扫视一下左右，可怜，只有2个顾客，就这还得算上我。于是我产生了一种莫名的冲动，想要再买一杯饮品，你懂的，同情嘛，尽量帮他们增加点收入什么的。

然后我摸摸钱包，还是那么瘦，真好。

个头啊！

唉，同情人家，还不如同情自己。

一边这样想着，我一边打开名为《亡灵远去》的文档，鼠标下拉，冥思苦想。

过了一会儿，我打下“他们”二字，又删掉，想一想，改成“两个孩子”。

我又想了想，又删掉了，再换成两个主人公的名字。

其实这没什么狗屁作用，你知道这一点的，它唯一的作用是让我以为自己在“推敲”什么东西，实际上只是在碰喜好。所谓碰喜好就是一个个试，哪个看着顺眼就用哪个，我不觉得这算什么高深的技巧。

嗯，果然还是用名字好，字数还多，算稿费的时候可能用得着。

写着写着，我想起一件事来，有个电影可能马上就要下映了，或者已经下映了，我得赶紧翻翻糯米网。

于是我赶紧翻翻糯米网。

唔，还好，还有场儿，就是得赶紧去了。

《塔洛》，一个感觉很文艺，而且很寂寞的片子。

老实讲，要不是朋友圈里有人发了，我根本不知道还有这么个片子，我不知道它讲的是什么，只知道是一个牧羊人在城里的故事。“在城里梦想破灭的故事”？好像是这么说的。为了看到这个黑白而冷门的片子，我需要在 3:30 之前赶到太原街的金逸影城去，也就是说，现在就该出发了。

混账，才写了多长时间。

有的人的生命是在马背上，有的人的生命是在床铺上——我指的是睡懒觉，莫多想。而我的，不是在动车上，就是在混账公共汽车上，哦，还有可能在不那么混账的地铁上。现在我的生命就是在地铁上，身旁的人五光十色，我不知怎么，想起那个强行把大拇指甲涂成灰指甲的姑娘来，不知道现在她有没有注意到土黄色涂在马桶盖儿上会引发什么思考的问题。我会想这些是因为我有一种自我保护机制，当我的大脑探测到身体正处在一段无聊的时空且这段时空还将延续一阵子的时候，它就会果断下达“赶紧开始胡思乱想！”这个指令。

想一想长途旅行，你总会在已经连续跑了一万个小时的大巴车上看到呼呼大睡的家伙，这就是他们的自我保护机制，呼呼大睡，否则极度的无聊会变成极度的焦躁，然后就会有某种名字放在眼前都不会念的毒素被释放到身体里。

身体真是个娇气的家伙，我是说，它太容易放弃了。你稍微多跑了几步路，它就会想：“难过，还是死了好。”然后就释放奇怪的东西，听凭其在体内堆积；你稍微熬了熬夜，身体又想：“难过，还是死了好。”然后就释放另一种奇怪的东西——或者还是上一种，我不知道，我不是什么狗屁的医学家——听凭其在体内堆积。而在你觉得悲伤，想要哭但只能忍着眼泪的时候，身体是最没有志气的，它才不管什么“振作”、“坚强”，甚至懒得去找办法调节自己，只知道像个白痴一样使劲分泌毒素，它太容易放弃了，我是说，它好像找个借口就要把自己搞死一样。

像太宰治，我的知识面里只有这个家伙，所以我就拿他举例，我要拿他举例一万次。

好在我自创了调节方式来适当阻止身体对自杀的痴迷，于是在火车上，在动车上，在前往阜新出差的漫漫长路上，我靠胡思乱想来打发时间。有时我会幻想，有时我会回忆，有时我的脑海中会想起一首歌曲，然后循环一遍一遍又一遍。哦，我喜欢在脑海中把歌曲翻来覆去地唱，因为不涉及自身的声音和对音高的控制力，我的歌声会和原唱重合，于是一种近乎迷离的安宁就诞生了。

我想起一首歌来，那天，当它在我的脑海中反复响起的时候，我正坐在一辆帝豪汽车的后座上，脑袋斜靠车窗，眼睛看着窗外，那天，高速公路上洒满了灿烂的阳光。灰色的护栏，绿中泛黄的远方，奔驰的车轮在永恒而匀速地旋转，温柔但高亢的旋律也是一样。

“你不曾发觉，你总是用右手，牵着我，但是心却，跳动在左边，你和我之间的遥远，永远隔着亲切爱少得可怜。”

“伸出，右手，想陪着你，向前走，感受你爱我的心跳在左边，那么深深爱你的我，相信你会了解。”

《左边》，杨丞琳，说来可笑，我都没专门听过。

没错，我都没专门听过，但有一阵子这个歌说火吧倒没那么火，可就是动不动就在这里那里听到。在商场，在街上，在某个家伙的手机来电时，或者单纯就是像女鬼的哼唱般悠悠传来，都不知道是什么地方什么设备放的。其实这首歌我确实有感触，但感触不是共鸣，更不是勾起了什么伤心事——信不信由你，我倒是希望它能勾起一些伤心事——这种感触来自一种理解，就像是面对一位家道中落后跑去偷窃结果被捕的纨绔子弟时的样子，你不赞成，不为他说话，可是你能理解他。

“他不去偷能怎么办，只要家里一垮，这种人是注定完蛋的。”

你会这么想。这就是理解。

而对于《左边》这首歌，我有感触的并不是刚才写的那些歌词，在那些歌词结束之后，歌曲的第二段开始，唱着唱着，就会唱到这里了：

“也许，在自由的你心里面，那个家，谁也不能回。”

所有的疑问先放放，来，再好好体会一下这句。

“也许，在自由的你心里面，那个家，谁也不能回。”

“谁也不能回”，这小词儿太给力了。

我知道你会说“不是‘在自由的你心里面’而是‘太自由的你心里面’”，至少这是百度百科给出的答案，可是我想说，我不在乎。从前的某一天，当我听到这句歌词，然后心灵为之一震的时候，我听的，我在脑中浮现的，就是“在自由的你心里面”，所以每一次重新想起这首歌，就算已经知道真正的歌词，仍然不想改正。我能想象到一个男人，无论他是自由也好，放纵也好，无论我们该骂他，该打他，抑或无从评判他，可他的内心有一个家，没有一个人可以去到。于是我理解了歌者的悲伤，我理解了女孩儿的哀痛，我知道这是一个谁也无能为力的现实，而那个男人，也莫名地披挂上一层令人落泪的沧桑。没错，我的脑海中有这个形象蹦出来了，一个行路者，一个流浪人，一个一言不发的背影，迈着寂寞与孤独的步伐。那不是自由，我理解的，那是一种无人可以诉说的悲凉，就算有一个姑娘深爱着她，可她却不是他真正想要的那个人。

于是这个男人就只能孤独下去了，不需要同情，他是自作自受；不过这个背影让我深有感触，于是也就对这首歌深有感触了。

当然啦，最开始的时候谁能想这么多，这都是马后炮编的，但在第一次听到的时候那种心灵的颤动并不是假的，简直不掺一丝一毫的虚假，我就是那样地心中一动，随即，溢满悲伤。

也许，在自由的你心里面，那个家，谁也不能回。

唔，好猛，当我想完这些之后，地铁都到沈阳站了。

我就在这站下车。

## 第十六章

噢，甜美的短歌，你真爱嘲弄我，
因为我即便爬上了山丘，也无法如玫瑰盛开。
只有玫瑰才能盛开如玫瑰，别的不能。那毋庸置疑。

我企图生出枝叶，长成树丛。
我屏住呼吸——为求更快蜕化成形——
等候自己开放成玫瑰。

甜美的短歌啊，你对我真是无情：
我的躯体独一无二，无可变动，
我来到这儿，彻彻底底，只此一遭。

不知所云，至少对我来说，这首诗不知所云。

这首不知所云的诗的作者是波兰女诗人维斯拉瓦·辛波斯卡，告诉你们一个差点把我笑死的事情，辛波斯卡在百度百科上的名字叫维斯瓦娃·辛波斯卡，哈哈，维斯瓦娃，这一“瓦”一“娃”连起来读真差点把我笑死。

哈哈，维斯瓦娃。

她被誉为诗界的莫扎特，曾获得1996年的诺贝尔文学奖，可以说无论从声誉还是地位来说，都是一位光芒四射的女士。可是抱歉，维斯拉瓦女士，你写的这些诗，嗯，怎么说呢，按照我们中华人民共和国东北地区的特有语言来说，叫作……嗯……

啥玩意儿？

其实这么评论有些草率，毕竟诗这种文学形式，因为字数篇幅的限制，往往比其他文学形式更看重“阅历”这两个字。好多诗都只能在读者处于特定甚至是正好的心态下才会发挥威力，而一旦其发挥威力了，你往往会直接怔住，再不济，也会内心一震。就像那天，我手拿《金色梦乡》，想着那个清纯的姑娘，就在我在一堆书的中间倍感孤独时，我想起了那句“谁此时孤独，就永远孤独”。

混账啊，杀伤力有点大。

所以我决定还是对维斯拉瓦女士的诗抱有一定的敬意，于是我郑重翻到后面的某一页，郑重地开始阅读新的篇章。

老歌手

今天他这样唱：特啊啦啦特啊拉。

但是我以前是这样唱：特啊啦啦特啊拉。

你听得出哪里不同吗？

而且他不该站在这里，而要站在这里，

注视这方向，不是这方向，

虽然他从那里飞奔而来，
但不是从那里，也不是像今天这样拉姆帕帕姆帕帕姆，
而是单纯的拉姆帕帕姆帕帕姆，
让人难忘的楚贝克·澎波涅利，
只是
现在谁还记得他——

看完了。
呼——
啥玩意儿？

我把辛波斯卡的诗集塞回电脑包里，拄着脑袋发呆。眼前依旧是白花花的屏幕，倒是也有几行字，在这些字的后面光标一闪一闪，它已经停在那里好久了。

“三个黑影顺次滑过泥土墙面，火光摇晃，燃烧的声音充满质感。一路大家都没有说话，包括老旦利斯，他知道周顾籍遇到了一些令人不快的事情，可现在并不是询问的好时机。”

唉，谁关心这些啊！我是说，谁，为什么，会想要看这些玩意儿。

搞不好和两个孩子在雨林里的冒险之旅相比，大家更喜欢听我扯淡也说不定。我倒不是说自己扯起淡来多吸引人，而是如果强逼大家选择一个的话，他们宁可听我的废话连篇，也不想听我的胡编乱造。这种想法让我感到难过，其实我把自己的作品给一些好朋友看过，他们的反响都还不错，甚至有嫌没看过瘾的，可问题是你不

知道人家说的是不是恭维你的好话，他们都是善良的人，也是我的好朋友，而作为一个好朋友，在没多少钱又追不到姑娘的家伙捧出一份所谓的“作品”请求自己评价的时候，又能说什么呢？“孩子你不是当作家的料，放弃吧”这种吗？

混账，我感到自己正被一种矛盾碾压着，就像砧板上的一块面，“矛盾牌”擀面杖推来推去，于是我的信心也好，希望也好，都被碾得越来越扁。这矛盾来源于我同时拥有的自信和自卑，我知道自己的作品很宏大，情节很吸引人，可又怕自己的作品其实不宏大，其实不吸引人。老实说，这种矛盾的心理已经要把我撕开了，前一秒，我还翻着文档，看着《邱亚尔密林博物志》《那翁协定》、碧诺尔托丁语、木灯文明、哈德巨兔、芬依玛蛇藤、冥尘教团、多克诺佣兵等这些几年来自己所创造的，已经成了系统的文献、文明、古籍、远古组织甚至物种和语言，心里想着“妈的，这真正是一部宏大的小说！”，可后一秒又觉得自己就是在自大，在自我感觉良好，因为没有见识，所以看见了一只野猪便感觉看见了世界上最大的动物，就像井底之蛙，“朝菌不知晦朔，蟪蛄不知春秋”。

“这真有点伤”，我一边这样想着，一边不断把鼠标上移下移，看着几年的心血——无论它是好是坏——在眼前缓缓流过。

紫光女神蜜玲雅，玛维诺蜥化巨蛇，“幼小身影之墓”，弗若尼石钥，纪元考古文物，九大古籍，海虫光粉，《恶性孵化》，摩尔撒冥刀，恩卡尔风碾队，什瑞麦尔绷翼鸟群……

混账，这么翻下来，还是觉得是个宏大的小说。

我摇摇头，本想停止发呆，开始写下文字，却不知怎的，想起昨天看的《塔洛》来。

那还真是一部寂寞的片子，《塔洛》，尽管参加了威尼斯电影节，尽管收获了很多的赞誉，可它仍然是个寂寞的片子。想知道这一点，你甚至不用去真的看这部电影，只要去查查剧照，一定会有这样的感觉。

也可能你没有，我不知道，毕竟不是每个人都多愁善感得像个蠢货。

反正昨天看的时候我差点包场，我不想包场，因为我怕鬼，好在还有位帅小伙儿坐在前面，在看到一半的时候，他出去了。

我可以理解，现在的年轻人，浮躁。没有打打杀杀也没有搂搂抱抱的电影他们是忍不了的，他们已经无法耐心地去理解一部文艺电影，他们的心，已经被……

哦，他回来了，看来刚才就是上了个厕所。

混账，我得改掉乱猜别人这个毛病。

日子又开始平淡地流淌了，看来最近的一次波澜就是我从北京回到沈阳。每天晚上，我在床上盘着腿，皱着眉——这表示我在看书，我只要一看书就会皱着眉——捧着一本金灿灿的书，封面上“麦田里的守望者”七个大字因黑暗而显眼。这是一本好书，是经典，我这样说不是因为大家都这样说，我这样说是因为它极大地影响了我的行文风格，如果你看过《麦田里的守望者》你就会知道我在说什么。

老实讲，我本来打算瞒着你们这一点的，可这样会显得有点可耻。如果做不到可敬，至少要做到诚恳，你们知道我曾经这样说过。

翻翻已经看了的部分，这是一本真正的好书。

关于这本书，我不想剧透，可是告诉你们这本书的主人公是谁总是没有关系的，“我这样揣摩。”主人公呢，是个高中生模样的家伙，叫霍尔顿·考尔菲德，整本书——就我看到的部分——都是讲他被学校开除之后所做的事。我的意思是，他被开除，他滚蛋，而他滚蛋的这几天的琐事就被活活写成了一整本书。老天爷，真是可怕的文学功底，能把区区几天的鸡毛蒜皮的小事写成一本十几万字的书而且还不令人厌烦，甚至成了影响一代代人的经典，你得承认这是一种可怕的文学功底。主人公霍尔顿有一些独特的说话方式，比如叫所有人老什么什么，老斯特拉德莱塔，老阿克莱，甚至连他只有几岁的妹妹菲苾都是混账的老菲苾，这种叫法冷一听很怪很不适应，可熟悉了之后有种莫名的过瘾，于是我就被影响了，我不想抄袭什么，可我就是被影响了，一写人名我就想加老，要不是“老小依”听起来蠢爆了我很可能要这样叫她。

总之，《麦田里的守望者》影响了我，我把这句话写在这里以防有人在以后以一副“老子什么都知道”的鬼样子说“这本什么狗屁《局外人》就是抄的《麦田里的守望者》，你们要是看过那本书就知道。”没错，我受了影响，读到这里的你们都知道这一点了，不是吗？

澄清这一点真让人宽心，讲老实话，真让人宽心。

那天，当我打下上面这些文字的时候，我的手机震动了，我拿起来一看，竟然是老李发了信息过来。

老李是我的朋友，可别误会，我叫他老李不是因为哪一本混账书籍，我叫他老李是因为他叫我老梁，还说这么叫听起来像个嘴皮子特溜的名人。

“老梁，明天有空没？”

“有啊。”

“好，请你吃饭。”

“行啊！”

“想吃什么？”

我刚要回“什么都行”，电话打过来了，老李就是这样，这混账不能多等上一分一秒。

“嗨，老梁，好久不见了，你最近咋样？”

“挺好呀，你呢？”

“我肯定很好呀，你回沈阳没？”

“回啦！”

“啥时候回的呀？”

各种废话，我不是说老李，而是说我们的对话。讲真，我喜欢和老李在一起废话，因为在这个社会想找个家伙无欲无求地浪费自己的时间和你废话并不是一件容易的事，这让我感到感激。于是我就面带微笑，有啥答啥，简直像个智力低下的机器人。

“本来给你发微信的，后来觉得太慢了。明天请你吃饭啊？”

“可以啊！吃啥？”

“不知道啊……”电话那头沉默了一会儿，“诶，对，那个乐厨，你吃过没？”

“乐厨？”

“君悦酒店 26 楼的乐厨，老好了，自助餐。”

老李这家伙搞期货，大土豪，他妈的，他真是一个不折不扣的大土豪。

“行啊行啊！”我很开心，这一点不假。

于是我们就约好了，明天晚上 5 点在君悦酒店大堂集合。

“你的腿还行吗？”我问。

“这你不用管了，咱们定好了啊！”

“嗯，定好了。”

你知道，在这个社会想找个无欲无求地浪费自己时间和你废话的人很不容易，若是他还想请你吃五星级酒店的自助餐，那就更不容易了。

老李，谢谢你。

## 第十七章

深更半夜，某个小区门外，一辆庞然大物停在路旁。

一辆奔驰，挡风玻璃后面有两个人影。

“和有情人做快乐事，莫问是劫是缘。”

其中一个人扔出这句话，他把手在空中挥来挥去，态度诚恳，苦口婆心。

另一个人把这句话重复了一遍。

好吧，所谓的另一个人就是混账的我，我把那句话重复了一遍。

这个老李，厉害得不行了。

下午 5 点的时候，我在君悦酒店一楼等老李，整整 10 分钟，我都在担心大堂经理会把我赶出去。

我担心因为我发怵，我发怵因为我没钱，你知道的，没钱的人在高端的地方总是会露出一点马脚，大家一看，不，是冷眼一看就知道，这个家伙，他不属于这里。

没错，我是不属于这里，可是我朋友属于啊！

“老梁！”

有人在老远之外喊我，大概能有三五米吧。我一扭头，老李坐着轮椅，正冲我招手。

这完全是恶化了啊老李！

在上一章我没和你们说，但是我暗示了，因为种种原因，老李的腿打小就不好，情况乐观就只是瘸一点，要是不乐观，那就得坐轮椅了。瞬间我涌上来一点愧疚，老李坐着轮椅来请我吃饭，放在哪个年代也没有这样的事啊！

就我想这些的一会儿的工夫，老李到我身边了，速度真快。他虽坐着轮椅，可他是个操控轮椅的高手。

“来，这边。”轮椅高手领着我向电梯而去。

乐厨五点半才开餐，我们先随便找了个地方坐下，就开始聊了起来。说起来，这不是老李第一次请我做一些超出我社会阶级的事，这个老李，他是个有钱人，还是个特别不在乎给别人花钱的有钱人，如果你也有一个特别不在乎给别人花钱的有钱人朋友，那么你也应该体会过被他们照顾的滋味。

上一次，他和我一起去北京找老谢，那时候的我还没有长居北京蹭在老谢那里。那时候的老李，手头有一笔钱想投资，也对手机App开发很感兴趣，于是我就想起老谢来。

在北京，你们猜他请我住的是什么地方？

他妈的千禧大酒店，好可怕，五星级的千禧大酒店，自费，没人给他报销什么的。各种吃好的，各种住好的，来回的火车票我也不拿钱，简直像是做梦般的一次旅程。这个老李总是这样，他不在乎别人的想法，也不会计较这这那那，想给你花钱，于是就给你花钱了。再告诉你们一个小秘密，这个老李，他不在乎别人的想法，所以对任何事情都口无遮拦，于是，对一些有关生命起源的，一些孩子不该听的事情，也都想说则说，绝不嘴软。

我和老李是在学英语的时候认识的，那个时候有那种大课，你可以想象一下有四五十人挤在一个大教室里面，然后有个坐在前排的家伙一直在大喊着什么"whore！"（别去查），什么"prostitute！"（更别去查），甚至是"masturbation！"（千万千万别去查！），这并不是闹着玩的，如果你的知识面够广，你就知道这并不是闹着玩的。

你看，你还是去查了。不听话啊。

其他听课的人也是一样，他们不懂，然后就问，然后老师就得解释，然后家长们就面红耳赤，看着自己的孩子不知道心里在想什么。这真是尴尬，即使没有家长在身边，即使已年满18数年，我也觉得无比尴尬。于是那件事就发生了，一天下课，一个家长去找老李。

"同学，你看还有这么多孩子呢，那方面的词汇你能不能收敛一点。"

如果是正常人就会说"好"，或者是"对不起"。没错，正常人说不出别的东西来。

可老李呢？他脸不红心不跳，不卑不亢，大手一挥：

"对不起，女士，您不是第一个跟我提意见的了，可我就这说话习惯，改不了的。”

嘿，你们真该看看当时那个女士的表情，好像做了错事的反而是她一样，真可怜。

我就在旁边看着这一切，然后，想笑。

就是从那时候起，我真正注意到这个老李了，这家伙简直是把所有不要脸的家伙丢掉的脸皮都捡了起来，然后全部贴在自己的脸上。太厚了，我感慨，他的脸皮简直比耶路撒冷那曾经厚达 7 米的城墙还要厚。不过他不是一个坏孩子，他只是有自己的一套价值观，比如孩子早晚要面对这些知识之类的。你们知道我指的是哪些知识，否则我就白告诉你们老李和那个女士之间的恩怨了。

总之，你们也不会太反感这个家伙的，只要稍微多和他接触接触，是的，我说的不是长年累月，而是“稍微”，你们知道“稍微”是什么意思。

“这边！”服务员训练有素，领着我们向窗边走去。

这个老李，什么都要最好的。

只消几分钟的工夫，我们的桌面上就摆满了食物，羊腿肉、猪肘块儿、春川鸡、孜然小排骨、叉烧肉、烧鸭、鸡脆骨、芝士蛋糕……于是你知道这是一个奢侈的年代了，我生于 20 世纪 80 年代末期，在那个时候，没有人可以把这样一堆东西摆上餐桌，即使你是个混账，手下有一万个人也不行。有那么两三分钟的工夫，我就像是用餐最高峰时全城最受欢迎的餐馆里忙得最不要命的那个服务员，脚底下穿着轮滑鞋那种，刺溜，刺溜，从这堆玩意儿飞到那堆玩意儿，只要看起来好吃，我就要来上一小盘。

我是个智障，这一点不用太久就会被证明。

我也帮老李打了一部分吃的，不过和自己的相比，简直像看不见的细菌。他的面前只有 3 个碟子，装着香肠、鸡脆骨和几片烤羊腿，他一边吃，一边抡着手臂，他总是抡着手臂，好像是拄拐后遗症，我记得他说过。

“可以去领大闸蟹。我不吃，你都领了吧。给。”

老李说着递给我一个小圆牌儿，中心有红色的贴纸。

这牌儿我也有一个。

“你不吃？”

“不吃，我就吃这些，”他指了指面前的三个盘子，“我每次都只吃这些。”

这是个奢侈的家伙！

或许我该告诉你们一点，那就是今天的沈阳不是沈阳，是他妈的寂静岭。我们坐在一栋豪华大楼的 26 层，靠窗，本来该像个假模假式（这个词儿也是从《麦田里的守望者》里面学的，好想用在这里）的成功人士一样眺望夜景，你懂的，就是面容忧郁沉默不语那一套玩意儿，可当我真的往窗外望去，却只能看到一堆霓虹招牌像幽灵一样悬浮在空中。

没办法，这雾霾超出你的想象，如果你来自一个山清水秀的地方的话。

沈阳的雾霾已经是个大问题了——别和我说北京，我从北京回来的，我知道那地方已经疯了，满大街的烟却看不到烧烤摊——这点不容置疑。讲老实话，信不信由你，有一天沈阳的雾霾严重程度超过了北京，超过了任何地方，我的意思是说，曾经有一次沈阳的雾霾严重程度是全国第一。全国第一，这真是帅爆了，作为一个经济倒数第一的城市在雾霾方面却拿到全国第一，我打赌你没住过这么厉害的城市。这真让人悲伤，如果你不这么觉得，那就想想一个超级矮却超级胖的男人，或者一个超级胖却超级矮的女人，我不知道哪个更令人同情，可很明显看到其中任何一个都会让我难受上一到两辈子。

北京只是疯了，沈阳？沈阳他妈的要爆炸了。

就在末日之前，在即将爆炸的城市里面，我和老李进行了一番意味深长的谈话，大致包含如下内容。

“你最喜欢哪个自助餐？”

“我没吃过太多。日本料理？”

“嗯，日本料理是不错。”

“哦！对了！金汉斯！以前的金汉斯！”

“在哪儿啊？”

“东北大学那儿。”

“哦，知道。”

诸如此类，饱含历史沧桑的对话。老李这个骗子在吃完了那三盘东西之后又搞了些来，我也在喝了一杯石榴汁，一杯不知道什么汁和一杯奶茶后，再次打来一杯石榴汁。

我这么说是想告诉你们，这里的石榴汁是最棒的，奶茶虽然也不错，可是太热喝着不过瘾。喝东西就是要过瘾，所以那帮家伙才会像疯了一样往嘴里灌啤酒。

“对了，老李，你知道冰酒吗？”

“知道啊。”老李吸了一下鼻子，又抡了下胳膊。

“我最近想尝尝冰酒。”

“你不是不喝酒吗？”

“是啊，但是想尝尝冰酒，一听就想起冰镇的水晶葡萄，于是就觉得会很好喝。”

“唔。”老李说，这浑蛋，他才不在乎什么冰酒呢。

其实我也不在乎什么冰酒，我打赌整个餐厅里就没有人在乎什么混账冰酒。我的眼睛一直在看着对面，更准确地说，是斜对面，那里坐着一个人生赢家，老婆很漂亮，孩子很可爱，这个人生赢家的老婆虽然比不了加德满都机场的那位完美姑娘，可也实在不错，她要是我老婆我就乐疯了。我不在乎你们知道这一点。

“嘶”，“嘶”……

老李还在吸鼻子，抡胳膊，低头吃肉。

我也塞了一块儿满是酱汁的肥肉入口，这个一看就不健康，但味道还不错。

“您好，盘子给您收一下。”

唉，这里的服务员也很漂亮，而且很亲切。我是说这里什么都好，就是那个大闸蟹好像没什么稀奇，不就是普通的河蟹嘛，还是公的。

我一边想着这些事情，一边等着老李开口。我知道他一定会开口，刚才我们聊了一会儿乱七八糟的东西，现在差不多该进入正题了。

如果你想知道什么是正题，那得问老李，是他约我出来的。

“老梁，你缺三样东西。”

很好，正题来了。

“哪三样？”

我佯装敷衍，嘴里嚼啊嚼啊，还用叉子在盘子里插来插去。我佯装敷衍，其实很感兴趣，老李这个家伙只要吃饱了就会说出成套的话来，就像个混账的演说家。

“第一，你缺灵感。”

我知道他指的不是小说方面的灵感，他知道我写小说，可他并不怎么关心。

“第二，你缺信心。”

“嗯。你说得对。”

“第三，你缺爱。”

这可真他妈一针见血。我说了，只要正确地喂饱了老李，“他”就会变成“它”，一只目光精准的猎鹰。

“你呀，没灵感倒是其次，但太不自信了。不是，我说你是怎么回事儿？当年的劲儿呢？”

“我哪有什么当年的劲儿？”

“咋没有，你就把你当年跑四川找那小姑娘的劲儿拿出来三成，不，两成就行，那时候的你……”

“哦，是啊。”他妈的，这个疯子，我得赶紧打断他。

“唉，你啊，太不自信了现在。而且，最最重要的，你也太缺爱了。”

我能说什么？话题变得沉重而且没法接了。

“你现在也别想什么出大名，赚大钱，你要找的就是一个你爱也爱你的姑娘，找到了，你的人生就成功了。”

“嗨，这就是最不容易的啊。”我摇了摇头。

“容不容易看你有没有自信。你别总嫌自己相貌怎么怎么样，那都没有用，人格魅力才最重要！”老李有点兴奋，或者是激动，我分不出来到底是哪个，“告诉你老梁，我能一直这么和你联系就是因为你是个很有人格魅力的人，特别独特，你知道我说的是什么意思吗？就你去四川那件事儿我认识的人就没人能做。”

这浑蛋老李，他对别人的往事有点执念。你就是说直到现在他都要每天上百度上盯着我当年的疯事儿傻乐俩小时我都信。他有执念，如果你曾经搞过什么事情的话。

不过这不是坏事，我得承认这一点。辽宁会忘了我，但有人不会。

“那都过去了。”我说。我不知道还能说什么。

“你呀，太没自信。”他一直这样重复。

“总之，我希望你能过得幸福。没别的。”

最后，他这样说。

## 第十八章

吃完了饭，我们又跑到了5楼的乐姿生活，这家伙强行要送我一块儿蛋糕，真是丧心病狂。

然后他又要送我回家，或许你也认识这样的家伙，这些人每次见完面都会把你直接送回家门口，要不是他整天姑娘这姑娘那你真要怀疑他是个同性恋了。老李确实不是同性恋，他只是个好人，他手头有钱，你手头没钱，他便觉得自己有义务帮你做些什么。他就是因为这样好才会被利用，他只谈过一次恋爱而那个贱人 3 个月花了他 8 万元，最后你猜怎么着？那个女人竟要求老李帮她付清房子钱，老李说每月帮她还房贷，不行，必须要一次性付清 40 万元。反正我听完是目瞪口呆的，如果这样的女人还有办法洗白那我真的要立刻倒在地上死去了。没错，要是有人能把这样的女人洗白，我将立刻蹦到他面前并倒下死去。

所以我是希望宗教发挥威力的，总有些人，你一听就恨得牙痒痒，于是你希望上帝或是别的什么神可以做些什么，用他们那足以创世的神力干掉一个人总不是难事。可惜的是，神都在忙，我不知道他们在忙什么，但很明显他们在忙。

嘿，我只是发发牢骚，别太当真。

已经晚上 10 点多了，这或许不算深更半夜，但去他的吧，谁在乎。反正我和老李坐在他那辆巨大无比的奔驰里面，就停在我家小区门口，什么时候聊完了，我不用 3 分钟就能迈进家门。

“你想得太多。”老李说，“别拿那么多道德束缚自己。”

我没吱声。

“想约哪个姑娘就去约，你又不是要杀人强奸放火，就是找人家出来看场电影，吃顿饭，你又不是去害谁。”

他说得没错，我又不是去害谁，可以前的自己总觉得只要和哪个姑娘看了场电影，就得对人家负责，我是说，如果我和她一起看了电影的话。

这是真正可笑的想法，好在现在的我已经改掉了，否则我才不会约小依去看《比利林恩的中场战事》呢。

“我已经不这么想了，”我说，“前几天在北京我刚约了姑娘去看电影。可人家不愿意去。”

“那就再约，脸皮厚点。”

我苦笑一声，没回答。

“你呀，还是想得太多。什么成不成的，被拒绝不被拒绝的。告诉你一句话，和有情人做快乐事，莫问是劫是缘。”他的手在半空挥来挥去，好像在做一场演讲。

但这句话很有力量，我得承认这一点。

“和有情人做快乐事，莫问是劫是缘……”我重复了一遍。

结果我想起另一个姑娘来，不是小依，不是加德满都女神，也不是查理布朗的清纯女孩儿，是另一个姑娘，一个我认识，也认识我的姑娘。

我这人真是个变态色魔，脑袋里装了大约 1 万个姑娘。

这姑娘叫苏西，我和她在美国游学的过程中相识，所以彼此以英文名相称。说是游学，其实就是一次混账旅游，由韦博组织，掏空了我几百年的积蓄。这姑娘，苏西，长得漂亮皮肤白，还是个“大污师”。

我这辈子可真是见过几个漂亮姑娘，但一个也不是我的。这真要命，是个人这辈子就见过几个漂亮姑娘，你仔细想想自己的人生就会明白这一点。所以重要的不是你见没见过，而是你有没有，这么一看，坐在这儿的老梁敲寒就只是一个值得同情的蠢蛋子而已。没错，一个值得同情的蠢蛋子。

唉，简直连我自己都要同情起我自己来，这真令人难过。

总之，这个苏西，她是个大污师。我曾经威胁她说要是再拿我开玩笑我就让她以后看见男人就腿软，因为我会揍她，用大棍子（我指的是铁的或木头的那种棍棒，你懂的）狠狠地教训她，这样她再看见男人就会想起自己挨揍的经历来，然后吓得腿软。结果你猜她怎么回应我？嗯？你绝对猜不到。

因为你不是个污师。

“今晚来我的房间，”苏西说，还带着狡黠的笑，“我让你以后看见女人就腿软。”

所有听见的人都在笑，不怀好意地笑，他们都在不怀好意地笑。

除了我。

你知道她是什么意思，我也知道她是什么意思。我脑袋里差点就冒出这个漂亮姑娘裸着一身雪白皮肤躺在我身下的样子来，脑海里差点就响起一些娇滴滴而又循环重复的声音来。妈的，我差点当时就腿软了，我是说这个大污师并不是一个容易对付的家伙。

唉，女人，真可怕。

或许是因为这个玩笑，我突然对苏西有了好感，老实说，这让我觉得有点羞耻。我试图控制，可控制不住，总是不自觉地往她那边看，看她戴着棒球帽，大眼睛扑闪扑闪。

然后，那天，我一生的遗憾就种下了。

那天晚上，我们在宾馆的酒吧里面见识外国风情，没错，就是这样，我不喝酒，在国内也不去酒吧，可既然到了另一个国家，你总该见识见识当地的风情。我们见识外国风情，在一片剧烈的音乐中，我们坐在门口一张大桌子旁边，远远的地方有一处舞池，彩色灯光打来打去。于是你难免会想起在电影中看到的场景来，你想起外国人喜欢凑在一起蹦来蹦去，好像每个人都吃了摇头丸一样。

于是我很想跳一支舞，我猜是那个环境影响了我。

妈的，我好想跳一支舞，我不会跳，也从没跳过，可这并不影响什么。我就是想拉着一个姑娘的手，在舞池里面晃来晃去，晃来晃去，我们看着彼此，或许带着笑，或许很尴尬，但我们会晃来晃去，随着音乐移动脚步。

唉，好想跳一支舞啊……

妈的，我直说了吧，我好想和苏西跳一支舞。

然后我们就玩起“谁是卧底”来，现在手机上都有软件，所以就算没有扑克牌之类的混账道具也无所谓。总之，我们都盯着屏幕描述自己看到的词汇，希望你会玩“谁是卧底”，这样你才知道老梁敲寒到底在胡说些什么。

结果第一轮我就输了。我不擅长这种游戏，讲老实话。

我是第一轮输的，还要再有一个输家才行，我猜大概是需要两个人才能做出一些值得别人大笑的蠢事来吧。这世界上总是会有那么多蠢货，一看到别人尴尬他们就乐得连命也不要。不过和我一起去美国的都是些真正不错的家伙们，这点我可以向你们保证，所以我很疑惑他们究竟会不会让我做一些尴尬的事情，他们不像是那样的蠢货们。

除此之外，剩下的就只是祈祷了，无论怎么样，让苏西输吧！

让她输吧！

让她输吧！

我像个白痴一样在心里重复了一万遍。

然后她就输了。

信不信由你，这个世界上是有一种超自然力量的，我们的生活都被操控着我跟你讲。

苏西输了。

大家都不知道该怎么办，终于，一位在博物馆工作的很有气质的女孩儿说，要不，你们去那边跳一支舞吧。

这句话把我打傻了，我是说这句话就像一个大锤子，“咣！”地砸在我的脑袋上，然后我就傻了。

你们丫的是一群神吗？你们窥探到我内心的最黑暗处，然后设下了这个局来帮我吗？

不过作为资深懦弱人士外加装模作样的鼻祖，我把所有期待和兴奋都深深埋在心底，像个发自内心地想着“我才不要跳什么蠢材舞蹈”的家伙一样，只会一脸尴尬地看着苏西。这姑娘，她没有看我，她一直在低头摆弄手机，不知道心里在想什么。

当时我觉得她心里很烦。她不想和我做任何事，无论是跳舞还是别的。

她讨厌我。

很快，一切过去了，即使是神也只能给你机会，抓不住的话你就一边玩去吧，神不负责跟在屁股后边拯救懦夫。

我这个废物！

如今快一年过去了，在自家小区的外面，在老李的车里，我紧紧地咬了下牙，没错，我就是他妈的废物，也许苏西讨厌我，也许她不想和我做任何事情，可是也有那么一丝丝的可能，她在等，她在等我发出邀请，因为我才是那个混账的男人，我才是那个该主动说点什么的家伙。

这样想来，她从来没讨厌过我，至少从我听到看到的一切语气，一切行动来说。她总对我笑，她总和我开玩笑，她甚至不避讳说在床上等着我，在游学即将结束的时候，她说过要穿着维多利亚的秘密在床上等着我。真够混账，要是一个女孩儿讨厌你，她是不会和你开这样的玩笑的。

我越想越觉得自己面目可憎，自卑和懦弱毁了我的一生，毫不夸张，这种毛病真的可以毁了你的一生。

最后，我开口了，我没看老李，我一直看着车窗外昏黄的路灯。

“我想请她跳支舞。”

“谁？”老李不知道我在说什么。

“苏西，我去美国的时候认识的一个姑娘。”我把苏西的事情都告诉了老李，还把她的照片给老李看。我有她的微信，是她主动加我的，多可笑，就算在游学的过程中，就算在大家互加微信的大好机会下，我也没有勇气主动和她说一句“咱俩加一下微信啊？”

自卑，这毛病真的可以毁了你的一生。我不说假话。

老李眼前一亮：

“这姑娘好，我看看。”

然后他拿过去翻，不住地说：“好看，好看。”

苏西是很好看，如果你来找我要照片，你就会知道当她说自己要穿着维多利亚的秘密等我的时候，我的内心有多么的，嗯，不可描述。

不过我不想和她真的不可描述起来，我只想和她跳舞。信不信由你，可我真的只想和她跳一支舞，如果可以的话。嗯，我想，这段回忆一定会很美。

“不错，不错。”老李又重复了一遍，然后把手机还给我。

我们又聊了一会儿，结果时候不早了，我也该回去了。拉开车门，我钻到车外，想了想，又弯下腰把脸对回车里面。

“你说的那句话是什么来着？和有情人……”

“和有情人，做快乐事，莫问是劫是缘。”

莫问是劫是缘，对吗？

我知道了。谢谢你，老李。

顺带一提，我还是头一次听说有心理医生给病人看病还要请病人吃饭的，还是五星级酒店的自助餐。你真应该参加个圣人培训班，你有那个潜质。

听见我说的了吗？老李，你这混账有当圣人的潜质。

## 第十九章

我决定继续告诉你们我是怎么联系上苏西的，就从离开老李航空母舰一样的奔驰之后说起。

一个契机，我需要一个契机。

要我说，苏西的上一条朋友圈就不错。

“有一起浮潜的吗？想去‘奸笑’”

下面是一条分享链接，叫“马代可能真的要成为过去式了……”

从这题目也能猜到吧，大致就是讲什么新的海岛之类的。我就在这条朋友圈的下面出击了，至于能不能行，交给命运。

“我决定明年去一趟！多谢分享！”我评论说。

这一招有点高明，尤其是“多谢分享”这四个字，既表达了我要去的愿望，又丝毫没有透露出“我想和你一起去”的想法。如果苏西愿意和我一起去，她就可以接着我的话说；否则，不理我就可以了，一点也不会尴尬。

混账，懦夫开始夸夸其谈了。

总之，我叹了一口气，死心塌地地把一切交给命运。

“什么时候啊还有谁我们一起组个团如何？”

命运！你对我太好了！

我赶紧回，像条狗：

“目前只有我自己，我一般时间比较随意，找个最佳旅游季节？”

太磨叽了，混账，太磨叽了，可是已经发了出去，她应该已经看到了。

我焦急，我后悔，我眼睛滴溜溜地转，不知道她会回我什么。

然后，一天过去了。

不开玩笑，一天过去了，第二天晚上，我正在看《麦田里的守望者》，“嗡嗡”，手机震动了。

一看，苏西。

我差点用力过猛一下从床上蹦到窗户外面去，我差点直接蹦出楼外摔死。

“在没？梁同学”

“在呀。”我怀着几乎要爆炸的心情轻描淡写地说。

“我前两天的关于杜马盖地的分享你是不是有打算去呀？”

“是呀，但现在太冷了，我就在考虑明年。”

“那你打算自由行吗嗯我也考虑的是明年。”

老实说，我不打算把我们的聊天内容一条一条全讲给你们，我相信你们也对这一点十分赞同。总之我们就这样聊下去了，很快，内容就和什么狗屁杜马盖地一点儿关系没有。

“对啊，什么时候来武汉转转？”

“好啊，我真的很想去，有热干面。”

“要不寄点你哈哈多着呢三鲜豆皮呀”

“还是去吧……除了热干面不是还有你吗……要不你把自己寄过来？”

她足足10分钟没有讲话，油嘴滑舌让她讨厌了。

终于，来消息了，我又差点从床上直接蹦到楼外摔死。

“好好讲话……我知道我漂亮别老惦记我”

后面还跟着一个害羞的表情，就是闭着眼睛像长着红睫毛那个。

“你没变这就好。”

我这样说。我不知道我为什么要这样说。

我为什么要这样说？

她又好久没有回。

糟糕，她讨厌我了，装模作样的我让她讨厌了。

我只好再随便找个理由让对话重新开始。这可真糟糕。

更糟糕的是，虽然我尽量控制，可在之后的对话中，我还是不断地装模作样或是油嘴滑舌，什么“我真想去武汉，不只有热干面和你，还有武大的樱花”之类的，当她说到去日本自由行怕丢的时候，我脑袋一热，一句话冲出指尖，还没反应过来就发过去了：

“下次你跟我去，我会讲日语，丢不了！”

我不骗你，我一发过去脑袋就“嗡”的一下，这是在邀请啊，天，要是被拒绝了该多么尴尬！

结果她说：“真的？”

看着这句话，我叹了好大一口气，眼眶一热。

我这个人啊，就是有这个毛病，屁大点事儿，总是搞得我眼眶一热。于是我知道自己完全是一个幸福的弃儿了，哪怕是看到一丝丝幸福的可能飘过眼前，也会像个智障一样眼眶一热。我们开始聊起日本，她说想去泡温泉，“外面很冷飘着雪你在里面泡着”。

于是我问她，“雪猴吗！”

“嗯我泡过两家水质感觉都很好但就环境是有区别的”

“水质……你真是个姑娘，皮肤嫩。要是我，只能感觉出‘哦，这是水’。”

我不骗你，我的皮肤就是这样糙。和男生比起来还没什么，可要是和女孩儿比起来，它就是这样的糙。

我傻笑起来，一想到她泡温泉，我就差点流口水什么的。

你们知道这样聊天最糟糕的一点是什么吗？最糟糕的一点是我开始幻想起一个未来了，我幻想着自己可以和苏西一起去吃数寄屋桥次郎——这是一家厉害的寿司店；我幻想着和苏西一起去看樱花，在漫天的花雨下和她静静坐在一起。是的，什么也不做，就是静静坐在一起。或许你认为我这样说只是因为人云亦云或一时脑热的想当然，就像“想玩浪漫就该去看樱花但具体的我就不懂了”之类的，不，这些是我一直以来的梦，只不过在这一刻之前，苏西不在这个梦里而已。我想去千鸟渊看樱花，我想去上野公园看樱花，我想在明年的四月出现在东京的某个花飞如雪的晴空之下，于是这个孤寂而可怜的生命，也终于有了浪漫而凄美的曾经。

这便是希望之力量。我说过，我是在用生命诠释这一点。

哦，还是解释一下，除了去东京看樱花，我还想去这个世界上的其他国家的其他地方，我强调一下这点以免你把我当成一个只懂哈日的浑球。

如果你没那么想，那就别把上一段放在心上。我有这个毛病，我总是怀疑别人会骂我，所以，我会解释事情。

我继续和苏西聊着，带着兴奋，期待，不安，以及大约一万种情绪混合起来的感觉。苏西发来了一些她去日本时拍的照片，还说她愿意和我一起再去日本，这姑娘，或许她真的并不讨厌我。

她还跟我说，可以去看艺妓，然后一连发来两行，共五个“奸笑”。

我说，艺什么妓（其实那叫艺伎，单立人旁的“伎”），直接歌舞伎町。

她说，应该是的吧，“奸笑”我不太懂。

我感到奇怪，我真的感到了奇怪，于是我回她：

你丫是不是Susie！今天怎么这么纯了？

你猜她说什么？

我本来久纯（她打的就是“久”字）。后面还跟着个害羞的表情，还是那个像长了红色下睫毛的玩意儿。

呵呵，她说她本来就纯。

我回她：

你看看你那熊再说！

这个我得解释一下了，在美国游学的时候她不知从哪里搞了个小熊，然后在斯坦福校园里捡了两个不知道是榛子还是松塔的玩意儿使劲塞进小熊胸前的衣服里，然后就使劲笑。这疯子，她一看到小熊胸口鼓起两个包来就开始像白痴一样笑个不停。

我说了她是污师，我不会无缘无故冤枉人。

最后，她说自己该睡了，我看看时间，确实已经很晚——已经凌晨 12 点了。于是我跟她说再等我一分钟，我想给她发点东西。

我狂翻移动硬盘，终于找到她拿着那只小熊的图片发给她。

她好像很高兴。

“哈哈哈”她说，“这什么啊”

我笑了：

“你问我？”

“我看不懂”她好像很高兴，“只知道这熊后面的美女不错”

“睡你的觉吧，你丫的……”

“一看就知道气质非凡”

“哈哈哈”她还说。

当然，我马上就劝她去睡觉，因为我生怕她讨厌我。老天爷，我实在是太害怕她讨厌我了。我不想这样，可我还是叹了口气，在对话框里打下几个字。

“说真的，晚安，做个好梦。”

“好的好梦”

她不喜欢用标点符号，真是个奇怪的姑娘。

结束和苏西的对话之后，我躺在床上，再也看不进去《麦田里的守望者》了，事实上，我再也看不进去任何书了。

我脑袋里在想什么？我脑袋里在想大约一万件事情。记忆已经被捣成糨糊，它搅啊搅的一会儿把一幅画甩到我面前，一会儿把一句话甩到我面前，就像电影镜头，如果你知道我在说什么的话。混账，我躺在床上，脑袋里竟播放起电影来，还是那种一个镜头只有几秒钟，然后即是下一幅场景的拙劣影片。电影一开始我坐在一辆巨大奔驰的副驾驶上，老李侧过脸来说“和有情人做快乐事，莫问是劫是缘”；然后是那天苏西对我说“我买了‘维多利亚的秘密’，今晚穿好了在床上等你，你来不来？”接着，我还没来得及说上一个“好”字，镜头一转，我们统统跑进了一个黑得吓人的舞厅，那里只有又红又绿的灯光扫来扫去，我看见苏西一言不发，坐在我的正对面，只顾着低头摆弄手机。

再然后，一切都安静下来了，我看见了一个海滩，就像普吉岛或马尔代夫或斐济那种，一个夜里的海滩。天上的繁星比姑娘们的眼睛更加闪亮，浪花一次次扑到海的边缘，就像孩子那样快乐，就像吻那样温柔。在海滩上，有两个黑色的剪影，他们面对面地站着，背后，是安详的夜空和绚烂的星河。

两个人静静地站了一会儿之后，一个人伸出手来：

“我可以请你跳支舞吗？”

影片的结束，是两个笨拙的身影你来我往，伴着浪花的轻歌，他们跳起一支舞蹈。

天，苏西，你不知道，那天我有多想和你跳一支舞。

# 第二十章

我的表哥回来了。

这是一件大事情，尤其对黎德寰来说。我的表哥也是他的表哥，这不是问题，问题是我已经见过嫂子两面，他却还没有见过。

这种事情几乎可以弄死他，没错，他正是那样的不敢与陌生人接近。

于是就出现现在这样的局面了，我看了看身边的黎德寰，他脸色不太好，并且从头至尾一言不发。对面就是我们的表哥和嫂子，他们身边则坐着我大姑——也就是我表哥的妈妈、我大姑父——也就是我表哥的爸爸、我爸、我妈、我爷……总之，就是我的七大姑八大姨。

这是一个家庭聚会，如果你知道我是什么意思的话。

我觉得有必要介绍一下我的表哥，因为他实在是厉害得不行了。当然我想告诉你们的不是他在飞利浦工作，年薪可怕，每年都公费出国，如今去过大概一万个国家以及诸如此类的颁奖典礼式废话（喔天，我真是受《麦田里的守望者》的影响不浅！），我并不关心那些，你们也没必要关心那些。我想告诉你们的是他是如何影响一个孩子的，不夸张地说，这个混账表哥是我的启蒙人。

我没法否认这一点，当我回望自己的一生的时候，总是能找到他留下的烙印。

小的时候，我会跑到奶奶家过寒暑假，结果一两个月一两个月地住在那里，那时候表哥也还是个孩子，他也住在那里，他总是用他神奇的世界观影响我。

首先就是玩儿“小霸王学习机”，我不想搞什么年龄歧视之类的混账玩意儿，可如果你并不是在这个伟大的千年以前出生的话，你很可能会迷惑一个“学习机”怎么会是用来玩儿的。没错，它正是用来玩的，而且我告诉你哦，超好玩。

什么超级马里奥啊，双截龙啊，魂斗罗啊，把一条命调成30条命什么的，如果你知道我在说什么的话。

那一阵子，我天天跟着表哥玩小霸王学习机。

后来，就是玩电脑游戏，什么星际争霸，魔兽争霸，仙剑奇侠传，这些你应该都懂的。

那一阵子，我天天跟着表哥玩电脑游戏。

再后来，事情就变得高端起来了，我们开始吃食物，嗯，美食，换这个说法会好很多。我们去吃烧烤，吃干脆面，吃欧罗巴，当时欧罗巴真是一个高端得爆掉的餐厅，要不是那天我跟着表哥逛街的时候恰好碰到他的同学，我根本不知道世界上还有叫“西餐”的东西。那时表哥上初二，而我觉得他那些上初二的同学简直就是大人，我是说我觉得他们比我整整大了一轮之类的。我还是一个小学生呢，我知道个屁，但“欧罗巴”与“西餐”两个词从此深深地刻进了我的骨头里，就像深深嵌进树干的斧头。

再后来，有一天，表哥来我家做客，那时候我也已经成了大人了，我是说，我也上了初二。

“哦！你还有这么狠的电影呢！”

他手里举着一张光盘，上面画着一个人戴着墨镜，45度仰角看着天空，这个人胡子拉碴，戴着深灰色绒线帽子，脸旁横着7个大字：

这个杀手不太冷

背景是这样的，那个时候，我偶尔会买点盗版DVD来看。老天爷，看在那是一个时代的份儿上，原谅我吧。可我不知道什么是好片子，什么是坏片子，我看动画片，各种动画片，什么《熊的传说》啊，什么《狮子王》啊，老天爷，我甚至看过《亚特兰蒂斯》，我相信不是所有人都看过《亚特兰蒂斯》。

总之，我的意思是说那时的我看电影完全是为了消遣，我不在乎那是不是个烂片或者诸如此类的问题。可是自从那一次，表哥把《这个杀手不太冷》放进我的移动DVD之后，有什么东西在我心中生根，发芽了。

我开始看电影，看真正的电影，同时也是真正地看电影。

后来，他又带我看了《肖申克的救赎》。他还有一张《低俗小说》，因为这个名字几乎弄死了还在上初中的我，所以就没有看。

现在让我想想看，他还在哪些方面启蒙了我。

哦，对，音乐。

其实说到音乐的话，我无法把功劳全部归给表哥。小时候，我妈强行让我学了3年的钢琴，尽管最后也只是学了个寂寞，现在连屁都想不起来，可那确实很有用。我说表哥启蒙了我是因为他听国外的东西，摇滚，我是说。通过表哥我看到了这个世界，还是一个被筛选过后的世界，我无法表达我有多么感谢这一点。

不过他也曾经往我嘴里塞橘子皮，那苦味我到现在都记得，所以，嗯，你懂的，也没必要磕头谢恩什么的。

时光飞驰而过，现在，我长大了，我成了曾经的他，我在旧金山品尝被那帮美国佬活活糟蹋了的巨型肉蟹；在尼泊尔一脸崩溃地看着旁人用一只手把米饭、咖喱鸡、鹰嘴豆等玩意儿强行搅在一起，变成屎，然后再吃下去。我自己去坐到电影院漆黑的放映厅中，看《驴得水》，看《塔洛》，也依然看《像素大战》这种很消遣的影片。我在豆瓣看影评，极其偶尔写影评，我成了豆瓣默默无闻的常客，却永远忘不了曾经的那个孩子睁大了眼睛，看着自己的表哥打开网页，进入了一个叫“豆瓣”的莫名其妙的网站。

我想否认这一点，我不骗你，可当我回望的时候，还是叹了口气。没法否认的，事实即是事实，现在的我已经成了他，一个扩展之后的，成长之后的，他。

而他，我的表哥呢？他成长到了一个我不可能达到的高度。我不想说太多，因为我说了我无意用颁奖典礼式的废话介绍我的表哥。总之，他已经厉害得不行了，厉害炸了，我不得不离他远点以免有什么东西崩到我。

不过因为表哥厉害炸了，所以带来了一点负面影响。我指的是对我来说是负面的影响。

那就是嫂子比我还小 5 岁，他妈的，5 岁，是个 93 年的小妹妹，如果她不是我嫂子的话我会这么说。

这可真尴尬，我该叫她什么才好？

我看了看旁边，想从黎德寰那里找到答案。

妈的，他更尴尬。

平安夜。

家庭聚会之后，表哥和嫂子回酒店，我和黎德寰去书店。还记不记得我曾经在很久之前说过“听说中街大悦城还要开个不错的书店，我一直在关注着”？应该就在刚开始不久的前几页，你去翻翻应该可以找到。

什么应该，你肯定可以找到，我就是复制过来的。第一章，第三行，这叫他妈的伏笔。

总之，今天就是那个书店开业的日子，我和黎德寰在平安夜化身为两只丧尸，还是最原始不会跑的那种丧尸，跟在一大群同类身后往大悦城 D 馆走去。老天，你真该看看这种场景，我打赌你一生中不会有太多次陷入这样的境地：走快了就踢到前边的人，走慢了就踩到后面的人。我相信此时此刻，统共有大约 10 万人走在这条混账的名为“中街”的商业街上。嗯，中街，它已经疯了！它把太原街远远甩在了公共厕所里面。

“食屎去吧！”中街对太原街说。

在人群的拥来拥去之中，黎德寰似乎有话要对我说，于是我把耳朵凑了过去。这是你想在一片鬼叫中听清身边人说话的唯一方法。

“我差点去撞菜盆！”黎德寰说。

“什么？”

我真没懂，你们懂了吗？

“今天中午，我差点用头去撞菜盆！”黎德寰做了个用头去撞什么的动作，“餐桌上太沉闷了！”

我懂了。想想你们的家庭聚会，我想并不会让人产生“尴尬”“好希望谁说点什么”的感觉。是因为嫂子岁数太小的原因吗？或者是因为人不够多？

“那个剁椒鱼头的菜盆还蛮大的嘛，看起来也够硬！还就在我面前！我差点‘咣’‘咣’……”黎德寰接着说，一边又做了数次以头撞物的动作，乖乖，看来他当时真的饱受煎熬。

我想之所以黎德寰会在现在跟我说这个，是因为他感到了烦躁，不瞒你说，我也感到了烦躁。我只是一个去书店的人而已，无论今天是不是平安夜我都要去书店，结果我被卷进了山洪一样的人流，花着比平时多几倍的时间赶路。中街从来没有显得这样长过，这话发自内心，我就像个被编好了程序的机器人，只能按照一定的步速行走，我觉得我是《西部世界》里的可怜牺牲品之一，尽管我并没有看过那部大火的美剧。

挪步，挪步，我们路过一个个小摊位，无数小贩和他们售卖的商品一起，组成了一条绵延万里的条带。他们都举着会发光的鹿角——买下你就可以装扮成驯鹿，为什么会有人想装扮成驯鹿？或是发光的星星帽子，或者是会发光的恶魔之角，或是……

等会儿？恶魔之角？平安夜戴恶魔之角？这逻辑我不懂啊！

混账，我需要人来帮我解释一下什么叫圣诞节什么叫平安夜。或许有一些我不知道的混账的细节。

说来可笑，我们花了大概 100 个小时才逃离了丧尸的队伍，跑进大悦城，在四楼找到了这个新开的书店。“当当实体书店”，或许是这个名，或许不是，去他的，谁在乎。总之这是一个和当当网有关的地方，而且，不夸张地说，可真是个相当漂亮的书店。

嘿！你真该来这个书店看看，拜刚刚开业和平安夜的天时所赐，这里人山人海。

我打算把这个书店描述给你们，没错，我打算这样做，所以如果你期待着亲眼见到它时的惊喜且极其讨厌剧透的话，从这里开始数7行跳过去。一进书店，你首先要面对的是一个向上的斜坡，堆满书的书架每隔大半米就横空出世，我是说横在坡上，于是你便要选择是停下来看看，还是从旁绕过。在这里我看到了一些别处没有的书籍，它们都包着美丽的塑封，像是一个个纯洁的，嗯，你懂的。

啊？不懂？塑封就是塑料膜啊！膜啊！还不懂吗？

咳咳，总之，在窗明几净的空间中，崭新的书籍堆满了面前的和侧面的所有书架。斜坡蛮陡，在其尽头是一条反折向上的楼梯，沿着它可以走到强行搭出的二楼，然后，你会看见大约一万个正在自拍的姑娘。

没错，我就看见了，她们都先面带笑容，再按下快门，再皱眉查看，再面带笑容。我不由得怀疑她们的脸上装有一个开关，否则其表情变化不可能在如此顺畅的同时又如此差异巨大。太神奇了，这些姑娘，我觉得她们就算大火烧到脸前也能灿烂地笑出来，只要你能及时把手机镜头对准她们并成功引起她们的注意。

话说到这里，你们一定误会了。我不是在批判什么，我已经过了那个年纪。我不自拍不是因为自己是个男人，而是因为这个男人真的丑爆了，这点自知之明不是有没有的问题，而是就没丢过。大部分玩自拍的姑娘们还真就比较好看，她们坐在明亮的灯光下，俏丽白皙的脸庞点缀在一片片的原木色之中，可以说是书店一道无比吸引人的风景。

甚至比书本更吸引人，当我的痛苦并不够大的时候。

混账，黎德寰还在身边，现在不是满脑袋这些玩意儿的时候。我回头看看他，他正侧着身子，人海在他身体两侧涌动。他拿起一本书，来回翻看，可塑封包得严严实实，让一切对内容的渴望和窥视都成为徒劳。

“唉，差不多了，走吧。”我说。

黎德寰点点头，这个精致的地方，就留给自拍的姑娘们当背景吧。

## 第二十一章

混账，我要记不住了，我感到记忆正在消逝，细节，一点一点地不知道去了哪里。

所以我猛睁开眼，打开电脑，想像个抢救失火宅院的人一样把东西一点一点往外搬，在它们全部燃烧殆尽之前。我真是这么想的，能救一个是一个。

一个小杂种，没错，一个我在美国游学时和我同游的小杂种，当时，在现实中，他是个很好的孩子，可在几个小时之前，他是个卑鄙狡诈的商人，带着我们在某个混账课——哦，是英语课——结束之后，去一个地方踏青。

我们走了好远，各走各的，有细细的土路，栅栏，花朵和青草，中间还吃了顿牛肉汤或是什么其他的混账食物。然后我们继续走。我们在一条窄窄的河流上划船……有孩子们向我们扔石头，他们好像都是非洲的小孩子，肤色很深。这帮混账孩子，他们扔的石头我都接在了手里，然后反扔回去。我不记得都有哪些人和我在一起了，只记得有个家伙警告我不要伤到他们，可是嘿！你真应该看看那一幕，最靠边的一个孩子一下就接住了我扔回去的一块石头，就像他的手是一块吸铁石一样，“咚”的一下，石头简直是被吸进他的手里的。

然后我们又走了好久，穿过树林，还有其他游人，但是我一张脸也看不清。老李向我提起一家老谢带他去的包子店，说是超级好吃，问我去过没有。

真奇怪，面对突然蹦出来的老李我没有一丝一毫的惊讶，我只是淡淡地说没有，然后和他一起继续前行，就像我们一直就在一起行走一样。过了不知多久，老李说“就是这家”，我往左边一看，乖乖，这简直是一座鬼宅，我不开玩笑，就是一座鬼宅，你想想古时富贵人家的大宅，再想想所有的木板都染上了一层久遭遗弃便会染上的灰尘，巨大的木门紧锁，别说灯了，连一点点光亮都没有，其实我本该好奇这样一处人家为什么会是包子铺的，可在那个时候，我好像失去了思考的能力，我的脑袋里就像婴儿的一样空。

过了鬼宅包子铺，我们继续走，走啊，走啊，在一个大上坡上，突然，小依说累了。

没错，她就是这个时候出现的，没有任何征兆，就出现了。

然后我就动起了歪脑筋。

“可以这样，”我说，我竟然还记得自己说的话，“来，这样，对，前倾，手放在这里，然后把全身的重量都压在我身上。”

我在干什么？我在指挥她，我指挥她向前倾入我的怀里，全身放松，把我当成一堵墙一样靠着。

我本意是好的，不骗你，她说累了我便想让她不累。而当你把全身重量都交给墙的时候你便不再那么累，这是常识，你们也知道的。

可问题是，墙不会吻你。

可我会吻小依。

我记得清清楚楚，恐怕以后也很难忘了，我记得自己怎样低下头去，轻轻把嘴唇靠在她的嘴唇上。她没有反抗，还在笑——若不是这样我也不会那么放肆。然后我记得那种温暖，那种令人迷醉的触觉之美，我记得我像个疯子一样享受着这一切，就像个他妈的吸毒上瘾的野兽。

“我们为什么要在这里做这个？”她说。

我知道她是什么意思，我们干吗要站在大上坡的中央做这个？

于是我带着她走上去，再次紧紧相拥，而深深相吻，我们的嘴唇好像粘在了一起，她的双唇又温暖，又柔软，我把自己一生的贪婪都挖掘出来了，然后全部用在索取一朵玫瑰花瓣的温柔上。

后来，我们就都坐在一张桌子周围了，“每个人一百块钱。”那个小杂种如是说，真奇怪，现实中那明明是个很讨人喜欢的孩子，“是押金。”呵呵，押金？哪有活动结束才收押金的？你打算什么时候退？我死了以后吗？但奇怪的是，大家纷纷点头称是，包括我，我们爽快地拿出一张又一张一百元，爽快地交给那个小杂种，就差再补上一句谢谢了。可我心里很不满，我前面的一个人——不知道怎么的他就坐在我和小依的前面了，还是面对着我们——冲我努了努嘴，眼睛还向后边小杂种那里瞟，他也很不满，我能看出来的。

阴险狡诈的商人，最开始明明就是说大家一起出去玩的呀，原来你是个他妈的做生意的。

虽然我该问问你是怎么上一秒还坐在桌子这头下一秒就出现在

好远之外的椅子上的，不过，无所谓了。

梦嘛，发生什么都是合理的。

我坐在电脑前，从梦中醒来，回到再现实不过的现实。我是个梦的俘虏，每天晚上，不，只要睡着就会做梦，做混账的成百上千的梦。有些梦大，像是刚刚给你们讲的这个；有些梦小，甚至就是一到两个画面，然后像电影的长镜头一样，像那混账的安迪·沃霍尔的“机器”艺术一样，就那么放映，没有镜头切换。几个小时之前，我是说在梦到踏青之前，我还梦到自己又跑去西藏，然后，看见了我的很多同学，结果我跟他们说：“看，我就劝你们来西藏吧？”我梦见自己住进了一个位于地图边缘的旅馆，而这个旅馆我在之前的梦中还梦到过。

没错，即使在梦里，我也知道“这个地方我以前做梦的时候来住过”。这真厉害，就像个什么“梦境专属居所”之类的科幻玩意儿。至于再上一个梦，嘿，那个可怜的失火宅院已经被烧得只剩一点最靠外边的小财产了，我希望你们知道这句话是什么意思。

是的，在刚醒的时候我记得很多东西，现在，却只剩下一幅画面了。

一个镯子，一个翡翠做的，碧绿碧绿的镯子。

那个梦有点悲伤，看过《灵异第六感》吗？就是那样的，不过要把恐怖换成悲伤。

我梦见我和家人在一起，我们是吃饭还是出去玩什么的我都不记得了，然后我梦到我和小依在一起，我们一起经历了很多事情，就像个混账的 RPG 游戏，不过是个在现实中一看就是他妈的骗钱的那种。最后的场景是过一个什么安检，于是我便掏出那个翡翠镯子给小依戴上，结果，镯子掉落，小依雪白的手臂像雾气一样渐渐淡去，然后消失了。

原来都是梦，他妈的，我在梦里就这样想，原来这一切都是梦，我的家人，还有小依，他们从未和我在一起过，我们经历的一切一切，原来都是我自己在做梦。

当时我就哭了，我想人在梦中会更多愁善感一些。

老实讲，我很想回忆起我在梦中的梦中和小依一起经历了什么，我说了，就像个 RPG 游戏，尽管它是个骗钱的货色，可至少会有大魔王，障碍物，小喽啰之类的东西，我想回忆起这些，我想回忆起这份冒险，可它已经消逝了，被烧毁了，那个宅院所剩的东西，只有一个莫名出现的镯子从一个渐渐淡去的手臂上掉落而已。

唉，我竟然一晚上梦到了两次小依，我解释不了。我不喜欢她，这点我不骗你们，你们知道我已经很久很久没有提到她了，而我不提她是因为我确实没有想起她来。说实话，和小依相比，那个在查理布朗看到的清纯姑娘更让我念念不忘，如果非要我梦到一个人两次的话，那也应该是她才对，我是说，如果我真的想要亲谁的话，那也应该是亲她才对。

或者是苏西，前几天我还仰躺在床上，做着和她在海岛跳舞的春秋大梦，你明白我的意思吗？如果这两天的我做了梦亲谁的话，那个“谁”也应该是苏西呀！

该死的，小依，为什么你会出现在我的梦里。

我苦苦思索着这个问题，我认为这很重要，也许它会告诉我最近潜意识出了什么问题。

就在这时，我想起老李说的话来。

第三，你缺爱。

他妈的，这话在脑海中一闪差点让我哭出来，就算是在现实中，这话也差点让我哭出来。

我想小依只是一个意象，一个象征，我不是想给她戴上什么狗屁翡翠镯子，也不是想从她那里索求一切有关吻的温柔。她只是个象征，而你知道象征是什么意思。

或许因为昨天是平安夜吧，妈的，我看了太多幸福的人了。

所以我知道了当别人的幸福排山倒海地涌来的时候，局外人的身份也救不了我。就是这样，我是说，我的修为还不够。意识到了这一点的自己变得有点坚强了起来，我咬了咬牙，把眼泪什么的都推了回去。

刚才要是真哭出来了那可有点丢人，乖乖，太危险了。

话说现在我还真好意思叫自己“局外人”，我觉得自从开始写《局外人》以来，我又脆弱，又容易伤感，好像所有的强悍都变成了屏幕上的文字，我是说，它们都从我体内流失了。有些东西你只能埋在心里，埋在心里才会成为力量，一旦你开始宣泄，开始广播，它们就会像冲破了大坝的狂流，铺成一大片死水。

我不想成为死水，所以我站起身，整理行囊。

混账，梦，今天你可算好好搞了我一下。其实梦是个搞人的老手，鲁迅先生就说过，“人生最大的痛苦，莫过于梦醒了之后无路可走”。这或许不是原文，可绝对是原意。反正梦总是像一个溺爱孩子的家长，你最渴望什么，她就给你什么，可到最后你会知道，被溺爱，往往是有代价的。

如果你在现实中无路可走，那么就会知道梦境与现实的落差有多残酷。没错，我不说假话。

还好，我还有路可走。

《亡灵远去》，它就是我的路。

背起背包，走出家门，他妈的，我还有一个世界需要搭建。

## 第二十二章

他不太能分辨梦想与现实，
仅能勉强弄清他便是他，
勉强成形，有了从鳍、从打火石、
从火箭蜕变而成的手，
很容易溺毙于一茶匙的海水，
甚至不够好笑，无法让空虚发出笑声，

我知道你没懂，但别抱着某种企图，别问我上下文是什么，如果我告诉了你你还他妈得问我上下文是什么。

对我来说，辛波斯卡的诗和喜羊羊与灰太狼是一样的，不过是以相反的方式呈现。喜羊羊与灰太狼随便怎么看都能看懂，而辛波斯卡的诗随便怎么看都看不懂。不过我得告诉你们，经过思考之后我决定不再武断地否定辛波斯卡女士或是嘲弄诺贝尔文学奖，因为原文是用波兰语写的，说不定读起来像天使的竖琴一样动听。

不要急于嘲弄什么，这是我最近刚刚收获的顿悟。

一边这样想着，我一边翻开另一本书，布鲁诺·舒尔茨的小说集，《鳄鱼街》。

“每天，炎炎夏日从我们位于集市广场的二楼公寓那个阴暗的房间穿过：空气的条带在寂静中颤抖，一块块阳光在地板上做着燃烧的白日梦……”

我他妈差点把书撇出去。

这是什么？我受到了惊吓！

是的，我读懂了，可问题是我太懂了，我懂到就差知道空气的主要成分是二氧化碳，而公寓房间的地板里藏着多少蛀虫了！我是说，我觉得自己被一片名为“形容词”的大海淹没，甚至在潜意识中开始排斥这种再常见不过的修饰手法。

对不起，布鲁诺·舒尔茨，你是正正经经的文学大家，其实我是尊敬你的。

我摇了摇头，骂自己一句，深呼吸，镇定下来，重新翻开一页。

“吊灯像衰老的飞廉一样变红，枯萎。它们现在忧郁又刻薄地垂挂在那里，当有人摸黑走过笼罩在暮色中的房间……”

我一下就把书撇了出去，“啪”的一声。

对不起，我受到了惊吓，我没控制住。

日子平凡如水，每一天，我要么在中街来来往往，要么在万象城来来往往，我每天都看书，看半页或更少，《麦田里的守望者》直到现在都还差近 100 页才能看完。

这本书一共也就 230 来页，如果我没记错的话。

我再也没有和任何女孩儿有任何接触了，什么“和有情人做快乐事”……我没有有情人，也没有快乐事。现在的我已经不会被寂窝蹂躏到失去理智，然后胡乱发信息给姑娘，我有过那么一段时间，现在想来，简直尴尬得想死。

我想自己还是成长了。跟别人比没有意义，他们是强者，而我是废物。

这真是教科书般的自卑，老梁敲寒没救了。

我走在街上，脑袋里小依和苏西来回打转儿。我一时回不去北京，于是没有理由和小依联系；我又不敢再问苏西明年去海岛的事儿，怕她察觉我想和她去，然后对我产生排斥和抗拒。我走过了一面大玻璃，于是便不自觉地侧过头去看自己的身影，我不自觉地瞟一眼自己的脸，然后深深叹了口气。

唉，真难看，虽说有男人外貌不重要之类的说法，可要难看到这个程度那真是神佛难救了。

我不知道该怎么办，你知道人生中会有一些这样的时刻。

或许是因为《亡灵远去》推进不下去，再加上看不进去书，于是未来便成了一种一想起就会皱眉的未知恐怖。美好的幻觉都像雾气般消散，一点一点，露出和现实世界毫无区别的冰冷骨骼。就像一个美女从肤色白皙红润到渐渐腐朽凋零，闪烁的大眼睛被眼窝取代，俏丽的容颜变成瘆人的颅骨。我感到了绝望，深深的绝望，如果这时的自己正在过马路，那么我想，我是不会看车的。

不，还是会看，果然我还是不想死。

今天别写东西了，找部电影看吧。

嗯，还可以，《绝对控制》。

从气温来看，今年的沈阳终于不再是暖冬了，我走在回家的路上，回味着刚看完的电影。脚边到处是积雪，人们行色匆匆，路灯的光芒和大楼的光芒混在一起，所谓的夜色，早就失去了千年前的高傲。唉，黑夜，想不到你也能品尝到被取代，被威胁的滋味，看来即使凶悍如你，也总会有拜倒在灿烂文明面前的那一天。

混账，我在写什么乱七八糟的东西，在凑字数吗，可恶。

不过我能想到这些倒也不是无迹可寻。说到文明打败自然就一定会想到文明的力量，而说到文明的力量就一定逃不开科技的发展。然后一切就顺理成章了，拜人类天性中的忧患意识所赐，总会有人感慨“科技的发展造福人类也终将威胁人类”。我在头脑中搜索这类事情的先例，于是便想起了丧尸，想起了机器人的威胁，甚至想起了曾经小众如今却满大街都是的克苏鲁神话。

你看，我就说一切有迹可循吧，要不是因为看了这部电影，我是不会想起克苏鲁神话的。

我想要赞赏《绝对控制》，因为它的立意更加新颖，你不得不承认“智能家居被利用”这个问题还没有被太多艺术作品表现。我是说，也许会有那么一些，可和铺天盖地的丧尸电影、机器人造反还有克隆人伦理道德悖论比起来，智能家居，无疑是“人类威胁联盟”中的新成员。不过我想这个新成员对我，以及这世界上的大多数人的威胁都是非常小的，原因很简单，丧尸见人就吃，机器人见人就揍，而智能家居？你要先买得起一套智能家居才行。不要小看这四个字，在我们有生之年，这玩意儿恐怕还普及不开。

你可千万别跟我说你家现在有个智能马桶，可智能了，所以你开始害怕了！有一天，智能马桶将泄露我的隐私！

什么隐私？大便是什么形状的吗？

你也千万别跟我说除了智能马桶，你还有一个智能电饭锅，可智能了！你害怕了！有一天，智能电饭锅将泄露我的隐私！

什么隐私？你吃的东西和智能马桶里的对不上吗？

天，话题终于开始变得有意思起来了。

所谓的智能家居的威胁只发生在你有一整套系统，以及一个控制该系统的系统的时候，你总是需要点成型的东西来让黑客入侵。更好的消息是实用的家用电器往往没什么利用价值，我是说，想象你自己就是一个黑客，你总不能寄希望于操控洗衣机把衣服洗成碎片来把受害者气死，你也不能寄希望于操控平底锅把饼煎煳，这简直蠢爆了。老办法，想象一个对话，两个黑客在夸耀彼此的功绩。

“哥们儿，就是昨天，我干了票大的，我篡改了美国军方无人机的行进路线。”

“这真巧，我也干了票大的，昨天我黑进总统家的冰箱然后把电断了，他的冰淇淋全化了。”

这句话轰动了黑客界，因为“最白痴黑客争霸赛”终于有了优胜者。

当然，如果你能操纵洗衣机半夜蹦到主人身边再一跃把人砸死，那你就太厉害了。

所以，如果你实在想要被智能家居威胁到的话，那你至少需要一套音响设备——这样才能有高频啸鸣来让你发疯；你还要有一套监控设备，这样黑客才有办法只动动手指就知道你在家里干什么呢（跑去安摄像头那叫变态偷窥狂）；最后，你还需要一个草坪灌溉装置，这样你才能像在鬼片里一样，被半夜突然响起的喷水声儿吓个半死。

好了，下面的逻辑就很简单了，有草坪灌溉装置不能没有草坪吧？有草坪，不能没有超豪华别墅吧！

你一个小破独栋庭院用草坪灌溉装置不怕一开直接呲门里去？

别觉得我抬杠，《绝对控制》里的那个家伙这些全有啊！

他是一个什么混账航空公司的混账总经理，我是说，他拥有巨大的财富。他白手起家，可我并不在乎，我在乎的是他有个至少是字母 D 的老婆和一个又漂亮又性……我是说聪明的女儿，在片子的最后，他老婆一直双手被绑倒在地上，胸口衣服那样，大腿裤子那样，让人怀疑这片子在走一种会让人露出粗鄙微笑的路线。

唉，不过当时我可笑不出来，反而心里难受得很。我就是有这个毛病，一想到自己或许再也没有机会得到某种救赎心里就跟刀扎一样难受。

这么说来，智能家居威胁的都是有钱人……

有钱人都有字母 D 的老婆和漂亮又性……我是说聪明的女儿……

怎么给黑客捐钱？！

我的心理已经扭曲了，我他妈太孤独，结果心理扭曲了。

我摇摇头，在寒冷的冬夜，继续向家走去。

晚上，临睡觉之前，我坐在床上看《麦田里的守望者》，盘着双腿，眉头紧皱。

霍尔顿·考尔菲德在回忆他和一个叫琴·加拉格的姑娘的往事，这浑蛋霍尔顿，虽然他不说，但他绝对是喜欢这个叫琴的姑娘。他对她念念不忘，连他自己都这么说。

哦。这样。

哦，是这样。

那天，本来两个人在下着棋，结果因为混账继父什么的，琴哭起来了。琴哭起来，霍尔顿就去安慰她，反正书上是这么写的。

“我呢，只知道在她脸上狂吻——一切地方——她的眼睛，她的鼻子，她的前额，她的眉毛，她的耳朵——她整个的脸，除了她嘴上一带。她好像不让我吻她的嘴。”

哈哈，不让他吻她的嘴，是不想被他夺去初吻吧。

初吻……

这个词真让人不爽。

不爽归不爽，我摇摇头，继续往下看，看霍尔顿回忆他和琴的往事，回忆两个人一起去看电影，琴把手搭在他的脖子后面，而这几乎让他灵魂出窍。然后霍尔顿结束了回忆，打车去一个叫欧尼的夜总会，那里的老板是个又高又胖的黑人，钢琴弹得好，但很势利。

在出租车上，霍尔顿又问司机有关中央公园浅水湖里面鸭子冬天飞去哪儿的问题，我就看到这里，我是说我把书一丢，不想看了。

呆呆坐了一会儿之后，我鬼使神差地拿起吉他，弹起《虫儿飞》来。

我只会弹《虫儿飞》，我学了很久很久吉他但能完整弹下来的只有《虫儿飞》，更不要说就是这个，我还总弹错。

不过弹给自己的时候，不怕错。

黑黑的天空低垂，

亮亮的繁星相随，
虫儿飞，虫儿飞，
你在思念谁。

天上的星星掉泪，
地上的玫瑰枯萎，
冷风吹，冷风吹，
只要有你陪。

我还想弹，于是我从头弹。

黑黑的天空低垂，
亮亮的繁星相随，
虫儿飞，虫儿飞，
你在思念谁。

我一遍一遍地弹，一遍一遍地弹，不知道为什么，就是不想停下来。

黑黑的天空低垂，
亮亮的繁星相随。
虫儿飞，虫儿飞，
你在思念谁。

天上的星星掉泪，
地上的玫瑰枯萎，
冷风吹，冷风吹，
只要有你陪。

风儿吹，花儿睡，
一双又一对才美。
不怕天黑，
只怕心碎，
不管累不累，
也不管东南，西北。

黑黑的天空低垂，
亮亮的繁星相随，
虫儿飞，虫儿飞，
你在思念谁。
你在思念谁。

你在思——念谁。

他妈的，我谁也不思念。
我把琴一丢，抱着脑袋，我不想弹了。
我他妈谁也不思念。
我他妈谁也不想思念。

我是个局外人。

## 第二十三章

西藏自带背景音乐，它自带BGM，如果你真的特别喜欢这个词的话。

没错，我要开始谈西藏了，这都是那些浑蛋们的错。

我曾经去过西藏，拉萨，纳木错，林芝，喜马拉雅山脉……你随便找一本标榜“文艺”和“净化心灵”的书翻翻便会知道我在说什么。不过，请不要被我貌似讽刺的语气误导了，那里确实是个可以净化心灵的地方，我是说西藏，那里有几百种蓝色染出的天空，有仿佛被线吊起来的白云，有笼罩着阴影结果绿得深沉的平原，辽远的山脉，那里确实能让我忘记很多只想冠以“他妈的”这个头衔的情绪。

不过你也许还想问，我是怎么被净化的？我跳到人家用来水葬的圣湖洗澡了？我跑到珠峰之巅大吼了？我沦陷在经幡猎猎和诵经声声中，忘了自己其实是个家在沈水之北的打狍者了？

打狍者……我为什么想叫自己打狍者？

算了，不管这个。我得说，只是看到那些景色，行走在其中我就被净化了，就像顿悟到没有什么痛苦是过不去的这种净化。我没做任何唬人的仪式，更没有做任何出格或过分的举动，在那样一个地方你不该做出任何出格或过分的举动，我是说，你必须得给予一定的他妈的尊重。会产生这种想法不是谁拿枪指着你的结果，完全是信仰的力量。

不，不是我的信仰的力量，是那些磕长头的人的信仰的力量。

总之，你们知道我的风格，我不会给你列出一大长条定义来解释什么是磕长头，去西藏看看，去大昭寺的门口看看，去朝圣者必经的路上看看，那比任何趾高气扬的解释都管用一百倍。不过我倒是很想和你们分享一下我在布达拉宫里面的见闻，老天爷，我真希望你们当时就在那里，那样你们便会知道，所谓精神力，到底是一种怎么样的东西。

事情是这样的，佛像，这个你总知道吧，嗯；信众，这个你也总知道吧，嗯；一大堆信众聚在一个佛像前面，他们一起诵起经来，我作为一个不懂藏语的蠢材站在后面，本来应该毫无感触，像个僵尸一样走离他们了事。

可是我没有，我是说，我没法儿，我只能站在他们后面，很呆，很傻，听着自己根本连一点点意思都揣摩不到的诵经声，完全不知道怎样才能离开。我不可控制地想要留下一点眼泪，不多，一点就可以，然后或许我会双手合十，低头鞠躬，面对佛像拜个一百零八次什么的。

这可能是因为我想起藏传佛教讲究的是不为自己为苍生，为苍生时带自己的理念，也就是说，他们不为自己祈福，他们只为天下苍生祈福，可自己也是天下苍生的一分子，于是顺便也可以让自己过上好日子。当时我可没心思想什么“这不是拐着弯儿地祝福自己吗”这一类混账的博弈论，因为我被俘获了，我差点儿被他们飓风般的精神力量搞出几滴眼泪来。

这可真是强大，如果你能把一个成熟而冷酷的男人搞出几滴泪来，那么你确实强大。

但不能通过踢下咚咚哩吧哩体，那叫下作。

总之，当很多人向着同一个目标做着同一件事情而这个目标又是为了别人的福祉的时候，强悍的精神力就产生了。写下这句话之后我反复看了好几遍，越来越觉得自己是个混账的人文学家。

古怪，我竟然不觉得自己是什么语言学家之类的，而是人文学家。

或许我真该去当个人文学家，靠理论拯救世人之类的。

妈的，那不叫人文学家，叫邪教教主。

反正，我被感染了，这是我希望你们知道的，辽远的自然环境，虔诚的宗教氛围，西藏正是这样一个地方，如果你是一个渴望纯净和神圣的人，你绝不会后悔去那里一趟。

不过，你们也知道一个理论，“任何事物光环最盛的时候就是你还没看到的时候”。好吧，也许你不知道这个理论，因为这是我编的，就在刚刚。

我真该去当一个混账的人文学家。

我这样说可不是信口胡诌，我从不信口胡诌，我喜欢列出凭据，就像我即将要做的那样。在去西藏之前，拜各种不负责任的书刊和网页所赐，那里被我幻想成了一个绝对纯净的梦之地，就像一个确实地带有某种神秘力量的圣地，好像所有的罪恶一靠近那里都会被“咚（二声）”地一下弹开。太神圣了，那个地方，好像只要踏入一步，所有的罪孽都会被挤出体外，化成黑色人形和我对打，而我最后终将战胜黑暗的自己。

啊？原来只有我这么想吗？对不起，我这人就喜欢夸大其词。

但你总不能否认在你能找到的有关西藏的100本书里面，99本都在讲藏族人民如何纯朴；布达拉宫多么神圣；蓝天白云多么高远；宗教氛围多么虔诚。我不反对，这都是事实，可就我个人来说还是想换一种方式向你们描述，免得你们把那里当成一个什么伊甸园。

西藏，对我来说，那里有最美的风景和最恶劣的人。

注意，是“有”最恶劣的人，不是全是最恶劣的人。大部分藏族人民纯朴善良，所以我相信身为藏族兄弟的塔洛（还记得这个电影吗？）真的就会那么单纯，随便见了个姑娘就把全部积蓄拍上去。说到这里，我突然有点不舒服，我是说，这个傻子真让我感到有点难受。我又想起一篇影评中说的“孤独的人最容易遇见虚假的爱情”，他妈的，塔洛你这个傻子，你真让我感到有点难受。

唉，都是虚构的，都是虚构的。

所谓“最恶劣”的人，都是出现在旅游景区，在纳木错，你要是敢问“骑牦牛照相多少钱？”下一秒牦牛就已经在水里了，然后那个戴墨镜的家伙会说：“你不能这样啊，兄弟”“牦牛已经下水了，兄弟”，然后一边抚摩着满身的蜜蜡、绿松石、天珠等宝物，一边散发着“我已经做好砍你的准备了”的气息。明白了吗？重点是不要问价，也不要去给那个好像在水边正常过日子的传统藏族老婆婆照相，除非你做好了掏钱的准备。当然，如果你本来就是想花钱的话，这些都不是问题。

如果这还不够恶劣，那么那个直接抢你王老吉的家伙应该够了，这是抢劫好吧，你不能不经过别人同意直接掏走人家车里的玩意儿，即使只是一罐饮料。

最后，再说一句忠告，如果上了珠峰大本营，别吃那里的羊肉，就是这样。

好啦，废话了这么多就是希望你们能躲开我没有躲开的东西。而之所以会想起来说西藏，完全是因为那两个浑蛋。

那两个浑蛋是两个狠人，你不得不承认，查理布朗真是个能遇到各种狠人的地方。

没错，我又遇到了。

第一个狠人出现的时候我没注意到，因为我也有自己的事要做，我还在纠结表格中是二氧化硫放在前面好，还是颗粒物放在前面好，或者标准值该乘以 10 的 3 次幂还是 2 次幂。这不是个你可以搞错的东西，因为你的疏忽会让某种有毒物质在地面的浓度值扩大 10 倍。那简直是犯罪。

突然，有个地名跑进了我的耳朵里，这地名让我精神一紧。

洛杉矶。

这个词会让我精神一紧是因为我本能地产生了“有人在‘装一下’”的预感，我作为一个底层人物，争夺不到交配权的被淘汰者，无论谁说了哪个外文名称，我都会先入为主地认为他在“装一下”。

好，让我听听他到底在装什么，怎么装。

“在洛杉矶，我们进了一个酒吧……”我用余光瞟了一眼，是一个看起来还蛮稳重的大哥，根据之前零星跳进我耳朵的信息，他应该是专门做商业的，什么销售高层啊之类的，他专门负责往外卖东西，我是说。

我手头的工作基本停下了，我在忙着偷听。

另一个人一直不言语，听着狠人大哥喋喋不休地说他怎样在洛杉矶进到一个酒吧里面，外面全是大机车，里面也全是一百多公斤的壮汉。他们在喝酒，打台球，一个高台上有女人在跳舞，只穿着三点式但身材不怎么样。他们就是那个文化，大哥说。大哥还说，去那里的人都带着女朋友，但很少会固定，说是因为他们的生活本身就比较漂泊，然后便拿中国的大货司机举例。我没太听清，大概是刚到宁波，3 天后上海就有货所以直奔上海去就可以了之类的。

我还从大哥那里学到了一个帅气的名词，黑手经济，大哥解释了，因为那个酒吧里的家伙都是粗人（看到这里百分之百有人露出了粗鄙的微笑），所以手一直脏兮兮的，解释的时候大哥还伸出手来，也被我用余光看见了。

后来他们说话的声音变得很小，内容好像也没什么意思，于是我便再也没去听。

黑手经济，嘿！帅气的名词！

后来，大哥和同伴离开了，第二个狠人出现，她是个大姐，她明天就要去泰国。

自从我开始注意以来，就在 2 分钟之内，大姐不仅打了 4 个电话——第二个电话的时候我开始想西藏——还发了一万多条微信，全是语音的。这是一个女强人，你总会看过一到两个这样的女强人，她们每隔 10 到 15 秒就会打上三五个电话什么的，好像不如此抓紧整个地球就会爆炸什么的，再不就是差一点，她的公司——很明显她属于某个公司——就会破产什么的，嘿！别生气，我只是在调侃而已。这个大姐一会儿很严厉地训斥着谁，一会儿甚至称得上谄媚地讨好着谁，她转变语气的速度就像当当书店里自拍的姑娘转变表情一样。不过她是个好人，她很为自己的手下着想，一个老爷爷因为发票的问题一直找那个小伙子的麻烦，还要他垫钱什么的，狠人大姐表示你就别管了，我帮你挡着这些事儿。你已经帮我们跑了腿儿，我们绝不会再让你帮我们垫钱。

这几句话说得可真是荡气回肠，于是我开始后悔不该那么严苛地想这位大姐。

我甚至开始有点后悔称呼他们为浑蛋，包括之前离开的大哥，他教会了我“黑手经济”这个帅气名词，而且他好像也没怎么装腔作势，只是在正常地过自己的日子而已。我是说，他们平时说话就是这样的，而这不能被称作“装一下”。

我得忏悔，可恶，本来想好好义愤填膺一下结果变成了我在忏悔。

我忏悔不该通过想着“你们去洛杉矶、泰国，我还去过西藏呢！”这种幼稚的行径试图与人抗衡，不，我根本就不该想去和别人抗衡，别人过着自己的生活，丝毫没有来影响我，我倒好，主动像个白痴一样去自找烦恼，这真是太不成熟了。我时常标榜自己是个年满28周岁的、成熟冷酷的男人，可是好像除了28周岁这个是事实外，别的都是宣称，自称。

我决定改正这个错误，没错，我这样决定了。

话说我也去过……我去过……不！不可以！梁敲寒！冷静！

我是去过……

控制一下你自己！

我……啊！

好悬，差点“装一下”。

# 第二十四章

刚上完厕所的我有些迷茫，或许是因为有东西从体内滑出去了，虽是没用的废物渣滓，但毕竟曾经相伴在一起。如今，我们分开了，它走了水路，而我，走了电梯。

想着这些的我，是白痴吗？

今天是2016年最后一天，我双手插衣兜，在扶梯上静静站着向下而去。唉，2016，每年到了这样的时候便会心生伤感，好像一年的终结便是一生的终结一样。我倒是希望人生可以毫无痛苦地终结，我曾经历一些深感绝望的时刻，好笑的是，并非因为什么可以夸耀的原因，就是正常走在路上，正常坐在书店，然后，绝望就像疯了一样地涌上来，好像反而是它们再也受不了什么了一样。

现在还只是伤感，不是绝望，我他妈真是讨厌死绝望了。

翻翻朋友圈，一年一度的跨年大会就要开始了。有人健身跨年，有人看烟花跨年，有人在上海外滩吹着带味儿的江风跨年，有人在朋友圈看着他们跨年跨年。没错，可怜的老梁敲寒就是最后一种，我根本不知道该怎么跨年，总不能一个人像个猩猩一样狂奔在路上吧。

“哦！再见！ 2016！你好！ 2017！”

这种每年换个数都可以照说一遍的蠢话有屁的意义。

这个年代充满了噱头，仔细想想你便知道我在说什么。春节，国庆节，端午节，劳动节，清明节……万圣节，圣诞节，愚人节……七夕……情人节……这还不够，商家们表示，这根本不够。

于是一群数字跑过来了，双 11，双 12，618，12.8，周杰伦拿着大喇叭喊“重要的事情说八遍”，都他妈疯了。最残忍的是，我深知一切痛苦都来自自己的无能，一切的看不惯都来自自己的无力参与，于是我无人可以责备，也没有办法摆脱，而一旦因此感到痛苦，又开始一遍遍地骂自己不够坚强。

他妈的，还有没有活路了？

不怕你们知道，每次噱头来临我都难受得像个王八，缩头缩尾，面目呆滞，于是我会去寻求安慰，看搞笑段子或是负面新闻，可终归是饮鸩止渴。真该死，我讨厌噱头，比如平安夜，或者跨年，我讨厌别人的幸福，我看不得别人好，我他妈是个浑蛋，是个恶毒的，没用的人渣。

我叹了一口气，从电梯上下来。另一边，一对情侣正打算到二楼去。

总有一天，我们都得死。

晚上 9 点半，我像个修行者般盘腿坐在床上，三次拿起《麦田里的守望者》，又三次扔下，我的脑袋里乱得很，心里，则堵得慌。

他妈的跨年。我讨厌噱头。

于是我想起苏西来，我想，我总是需要一个人帮我度过这种时光的。如果可以，我希望那个人是个“她”，一个漂亮的，单身的她，倒不是因为我想和她发生什么，天，我发誓我不想去搞追她之类的混账事，可我想和谁说说话，因为我心里难过得紧，我需要有人陪一陪，即使远隔着几千公里的距离，即使局限于网络的缓慢和压抑。

我需要人陪，我真不想承认这一点。

我知道苏西好看是因为我见过她；我知道她单身是因为如果一个女孩儿单身，你总能判断出来。于是我一边骂自己又回到了当初胡乱给女孩儿发信息的阶段，一边极度忧虑今晚的所作所为将摧毁明年的海岛之行，一边迫不及待地，斟酌言辞，输入，删除，最后点击发送。

“我来惦记你来了。”我说，“在没在外面跨年？没在的话看看这个。”

然后我发了一个链接，是一个订酒店的网址，上面有宿务的住宿信息。

宿务是菲律宾的一个城市，靠近海岛，我不记得我提没提过了。唉，谁管到底是什么杜马盖地还是什么宿务，反正都是他妈的海岛，你们知道我现在并不关心什么混账海岛。

三分钟后，苏西回信了，太好了，至少这说明她没和哪个男生在外面卿卿我我。

“这是撒”

“宿务的住宿”

“好的”

“你想去几天？咱们先有个大概的时间，然后我好问问大家”

我在玩挡箭牌那一套，你们应该看出来了。

“我打算明年冬天去嘞”，“今年没钱”龇牙笑脸。

明年？难道是2018年？我脑袋里轰隆一下，今年没钱……如果今年指的是2016年，那还有几个小时就过去了，和有没有钱有关系吗？

我的情绪有点糟糕，可还是尽量平静地问：

“冬天？浮潜不怕冷？”“你说的明年是2018年？”

“那边不冷的”“2017年”

呼……吓我一大跳。

反正我就顺着她说，她说冬天去，咱就冬天去；她说去七天，那就去七天；我很开心她说“行程安排听你的”，脑海里又浮现出在海滩上和她跳舞的混账画面来。接下来的时间，我一边胡思乱想，一边找机会把话题拽离无聊的海岛，于是我使用了惯用伎俩，谎称自己觉得她今天心情不好，因为她的语气奇怪极了。

其实也说不上谎称，总觉得她在微信里和我聊天时总是怪可爱的，什么“这是撒”之类的玩意儿。她是个污师，所以她应该是那种妩媚，乃至诱惑的女孩儿啊，换句话说，就是三两句话就让你脸红心跳的那种。

反正我把她在美国游学时的一些照片发给她，天，我真的照了很多她的照片，这是我的肮脏小秘密，我是说，自从她说要让我以后见到女人两腿就发软，我就开始不自觉地找机会拍她的照片。

“我的圆脸”她说。

当然，大部分她都知道，或者说，都会被她发现，但她从来不生气，有一次还摆姿势配合我。

混账，摆姿势配合我，就这句话又让我想入非非了。

“鹅蛋，还行，不算圆。”我说。

我想起我们在环球影城看未来水世界的表演时，她竟然就坐在我的旁边，挨着我，我是说。老天爷，这真是你的恩赐。不过可惜的是，当时我的钱包找不到了，翻遍了口袋都没有，所以心情实在有点过于低落，低落到都没有办法拿余光偷偷瞄苏西的脸蛋儿。

“那看来我在你眼里还是不错的咯。”她问。

当然了，苏西，我觉得你是大美女。

“还行吧。我眼光高，你别伤心。”我说。

我们就这样有一句没一句地聊下去，聊天，扯淡，我恭维她，但又要注意不要显得虚伪。后来我问她想不想去看《巴黎圣母院》，这是我最最喜欢也唯一听过的歌剧，来自法国，由一帮混账的真正的歌唱家演唱，明年3月份会在台湾举办一场公演。

我错过了他们在北京的那一场，于是这一次只好远赴台湾了。

“看不懂”苏西说，后面还跟了个被炸弹炸煳的黑色流泪表情。

唉，不可强求，不可强求。

“我想去听演唱会”——苏西

“想听谁的？肯定有人选吧”——梁敲寒

“陈奕迅”“张学友”——苏西

“嗯，我帮你查查看近期有没。”——梁敲寒

“估计没有都没看到海报”——苏西

“我还是想跟喜欢的人一起这样才有意义可一直meiy”——苏西

我愣住了，我不骗你们，我真的愣住了，像个他妈的雕塑。

她在暗示我吗？她……她想和我去看吗？

不不不，不可能，正所谓愚蠢也该有个限度，自作多情是蠢材的制服。

我一直盯着她打的“meiy”，我知道她真正想打的是“没有”，可为什么她没打出来？她从来没有发过残缺的汉语拼音，一定是这次手太快了。

于是我开始在脑海中想象苏西飞快地按动键盘，结果不小心在完成内容之前先按到了“发送”。

她为什么这么急？她情不自禁？她……想和我去看演唱会？

不，不是这样，人家只是一不小心打错了而已。

不，也许她真的想和我去，否则没必要提起这种事儿。

不，聊天嘛，天南海北，随便一提的东西多了。

不……

我是个傻瓜，真的，从上面的心理活动就能看出来这一点。

我叹了口气，决定冷静一点，不要总是自己演戏然后自己深信。自作多情是蠢材的制服，自作多情是蠢材的制服……

“没有喜欢的可以和熟人凑合，看演唱会嘛……我可以跟你凑合。”我说。

他妈的！梁敲寒你他妈能不能稍微控制一下自己！我谢谢你了！

我一边这样骂自己，一边上网去查演唱会，陈奕迅的没有，但张学友的有，于是我把链接发给她，问，想去这次张学友的吗？

我死死盯着屏幕，视线不敢挪开一点。

她会想去吗？

她会想去吗？

她要是说想去我二话不说就买票。

她……

“不去没钱”

我心里紧了一下，随后长叹了一口气，别说了，人家根本就对我一点好感没有，就是这样。

不过我也没太伤心，看来我真的不太喜欢她。我他妈的就是寂寞而已，我不喜欢任何人。

“很好。”我说，“那我也不用纠结了。最近实在有点闲得慌。”

“话题都偏了，”我又说，“我实在找不着人去台湾了，还说碰碰运气。”

碰个屁的运气，我就是想和你去。

2016年的12月31日，晚上，大家都在各自幸福着，而老梁敲寒竟也在和一个漂亮姑娘聊天，这可真令人不可思议。我的手指在屏幕上点来点去，偶尔也会笑起来，而孤独，嘿，孤独，我的死敌，我永恒的对头，它好像跨年去了。

拜拜，孤独，玩得开心点，别着急回来。

老实说，我和苏西的对话不太正经，我说我想和她出去玩，然后给她拍照，然后发朋友圈，然后让大家点赞。为了避免她正确地误会到我的动机，我告诉她说这样做是因为你很漂亮，而我很虚荣，是因为最近大家都在晒结婚，晒孩子，搞得我心烦意乱。于是她说，哈哈，我不介意，你可以把我po到你朋友圈，说是你女友。

这句话让我眼眶一热，我就有这个毛病，屁大点事儿就可以搞得我眼眶一热。

后来我们又谈到了明年的海岛之行，她说她喜欢帅哥，让我多找点帅哥一起去。于是我说，其实，他们都说我，如果打扮打扮……

就会证明有些人打扮了也没用。

这话说的真他妈不错，如果你见了我就会知道这一点。

总之，我和苏西的聊天不太正经，可真的很快乐，最重要的是，今晚的聊天让我真真正正下定决心重启健身之旅！没错！我真真正正地这样决定了！我对自己说，明年冬天我可是要去海岛的！我可是要浮潜的！我可是要脱衣服的！我总不能把衣服一脱，然后肚子就“咚（二声）”地那么弹一下，不，这绝不能发生，尤其不能在苏西面前发生，我要认真努力地做有氧，做器械，控制饮食，然后回到曾经那……那……反正没那么肥的时候去！

然后也许可以在某天晚上把苏西偷偷约出来，和她去海滩散步，跳舞。

嗯……散步……跳舞……

好开心！

混账，我露出粗鄙的笑容了，我肯定已经露出粗鄙的笑容了。

它没有撑到凌晨 12 点，我是说我和苏西的对话，不过在结束之前，苏西有对我说，新年快乐。

后面还有一个红着脸笑的表情，我最喜欢这个表情。

我最喜欢乖乖的，爱害羞的女孩子，这个表情，像她们。

谢谢你，苏西，新年快乐。

钟声即将敲响了，在我的幻想之城中。

我静静坐在床上，盘着腿，仰望着夜空中千百怒放的烟火，身边站满了兴高采烈的人们。人头攒动，那么多笑容……这个城市在举办一场盛大的交接仪式，每个人都拿着气球，拿着荧光棒，挥舞手机，他们在广场汇成了五颜六色的海洋。

听啊，那欢快的庆典歌声。

在广场中央矗立着一个巨大的时钟，所有指针就差一点点就要完全重合在一起，它被绽放的烟花围绕，接连的光彩盖过了繁星和霓虹，我一直仰着头，看光芒下落如流苏，它们是我在这一年中做过的所有美丽的梦。

欢送便是欢迎，欢迎也是欢送。

“当！”“当！”……

钟声响起来了，人们欢呼，跳跃，拥抱彼此，烟花一个接一个，映在我的眼里，化作晶莹的折光。

“新年好呀，新年好呀，祝福大家新年好！”

歌声响彻广场。

“我们唱歌，我们跳舞，祝福大家新年好！”

有人跟着歌唱。

再见，2016；你好，2017。

# 二　大人

生命是个轮回，这一点从曾为你带来快乐的也会反过来伤害你就能看出来；生命还有唯一的法则，如果你一直发自内心地渴望某种事物，那就会得到恰恰相反的东西；于是生命有了唯一的目的，那就是学会如何在明白了上面两点之后，继续生活下去。

对这个学习任务，有人无师自通，有人一窍不通；前者顺利完成过渡，后者，去了死者的国度。会想起这些是因为我的手机，它“嗡”地震动了一下，推送了一条微博消息给我。一名中国女孩儿在国外自杀，疑似为情所困。这可太糟糕了，我对自己说，她没有意识到这只是一次人生轮回的体现，或许她意识到了，但没能伸开双臂，拥抱它。

唉，对这一点，光认识到是不够的呀，得接受才行。

## 第一章

冬天来了，空气或许会变得糟糕起来，窗台上有好多蜜虫，都一动不动的，它们死去的姿势都一样，斜斜指向的，或许是西方。

我不知道该拿这些尸体怎么办，只好叹一口气，拿起背包出门去了。

身体在清晨时分总有一种类似侥幸心理的倦怠，好像只要它表现得足够逼真，它的主人——我——就会叹口气，然后返回房间躺回床上，恰如一个被撒娇的孩子战胜了的无可奈何的家长。不行呀，我对自己的身体说，我要去工作的，否则不用太久，你就再也见不到那些名为“食物”的朋友们了。

想起食物，我开始摸起肚子来，那里并不舒服。

一份手抓饼、一份包子或一份还冒着热气的粥并不难得到，价格也友好，不会令我捉襟见肘。可在将其拿到手中之前我还有一大道关卡要过，那就是漫漫的地铁。从西小口站到北土城站，经过一次换乘之后，一路到金台夕照。在我的家乡，二十几公里是一段要用“啊？那么远！”来描述的距离，而在北京，好多好多人都对其习以为常。一天两次的通勤，朝阳与黄昏都在我们还在地下的时候悄悄离去，我一向来不及送别它们，日复一日地与之错过，像一个笨拙的迎宾人员。

想到这里，我左看看，右看看，身边尽是只顾赶路的迎宾人员。

拜大家所赐，这远离城市中央的地方也有了一幅人丁兴旺的景象。例行公事的人们，暗含热情的人们……我不知道自己是哪一种，但我知道所有一眼看不出的性格与思想都已从睡梦中苏醒，在晨光中朦胧成暗影，藏于面具，还有匆匆的步履。

城市开始全力运转起来了，像一台巨型计算机，风扇开始呼呼作响。

我工作的地方在一座大厦，就在造型温暖的中央电视台大楼对面，名字……记不得了。这片繁华灿烂的商圈，离中国国际贸易中心——大家叫它“国贸”——只有一步之遥。在大学的时候我曾读过一篇文章，讲述不同价值观与消费观的人相处会有怎样的无奈，从那篇文章中我第一次听到“国贸”这个名字，它让远在成都的我，产生了对首都的丝丝想象。

我记得那篇文章叫《中关村的我给不了你国贸的爱》，那时的自己，真蠢。

而现在我就在这里了，但我的世界早已变了模样。它，我的世界，已经从厚厚的水面下浮起，淋漓的水流中，我看到了一直被自己视为华贵的宝藏其实有着怎样崎岖的外壳。不过这没什么，人都会用梦想为自己创造一个幻象，而成长就是那个幻象逐渐凋落，最终与现实世界重合的过程。每一位追求完美的工匠都要接受误差的存在，每一个为自己勾勒风花雪月与奢华生活的幻想者，都会成为在电闪雷鸣的夜走进倾盆大雨的人。生活是粗糙的，认识到这一点的我心甘情愿地接纳了成年人的心态，穿起商务的衣服，在这个寒冷的冬日清晨，伴着迷蒙的阳光，消失在地铁西小口站的 D 口。

# 第二章

人类历史上最黑暗，最惨无人道的一段时期是从 1441 年开始的，那一年，一支葡萄牙探险队在非洲的塞卡角附近劫掠了 10 名黑人带回里斯本出售，黑奴贸易从此开始。

听说，黑奴们是被一层一层垒在船舱中的，疾病、死亡与船舱的颠簸一起，一刀砍在西方国家引以为傲的绅士与文明上。对于那些奴隶经受的苦难，我有一些管中窥豹的体验，北京的地铁以拥挤闻名，为奔波的人们提供实实在在的、可以用身体感受到的“生活的压力”。这便是为什么我不敢细想奴隶们所面对的一切，毕竟，即使剥离了污浊空气、排泄物和病菌，单是“拥挤”便已令我不堪重负，在这些时刻，我觉得自己不再是一个“人”了。

那我是什么?

我是一条沙丁鱼，而地铁是一个奇怪的，长条形状的沙丁鱼罐头，我在地铁这个沙丁鱼罐头中像一条沙丁鱼一样被挤来挤去，唯一的好处是当罐头打开后，我要面对的是自己的生活。虽然它又孤独，又平庸，也没有什么乐趣可言，可总好过一个庞然大物大张的嘴。

“咣当”，“咣当”，从永泰庄开往林萃桥的这一段，总是特别的响。

有一件细想便有些神奇的事，本来只能勉强压入车门的我随着列车一次又一次的到站，竟被逐渐挤向车厢的中心，本来不存在的空隙悄无声息地冒出，帮助容纳一个成年男子的躯体。这是焦躁的后来者的功劳，他们中有男，有女，有中年，有青年，他们有些有工作，有些有梦想，他们都有一股磅礴的力量，敢于尝试以一己之力，推动整个车厢的人。

每当我被这股蓬勃的力量推成弓形的时候，我都会想很多事情，比如人活着到底需不需要意义。这是从清晨的倦怠中延续出的麻木思考，偶尔伴有从远方传来的，与命令相比更接近发泄的抱怨声，而这一切都只会昙花一现，旋即淹没在再普通不过的北京早高峰光景中。

一声提示音，我的手机弹出新闻来了。

在费尽力气取出它之后，我知道了广东刚刚发生了涉枪案，3人死，6人伤。与上面的稍稍不同，这是一件别细想，便会有些神奇的事情，我的手机总是会弹出新闻来，告诉我今天在哪里又因为什么死了几个人。车祸，洪水，火灾，单纯的杀人事件，朋友们说，这是因为我在特别关注这方面的消息，他们拿出“大数据”“算法”等IT名词，试图说服我，让我相信自己是一个心理阴暗，住处藏着手雷的人。可我没有，我的住处没有藏着手雷，也没有藏着枪支弹药，没有藏着雷管炸弹，我甚至没有太过关注这方面的消息，每次手机弹出新闻我都不会点进去，只是通过提示信息了解哪里因为什么死掉了几个人而已。这可真可怕呀，仔细想的话，难道手机已经发达到拥有真正的智慧，它会坚信一个人有什么喜好吗？

若真是这样那可有点糟糕啦。

可是客观地说，这些推送的消息确实帮了我很多，我努力说服自己这不算幸灾乐祸，可在我深陷负面情绪的时候一条死亡通告确实能扫除相当多的痛苦，因为，我会对自己说下面这些话：

他们已经死掉了，而我只是感到无聊；

他们已经死掉了，而我只是需要一个人去看电影；

他们已经死掉了，而我只是需要忍耐 40 分钟的拥挤。

我努力说服自己，我没有幸灾乐祸，我只是在用别人的死亡来平衡自己的生命。这有什么错呢？若一粒飘于半空的灰尘，远望山峦的崩塌，若它心生感恩，感激那些比它更伟大的存在比它更早消亡。我在头脑中探讨这份对错，徘徊于对自己的同情与憎恨，强者有受苦的义务么？我问自己，弱者，有冷漠的资格么？

渐渐地，我开始能够听见地铁的飞驰了，这说明思绪在沉落，我的思维已从抽象回归到表象，回归到声，光，味，感官的刺激。

一场辨析在悄无声息中开始，又在悄无声息中结束，没有得出结果。

这真是典型的我的早晨啊，乘坐地铁，思考无用的话题，我不禁怀疑，是否还有别人会做同样的事。周围一片安静，大家的目光都被手中的一小块儿屏幕吸引。没有人出声，没有人说出自己的想法，可我知道在车顶明亮的灯光之下，有整整一代人要享受的欢愉，要考虑的问题，要面临的困境。

就快要到北土城站啦，我要从那里换乘 10 号线。

## 第三章

我工作的地方在金台夕照。在金台夕照，什么都要贵一些，一份配置还不错的手抓饼要12元。

煎蛋，煎肉，冬日寒冷的空气，安静等待的人们，若我拥有将记忆绘成画卷的能力，那我的家中，一定会挂有这样一幅图景。我不太清楚一份又热又脆的手抓饼对其他人来说意味着什么，可我清楚它对我来说，除了可以填饱肚子，还能温暖自己的手。

这是一双粗糙的手，并没有经历过什么生活的洗礼，它们生而粗糙。

此时的我站在一个年轻男人的身后，我的身后则不断走过别的行人。房产中介，企业高管，金融人士，无业游民。在这个有工作并不比没工作高尚的年代，所谓价值观，太容易沦陷在万千混乱的是非之中。再没有什么可以坚信的标准了，小丑已经熬成国王。作为一个对一切光怪陆离从错愕走到沉默的人，我学会了把自己寄托在一些实实在在的东西上，比如生菜，蛋和肉，油花，口感酥脆的面饼。这些实实在在的东西，都是实实在在的幸福，就像被填饱的肚子，还有手中的温度。

轮到我了，老板不说话，他只是按我的想法在饼中夹入配料并塞进一个纸袋，油渍若隐若现，透过纸的表面。在道谢之后我离开了队伍，双眼盯着面饼之上飘摇的热气，它在整整一个北京的寒冷中显得有些无助。我张开嘴，咬了一口面饼，脆生生的满足中，弥漫起一股廉价的油香。

这是什么？这是生活。平凡的生活。

平凡的生活没有什么不好——长久以来我都对自己这样催眠，可惜收效甚微。不够成熟的人会渴望跌宕起伏的人生，不够幸运的人，则不知道该如何变得成熟。我和其他的男孩子们一起玩耍，上学，长大，我和他们相处，谈论着同样的话题。可是突然有一天，他们真正长大了，知道如何讨女孩子欢心，选择娱乐的时候会想起麻将。他们开始喝酒，摒弃了明明一直共同喜欢着的可乐与雪碧；他们开始面带歉意或尴尬，在谈论到日常消遣时轻轻说上一句“我现在不玩游戏了”。

开始的时候，我觉得软性饮料很可怜，游戏很可怜，它们被抛弃了；后来我才意识到，原来被抛弃的是我。

这是一种奇妙的感觉，奇妙又悲伤，我仿佛看到在一条大路上，自己正和大家一起说说笑笑地并肩行走，可就是弯腰系个鞋带的工夫，笨拙而怯懦的人，就再也追不上那些背影。世界转得飞快，不在乎落下了哪些“个人”，它听凭他们被不同的旋涡裹挟然后被吞噬，而光辉灿烂的人们仍然在海洋的上空漫步，彼此点头致意，手举血红的酒杯。

唉。

我叹了口气，又咬了一口手抓饼，随早起的人群一起，一步步向一座大厦的旋转门走去。

## 第四章

我不太喜欢描述我的工作，听起来像个骗子。

也许我就是个骗子。

每天我会工作两次，每一次都有同样的开场白。您好，什么什么阿姨，或者什么什么叔叔，我是您今天的旅行顾问，我叫什么什么。您可以叫我小什么。每一次我都试图让自己显得专业而友好，而每一次，我都知道自己没有做到。真糟糕呀，曾有一天早晨我这样对自己说，值得信赖不是你的专长，你只擅长做一个小丑，而且只有你这位小丑，永远成不了国王。

这听起来很糟，可我并不会因此而伤心，从这个角度来说，我也长大了。承受苦难，但不难过；承受现实，可依然沉默。我听说这是成年人才能做到的事情，只有成年人，才有一双该流泪却不流泪的眼睛。我是有这样的一双眼睛的，午休时间，时常用它们眺望窗外林立的高楼。可我绝不会幻想自己的身体或灵魂随着视线飞出窗外，我的身体，或灵魂，都只会稳稳地坐在一堆外卖空盒之前，虽然深知远方有多浪漫，却依然沉静地坐在现实里面。幻想者，没错，我曾经是，可这个身份早就不在了，它凋零在我曾走过的一个又一个人生的冬季。

对不起，我说得太远了，这和我的工作没什么关系。

又或者，有关系，因为思想及经历会影响一个人的谈吐，而谈吐，正是我的工作。这份工作时而艰难，时而容易，还有的时候，简直无法进行。没错，是有无法进行的可能的。如果足够倒霉——或者该说足够幸运——我的对面正好坐上了一位看起来永远兴奋的阿姨，那么事情将变得费力且令人烦躁，变成无穷尽的搜寻，搜寻插话的余地。您说得没错，可是……；真的吗？我倒是觉得……；就是就是，我也特烦这种……我变换着花样表达同意，用尽了敷衍以求转折，可这些说辞在一股股不在乎交流只求发泄的言语狂潮之前只能瑟瑟发抖，感受着螳臂当车的徒劳。

甚至有一次，我走神儿了，向来喋喋不休的我在另一份更不休的喋喋之前变得眼神空洞而应答机械，我在工作的时间摆出工作的姿态，然后云游天外。

这真差劲，我已经不是一位幻想者了，可再现实的人也难免会被渴望钻了空子。这一次，被一波又一波接踵而至的声浪拍得东倒西歪的我，突然，幻想起遥远的法国，卢瓦尔河谷荡漾着微波。尽管我从未去过那里，脑海中的景象有很大的主观性，可我知道在一片又一片照耀着城堡和草坪的落日余晖中，藏着一个只有长大了的人才知道永远不会实现的梦境。微风，安宁，清澈，爱情，哪些词汇对哪些人来说只属于幻想的国度，到了一定的年纪，或者有了一定的经历，自然会变得清晰。

我已经想了这么多了，对面的阿姨还在不停地说着，她讲述着自己在泰国旅行的不愉快，人太多，风景不够美，同行的人不够有素质，一点换房间的“破事情”，说个没完，说个没完。

她说个没完，说个没完。

终于，阿姨好像有些累了，或者她意识到坐在对面的那位她口中的“小伙子”已经彻底迷茫，这个小伙子还留在“人太多”的那个部分，心不在焉，没有跟上。

阿姨不再讲话，她稍稍调整一下坐姿，拿起一旁的水杯喝了一口。

那就该我说了，阿姨，用我们的旅行方式，您的这些问题就都没有了。我从经理那里接过一个本子，蛮大，但很薄，上面有我的工作流程。我将用它来解释何为度假拥有权，何为性价比，何为与众不同，既可深度，也可蜻蜓点水的旅行。

我不喜欢描述我的工作，听起来像个骗子。

也许，我就是个骗子。

## 第五章

在我工作的大厦的地下一层有一处类似美食广场的地方，我想很多大厦都会有这样的配置。穿着厨师制服的叔叔或阿姨手拿大大的勺子，在一块块玻璃隔挡后面忙得不可开交。这里什么都有，豆浆、豆腐脑、凉菜、饮料、包子、馒头、煎蛋、粥……在阳光照不到的地下，有灯光代替它制造光明，琳琅满目的早餐被照亮，颇具耐心的人们在排队而行。

我逆着大家走过，端着一个米色的托盘，内心有些忐忑。

糟糕啦，我即将吃下三个煎蛋，不知道自己的肾受不受得了。

我的肾倒是还不算糟糕，但蛋白质是它的死敌。这是妈妈告诉我的，我想起小时候的某一天，妈妈曾站在清晨的房间里，看着我的床，皱起眉，轻叹气。我依稀记得那一大片水渍是我在梦中找到厕所后留下的，当时，我还为自己坚持到了马桶前而颇感骄傲。妈妈也曾对着我埋怨过奶奶，说老人家不明白，只知道给孩子多补营养，她说我是不能吃太多鸡蛋的，可对一个尚且年轻的男孩儿来说，“伤肾”，听起来比“不痛不痒”还要无足轻重。

可是现在，妈妈不在我身边啦，奶奶也离开了这个世界。我反而越发地注意起“蛋白质”“心脏”“肾脏”这些名词来，曾经的放肆随着长大，随着爱我的人都退出我的生活，渐渐收敛。想着这些的工夫，已经足够我找到一个座位，那里远离缓步的队伍，没有灯光照亮。我坐下，食物被放在桌子上。

和另外两个相比，这个煎蛋似乎熟度正好，也许会很好吃。

我看着它，用筷子碰了碰，黑色的筷尖儿蹭着蛋黄软软地动着，像鱼类的卵，蕴含着生命的希望。本来这反而让我想到了死亡，因为这个鸡蛋是熟的，已经不会有什么从中诞生了，可我又突然想到它即将进入我的身体并提供营养，难道，我的生命不是因此才延续的么？

我想起了自己吃过的所有食物，吸收过的所有营养。原来死亡为线，是它，看似与生命最为对立的它，编织起了生命的华装。食肉者，食素人；这世上没有一个人可以不掠夺其他生命而活下去，这世上没有一个清白者，可以洗脱用“牺牲”供奉自己的罪名。真残酷啊，我对自己说，我们可以花言巧语，可我们都有罪。

这让人想起基督教，尽管我对其知之不多。

打卡时间是9：25，我还有15分钟的吃饭时间，即使对容易走神的我来说也绰绰有余。盘中鸡蛋如外表展现的一般美味，热粥则温暖了我渴求食物的胃，我感到很开心，因为那位名为“幸福”的贵客，偶尔才会出现的这位贵客，现在来拜访我头脑中的恶鬼了，这恶鬼于数年前定居，名为“对未来的恐惧”。她与他交涉，于是我得以喘息片刻。谢谢你，幸福，你没有抛弃我，来这大地之下看我了。

吞下最后一个煎蛋之后，我环顾起旁边，或许是为了省电的缘故，这个地下一层从不会点亮所有的灯，一半光明一半黑暗，有一条看不见的边界，像海洋与陆地的相逢。在我右侧，有大量桌椅阴郁地杵在黑暗的地方，它们守护着一家正在营业的便利店，不时有人向那里走去。

我又看看左边，很多妆容精致的人们。男人们抹着发胶，女人们擦着粉底，他们都自信又高端，西装是最不罕见的东西。金台夕照，这里就该是这个样子，或许在大望路还有很多专门盯着老爷爷老奶奶做“生意”的人，可在这里，金台夕照，人们是金融巨子，商界精英，即使是无业游民，或许也会伪装成这两者的样子。于是我觉得自己格格不入，身上的白衬衫像无言的嘲讽，它在对我说，你，又是谁呢？

是啊，我是谁呢？是一个普普通通的进入了社会的大人，还是一个在徒有其表的游戏中强装镇定，演绎金玉与败絮之诡计的冒牌货呢？

又或者，我什么也不是，我只是一只慢慢熬过一生的动物，非洲草原上的角马，加拉帕戈斯群岛上的海鬣蜥，它们，都是我的同胞。

## 第六章

在我工作的地方，每个人都有英文名字，阿曼达、南希、艾拉、肯……奇怪的是有些人我习惯于叫他的中文名字或姓氏加职位，比如苗苗姐、晶晶姐、张经理和曹经理；有些人，我还是习惯叫英文名。比如阿曼达，她是当初面试我的人，也是一位经理，她是一位很有……张力的女子。开始的时候，她的暴怒会令我恐惧，她的大笑会令我安心，可后来我渐渐摸索出来了，原来这些情绪都是她特意表现出来给人看的，为了成单，为了销售，为了将客人一步一步引导进一个舞台，在那里，他们以为所有的决定都是自己的自由意志在发挥作用。这是一种高超的技术，混合着复杂的技巧，令人叹为观止。

南希则是一名旅行顾问，和我一样的职位。刚毕业不久的年轻女孩儿，之前在荷兰留学。她是目前公司里资历最老的顾问，这在一定程度上掩盖了她身上的朝气。每个早晨，南希都会主动为大家订中午吃的外卖，于是一幅和谐甚至温馨的职场画卷，日复一日在澄澈的高空中铺展。我和苗苗姐会坐到她的工位上，翻来覆去地看过那些已品尝多次的店家，而往往最后做出的决定，与选择相比，更像妥协。

这有什么办法呢？人没有那么容易获得长久的快乐。美食也好，金钱也好……我理解那些“无病呻吟”的人们，因为我知道生命有唯一的法则。有的时候我在想，是不是这法则其实被颠倒了，人们不是因为渴望而得到相反的东西，人们是因为得到才渴望相反的事物。于是生命成了一个可怕的悖论，它展现出的是一个只有两个零件而绝对无法拆解开来的闭环，在婴儿出生的时分，套住每一个初来此世的灵魂。

我坐在高高的大厦里面，却想起两个医学名词来，或者，化学名词。

多巴胺，肾上腺。人类已经可以将“快乐”放在显微镜下，也可以将“激情”写进方程式中，可只是小小的“选择午饭”就足以造就一个难题，为一个普通人击碎科技所能带来的所有奇迹。每到这个时候我就会观察身边坐着的那两个人，南希倒是耐心的女孩子，可她的眉头不会撒谎；苗苗姐总是一副无所谓的样子，这方面她和我很像，不过是比较激昂的那种。

说到苗苗姐，我至今都不知道她的英文名字是什么，我叫她苗苗姐，经理们叫她苗苗，来的客人，也都叫她苗苗。

说到苗苗姐，绕不开的一定是她的背景，她喜欢强调自己是老板，不是老板娘，一位本已继承了家业的女强人，渴求证明自己而主动降低身段走入社会。在我看来，苗苗姐也确实证明了自己，她是我们当中最会聊天的一个，也是经理们依赖的金牌顾问。我曾经无数次地看过苗苗姐和阿曼达经理的配合，一唱一和，黑脸白脸，我也曾看过客人为了保护苗苗姐而怒斥阿曼达经理，一种名为人际关系的艺术，在那些时刻耀眼地闪烁在苗苗姐佯装无奈的眉间。南希因为太年轻，我因为太愚蠢，都无法掌握这种扑朔迷离的技艺，一句话，一个词，我们永远不知道究竟是哪里点亮了客人脑中的信任之火，才让友谊如此迅速地发芽长大。

当我鼓起勇气请教苗苗姐，她便会说是年龄和阅历的功劳，我对此深信不疑。尤其当我想起现在的自己已经通晓了生命的唯一法则，这经历了雷雨风雪，绝非只言片语便能授人以渔。或者，我会想起生命是个轮回，想起需要时间，希望才会破灭成绝望；需要时间，曾经最仰赖的朋友们才会成为酒桌上令人如坐针毡的元凶，当我想起这些，我才知道苗苗姐在看到我向她走去，知道我要请教那样的问题的时候，心中会有多么的无助和无奈。

这不再是佯装的无奈了，而我也再没有去问过类似的问题。

# 第七章

自从我开始在地铁上看《过于喧嚣的孤独》，便每次都有座可坐了。

当然，都是从北土城到金台夕照的十号线上，在八号线是不能想的。在八号线上的我是一条沙丁鱼，而地铁是一个长条形的沙丁鱼罐头。不过一旦我在北土城下了车，向十号线走去的途中，我就从鱼变化成了人，可以高雅地，有尊严地，一手握着吊环，一手摊开书阅读。说来也巧，不知在哪一站，我就会收获一个座位，有时是我面前的那个人站起来，一排人中只有他或她站起来；有时是我面前那人的旁边，那个他或她会站起来，同时巧妙地用角度拦住那个本该可以坐下的人，并把位置让给我，我把这当作一种怜悯，来自未知力量的，对一个弱小生命的补偿。

地铁外面，志愿者在拿着扩音喇叭喊叫，她们日复一日地困在这里维持秩序，和挤地铁的人们一样辛苦。北京的早晨，生机勃勃的早晨，为了生活的早晨，只能如此的早晨。我只是侧耳倾听了一会儿这样的早晨所必定拥有的喧嚣，便重新回到书中，思维移形换影，瞬间去到那个名为捷克的国家。灯光隐去了，乘客散开了，我的身边，竖起布拉格古老的石墙。

《过于喧嚣的孤独》是一本书，它的作者叫博胡米尔·赫拉巴尔，他被另一位著名捷克作家米兰·昆德拉热情赞颂，称其为他们那个时代最了不起的作家，还有人说，他是捷克文学的悲伤之王。

不过这样的名头只会对幼稚的读者产生作用，吸引我的是一句封面简介，金色布拉格，简介说，一个乘着书籍飞升天堂的故事。

一位孤独者的死亡。我想是这点吸引了我。

旅程就这样开始了，城市的杂音在每一个清晨骚动，我虽身处北京，却得以行走在异国他乡，静静地看着一个不知容貌若何的垃圾打包工，看着他往返于地下工作室和住处，墙壁上堆满摇摇欲坠的书。汉嘉，别人这样叫他，大部分时间都是用怒吼的语气，赫拉巴尔精准的笔触总会为我点出汉嘉的惶恐，他的胆小怕事像是被我亲眼所见一般，清晰如图片。我不自知地享受着这种愉悦，每次看到伟大的作家恰到好处地描绘出某一种情绪，便暗自称赞，这些为描述生活而登上舞台的技艺精湛的句子……它们所勾勒出的淡淡的难过，恰如生活本身。这时常让我想起自己，于是走向金台夕照的脚步也与走向阴暗地下室的脚步重合，北京、布拉格、中国、捷克……我想世界上总会有这样一些人，他们虽然生活在不同的地方，却分享着同一种不值得留恋的生活，他们会用不同的语言，在心中说出同样的祈求。有时在地铁里我也会暂时放下书本，看着眼前某个人的后脑勺出神，也许我该去一次捷克，我曾对自己说，书中提到的那些地名都是真实存在的，我该去那里看看。

可是一旦这样想，事情就会变得有些令人同情。我虽然做的是关于旅游的工作，却完全没有办法去到那些我为顾客们勾勒梦境的地方。我倾尽全力描述大堡礁的绚丽多彩，可自己却连机票也买不起；我试图将极光的梦幻硬塞进某个阿姨的脑袋，可冰屋旅店一晚上的房价就会抹去我一个月的劳动。好在我知道就这个角度来说我并不孤独，这世上有好多人都在兜售自己买不起的东西，我不常看见一位豪车的销售人员开着兰博基尼来上班。

或许，还有一点是我们这些可怜人所共享的，那就是刹那的梦境。我是在做了这份工作之后才明白的，原来人的内心是那样的没有防御力，甚至会被自己说的话骗到，当我们试图让别人相信一些东西的时候，自己却比对方先相信，而且我们不会意识到这一点。现在回想起来，当我向一个又一个叔叔或阿姨介绍普吉岛拉威海鲜市场的龙虾如何便宜，或是班赞海鲜市场的螃蟹多么新鲜；当我眯着眼睛，比着手势，描绘皇帝岛的海水多么清澈……在这些时候，我最先说服的不是那个花白头发的老人，而是我自己。言语的力量是强大的，可以拆尽金台夕照的高楼，它是一张无形的魔毯载我瞬间飞到那个人声鼎沸的小岛集市，口腔之中，好像已经充盈了雪白鱼肉的香气。我被自己骗到了，无关别人，美丽的梦境乘着湛蓝海水中一只灵活的海龟，在白日降临。

我是一个容易做梦的人，这是一种病，会实实在在地阻碍一个人的人生，好在我患病不重，有些严重的患者会觉得死亡是苦口的良药，他们认为与从梦中挣脱相比，还是从人生中挣脱比较容易。于是他们出现在高高的楼顶，出现在大桥的边沿，双眼中，隐隐地倒映出另一个世界的幻影。我不喜欢这样的死者，因为他们不能平衡我的生命，自杀而亡的人都是我没见过面的患难好友，他们的死对我来说毫无积极的意义。

也有的时候，我会感到可惜，我知道他们只是没有认清一个真相，他们本来不用死的。

唉，我的朋友们，梦想不是用来实现的，而是用来服用的，梦想是一种药，长大了的人，都知道。

# 第八章

这一天，苗苗姐又说起她的丈夫来。

起因是我们在闲聊之中谈到了苗苗姐自己的公司，于是老板和老板娘的话题又摆到了桌面上。我知道这个社会对女性的能力往往有近乎偏见的误解，所以可以理解苗苗姐对自己固有财产的偏执。不过同时，苗苗姐也绝不允许任何人小看她的丈夫，她向我强调说，她的丈夫在学生时代有傲人的全校第一的成绩，可说到进入社会管理公司，还是一窍不通的。这份转折并不令人意外，只是令人伤心，我不知道苗苗姐的丈夫是否也曾提过一个问题，在某个已被岁月深深藏匿的夜里，在他明白成绩与财富可以如沙漏一般突然翻转的那一刹那，他会不会也曾双眼含泪地想要知道，这一场无人在意的欺骗，有谁可以负责。

想到这里我停下了，看了看天花板，突然觉得自己可笑。

不会如我一样吧，苗苗姐的丈夫，一个曾经将整个学校的学子都甩在身后的智者，也许早就看透了人生必有的起伏，辉煌与暗淡各司其职，维护着生命中，那一条总在熠熠发光的平衡。他会明白吧，明白成绩最好的孩子不一定成为世界首富；他也会理解，理解遵守规则的人不一定被真正嘉奖。与所有的智者不同，我花了很久才从一种思维中挣脱出来，这种思维来之不易，是无数人在无数个日夜持续不断地统一口径才最终刻入我的心中的，无数人，无数日夜……好在这份努力最终得到了回报，它让一个胆小怕事，只希望别人开心的小男孩儿信仰道德的力量，信仰理所当然的善良。

然后有一天，大家都改口啦，云淡风轻地讲出足以让某些孩子错愕多年的转折。或者不需要任何人来讲，大型商场、游乐园、街道、广场……所有公共场所的所有设施中行走的所有人，都在说明何为真正重要的东西。是奇装异服，还是时尚？哪一个看起来更受欢迎，是听话穿校服的孩子，还是精心打扮，戴着墨镜的小王子与小公主？很明显，现在的妈妈们不认为小孩子就应该朴素，她们更愿意花大价钱请摄影师为自己的心肝宝贝留下精美的回忆。有一次，我在大商场明亮的灯光中凝视着只有1米出头的贵族们，突然想起小时候拿着玩具机器人，怯怯地看着镜头里的自己，那样暗淡无光，如同如今我在社会上的模样。我又想起了一个人，她从回忆的某一处黑暗中走出来，走向我和牵着我的手的妈妈，她和妈妈友好地寒暄，还说我很聪明，是一个大学苗子。

小时候的我傻傻的，很为这句话高兴，最高兴的是这句话是我的英语老师告诉我的妈妈的，老师笑的样子很好看，她一定很喜欢我。很快，妈妈和老师都不见了，她们抛下我，和家乡老旧的马路一道消失了。心中有长长的一段岁月如列车般反向驶来，一些已经看不清的脸和一些早已化作尘埃的往事翻腾而起，却又立刻消失如雾气。对这些已经湮没在时间中的人和事来说，没有什么是需要负责任的。

我小心谨慎地把这些告诉给苗苗姐，另一张桌子上，南希还在和一对稍微上了年纪的夫妻僵持，音乐汹涌地蹦跳着，掩盖了我的所有控诉。

苗苗姐是一个有智慧的人，她首先向我指出了年代的不同，开玩笑地说在她的童年记忆中，能拿着一个玩具机器人的孩子不仅不暗淡，还浑身洋溢着暴发户的气质。我知道她在尽量照顾我的情绪，一位高情商的聊天专家，同时也是一位深知孩子心理的妈妈。可有些事情即使聪慧如苗苗姐也无法真正阐明，因为这个世界上最不能细究的，就是公平。

好在这没什么，有一件事即使是苗苗姐我也没有告诉，那就是我的顿悟。长大了的我再不会质问什么，因为就像之前说过的，我只是一只要熬过一生的动物，而动物绝不会去问有关公平与欺骗的问题。无论是草原掩映中渐渐腐烂的尸体，抑或是被海水冲刷上岸的贝类残骸，生命只是一个又一个半随机事件的不断发生，在突发的车祸中丧生的人，不该，也没有机会去问死神为什么选中自己。

既然这样，苗苗姐，就让我们小心翼翼又心照不宣地绕开这个话题，以后如果有机会的话，我愿意向你说说如今的我所信奉的，不是公平，也不是因果，是平衡。

## 第九章

这一天，破天荒的，我竟然签成了一单，我来到这里将近一个月，从来没有一点业绩，如果我真的是一个骗子，那么所有人都从我的手中成功逃脱了。这次不一样，猎物已经深陷网笼，它们越是挣扎，网收得越紧。

这是一对老夫妻，好像很信任我。当然，更有可能是被优惠所吸引，张经理在我的桌上和他们聊了好久，到了最后，老奶奶激动地晃起脑袋，我知道那是上了年纪的老人控制不住情绪的表现，老奶奶坚持要求我们在价格上做出让步，气势咄咄逼人，我安静地站在一旁，双手背在身后，紧紧按着墙，我知道自己已经得逞了。

在张经理开怀大笑的时间内，我偷偷记下了两位老人的名字，这样一来，若有一天我们在另一个世界偶遇，至少我可以体面地开始自己的道歉。不过这一天不会很快到来，我不相信自己足够幸运到可以再活30年就离开。

至于您们，张奶奶，郝爷爷，已70岁的您们身体却如此硬朗，一定可以再活30年才告别这个世界。

我抬起头，看到了在另一张桌子旁吸着电子烟的阿曼达经理，她看着我，笑容明艳动人，那是一种令人安心的嘉奖。阳光在接近中午的上午变得越发明媚，照亮了窗外层层铺开的楼宇，屋子里面一片和谐，到处都是笑声、惊呼声，音乐也欢快而有力，每个人都沉浸在幸福中。在这一刻没有人需要出发去远方，因为远方已经亲自到来，高楼之间有无数热气球缓缓浮游，气球上的人们和我们一起低头，俯瞰脚下的卡帕多奇亚，那是直到天边的低矮山峦。一纸合约，承诺了土耳其的旋转舞，也承诺了冰岛的蓝色温泉，两位老人陷入幻梦无法自拔，相信自己在有生之年终会走进俄罗斯的大雪漫天还有澳大利亚的阳光温暖，一抬手，便能触到南极摇摆的企鹅。

站在两位老人身边，我沉默不语，只在心中希望上面那些都不是幻梦，而能令我松一口气的事情是，至少到目前为止，很多我们的会员是实实在在地去到了这世界的各个角落，也实实在在地享受了愉快的旅程。分时度假本不是骗局，但太容易被人利用，我想了想，偷偷记下了两位老人的电话号码，就在他们签合同的时候。我觉得或许一年之后，或许两年之后，我该打一个电话，好问问这份为期五年的合约是否真的为他们的余生增添了绚丽的光彩。

不过这些我都不敢跟经理说，我们有规定的，顾问不可以做这种类似售后的事情，我们有专门的售后人员，曹经理，是他在为所有会员安排行程，预订酒店，当然也是他，在接着所有的愤怒与抱怨，我时常觉得自己被保护了，不仅是从这一件事来说，经理们曾经反复告诉我，他们永远是和我身处同一战线的，当有顾客来找麻烦或者故意刁难的时候，不要怕，会有经理从你的身后走到身前。

这句话有一种别样的动人之处，会让我想起自从来到这个公司所发生的种种。从入职开始，从第一次理所应当的失败开始。我想起经理们从来是以和颜悦色来面对我，一次次指出问题，并热切地希望我改正。我还记得曾有一次自己是那样深切地被阿曼达经理的言语艺术折服，她的批评潜藏在夸赞的外壳之中，直到已经回到住处好久好久之后，我才幡然醒悟。

而这一次，事情不再那样复杂了，夸赞的笑就是夸赞的笑，我为公司创造了实际的价值。我看向窗外，感到开心，我开心的不是拿到了提成，而是自己终于获得了一个资格，一个抬头挺胸，接过公司付给我的薪水的资格。

我又看了看苗苗姐，她向我竖起大拇指，同时用夸张的表情对她的顾客进行谩骂，我露出笑容，随后便不知如何是好，双手背在身后，在墙壁上按得更紧了。突然之间，我产生了一种莫名的紧张感，直到张奶奶拿出银行卡，张经理拿来刷卡的机器，直到一张凭条从机器中缓缓出现，缓缓变长，又被一下撕掉，这种紧张感才消退掉。

请两位稍等一会儿，张经理说，同时站起身来，帮两位做一下合同。

张经理离开不一会儿，曹经理来了，他带着一个印有公司标志的袋子，还有一份刚刚做好的合同。曹经理是一位非常有亲和力的人，他一坐下就开始了非常有亲和力的寒暄，叔叔阿姨，你们好，他这样开始一场对话，声音中充满了可以拉近任何人的友好。

甚至连我都被感染了，那个希望世界上每一个人都能开心快乐的男孩儿又回来了，眼前的一切让他感到安全。

当然，这个男孩儿也会立刻离开，没有人比我更清楚这一点。

## 第十章

现在，当有人对我说“你还年轻”的时候，我总是感到害怕，想要浑身颤抖，因为十年前他们和我说过同样的话。

这十年一字排开，以同样的间距，像多米诺骨牌一样逐个倒下。旧一年的终结会砸向新一年的开始，发出的声响便是每一次跨年时分街上人群欢乐的笑声。而我，我从不属于这个欢笑幸福的世界，我更像一只皮毛被暴雨淋透的老鼠，躲在每一个多米诺骨牌的巨大阴影下，瑟瑟发抖。

我是在长大之后才知道“眼睁睁”这三个字的可怕之处的，眼睁睁地看着自己逐渐长大，甚至是逐渐老去；眼睁睁地看着那个最令人战栗的未来一步一步向自己走来。在这样的时刻我可以理解被灾难席卷的人们所深陷的恐惧，我害怕地盯着自己身前那份将要贯穿一生的孤寂与平庸，像泰坦尼克号的瞭望员盯着快速接近的冰山，又像跑入死胡同的逃生者背靠墙壁惊惧流泪，看着汹涌接近的尸潮。生而为人的无力感，或许不如身为动物的“只有本能”；尚未萌芽的意识，或许是诸神能够给予每个生命的最好礼物。

可惜，所有这些我都无法对坐在对面的阿姨说，她坚持着“你还年轻”的观点，全然不顾有些人的人生只会随着岁月毫无发展地简单延展，有些人就算再年轻，也有一双早已老去的眼睛，生命对他们来说，只是一场被别人决定要开始，结果又毫无乐趣的旅行。说到这里我看向对面的阿姨，感到一点悲伤，也感到一点羡慕，我突然渴求自己生于一个更苍老的年代，那个年代留给这个时代的印象只存在于影视、书本还有留存者的容貌和行为中，这些或动或静的载体焕发着样式不同但都有些暗淡的光彩，写着激进的和守旧的，温馨的和残酷的，写着变革，写着以国家为体量的浪潮。我羡慕那个年代，是因为那时的人们还有某种精神内核可以依赖，他们只需听从一种安排，遵从一种指示，跟随着一位伟人挥动的手，无数渺小而平凡的生命，就真的能在极大的幸福感与荣誉感之下，汇成一股无可阻挡的洪流。这股洪流穿梭往复，一路冲向不同的目的地，如果我得以生于这样一个年代，一定也可以被集体的追求所温暖。

想到这里，我轻轻叹了一口气，不过我很确定，对面的阿姨一定没有听到。

或许是因为说服不了我，阿姨开始说起别的事情来，她主动将话题引回旅行，像是在帮我的忙。她提到了很多客人都会提到的方面，旅途的奔波，无奈的早起。我则像得到了暗示一样接上阿姨的话，给她讲述旅游和度假的区别，以及为什么我们的方式会比传统的跟团游更适合她与她的家人。我俯下身，从脚边的文件架中抽出一本折叠两次的宣传册，上面介绍了一处度假村，在海南，在绿林中。

说来难为情，在做这份工作之前，我甚至不知道海南还有森林。

可海南依然有森林，无论我是否知道；度假村依然在那里，像我提供的度假权益一样真实。这一直是这份令人恐惧的工作中令人安心的部分，就我所知，尚未有客人的合法权益受到侵害。可我还是会感到心虚，因为我所推荐的度假拥有权只包括了住宿和服务的权益，至于往返海南以及其他国家的机票，一些当地的饮食和购物，还需要额外付费，会员的制度更是雪上加霜，那一笔前期不菲的投入，往往让客人觉得这种旅行方式并不省钱，甚至也不安全。

这是我的错，或者说是我的无能，同样的制度同样的费用，在苗苗姐的嘴里往往显得既超值又无忧，所以客人才会大笑着做梦，思绪飞往印度洋温柔的泪光。我羡慕着这种舌灿莲花同时又没有欺骗的口才，像羡慕一生充实的人们生于一个不需要个性的年代，这些不请自来的羡慕之情将我按进一片清澈的海洋，让我在窒息的苦痛中穿过波动的水面注视快乐的人们的脚底，他们的笑声隐隐灌入耳中，混合着被海水包覆的音质，模糊又低沉。

到了最后，阿姨摇摇头，对我提议的一切不屑一顾，不出意外地，所有理由纷至沓来。孙子要上学，需要人接送；儿媳身体不是很好，需要人照顾；老伴性格孤僻，不喜欢出去；自己没有太多钱，对这些花花绿绿的东西不感兴趣。那张依然带笑的脸极尽委婉，她试图向我澄清，不答应不是因为不喜欢，而是因为实在没有办法。

我苦笑了一下，礼貌地结束了自己拙劣的推荐。其实不需要这样的，我在心里对阿姨说，如果这世上真的有神，那他一定知道这一老一少两个人，心中都有苦衷。

## 第十一章

对于一个愚笨的人来说，职场上的话语十分难以捉摸。还记得有一天晚上阿曼达经理为我们做培训，她用笑眯眯的眼睛看着我说，你的销售感非常强。苗苗姐立刻接过话头，同时笑得更加开心，她在评论我曾说过的话的时候用了“爆棚”这个词，也是在说我的销售感。

每个人都在笑，甚至南希也是，于是我也笑了起来，以为自己得到了夸赞。

我花了很久才知道这不是夸赞，这是对一个不成熟的销售的一针见血的指责。随后我开始对一些理论熟记于心，比如销售的不是产品而是自己，提供的不是权益而是梦。我开始接触到一门另类的艺术，观赏着西装革履的艺术家们如何挥动语言的笔，凭空画出一道名为“信任”的彩虹。

可惜的是，这门艺术对我来说，太难入门了。

后来，更多的失败为我带来了更多的知识，又是一天晚上，曹经理以令我羞愧的耐心，和颜悦色地对我说，你给的都不是别人想要的。这话真的一点也没有说错。我不知道该用什么样的目光迎接曹经理温柔的责备，只能靠着墙站着，低着头，回想自己毫不识相的一生。

一路走来，近乎虚假的善良，偏离正轨的道德。

孤独就是在这种时候涌上来的，它就是这样的鬼魂，总是盯准时机发动攻击，像一匹经验丰富的荒原之狼。我一直低着头，视线所及是一片颜色深沉的地毯。和蔼的话音钻入耳朵便化作坚硬钢钉，蛰得内心隐隐作痛，那么久过去了，我依然低着头，没有面对声源的勇气。

而每一组名词都有可怕的杀伤力，它们是如此对立，令我无地自容，抹茶与暴发户，神户牛肉与老年人，海岛与旱鸭子，海鲜与海鲜过敏。前面是我给予的，后面是我面对的，这一大片错乱散碎的逻辑所折射出的，是自说自话，还有思维愚钝。我知道苗苗姐在看着我，眼角有同情的余光。我知道她也想帮助我，可凝缩自阅历的看家本事，她会用，不会教。

这是一个可怕的难题，像是要解释为什么 1 加 1 等于 2。苗苗姐知道，曹经理也知道，我想在一旁的圆桌边吸着电子烟的阿曼达经理也知道，她的目光还有吐出的香气中，都有深深的无可奈何。

终于，我重拾了抬起头的勇气，因为我听见了曹经理承受苦痛却故作豁达的声音，他说，明天又是新的一天，请你们加油。

两场失败，两场令人羞愧的失败，就这样轻描淡写地过去了。

## 第十二章

我曾对希特勒有一种错误的认识，认为他是个厉害的人，甚至是个伟人。

那段时间里，我沉迷于对强者的崇拜，无暇顾及黑白。我从别人的零星片语中获得了此人极具演讲才华与煽动力的形象，并因此而被蛊惑，多次表示不是每个人都能靠一己之力与整个世界对抗。假想的史实占据了我的头脑，莫名的憧憬仿佛来自虚空，如果我也生在了那个年代、那个国度，我想，也许我也会沸腾一腔热血，一心希望穿上那套军装，好牵引着死亡四处降临。

好在最终我还是改变了，这改变发生在几分钟之前，它发生得并不轻易。在错愕中，我摸向自己的眼角，那里竟然湿湿的，有眼泪冲破了长久以来的冷漠与心如死灰，再次与皮肤相拥。片刻之后，我轻吸一下鼻子，重新看向手中的书页，轰隆的地铁之声化作祭坛上的礼乐，我在其环绕下虔诚敬拜，向捷克文学的悲伤之王。

博胡米尔·赫拉巴尔，他用波澜不惊的叙述还有一个垃圾打包工和一位茨冈小姑娘的故事，湿润了一个看客的灵魂。

我大概是从 4 天之前开始看到这个故事的，汉嘉，那位垃圾打包工，《过于喧嚣的孤独》的主人公，回忆起年轻时的往事。他说有一天，他下班回家，一位吉卜赛小姑娘一路跟着他，在这本书里，汉嘉叫她茨冈小姑娘，听说“茨冈”是对在捷克和俄罗斯的吉卜赛人的称呼。

这个茨冈小姑娘几乎不说话，只是一路跟着汉嘉，汉嘉说他要拐弯啦，茨冈小姑娘便说她的家也在那边；汉嘉故意绕弯子，茨冈小姑娘便也在城市里画圆，像转圈的狗身后的尾巴。汉嘉说要向下面走去了，茨冈小姑娘便说她也一样要去那个方向，汉嘉到了家附近的煤气灯下，说好吧，再见啦，我到家了，可茨冈小姑娘却说她也住在这里。于是汉嘉打开大门，越过另外三家住户，在最后一次说再见的企图过后，将会浸润他一生的美好穿过屋门，径直躺到他的床上去了。

在赫拉巴尔的笔下，打包工与吉卜赛人的故事淡如纯净的牛奶，也温柔，如纯净的牛奶。他们之间几乎没有言语，也没有亲吻，只有大罐子中的啤酒，铸铁炉子里的火苗，金色的火光映在茨冈小姑娘的怀里，在她的身后舞起不断变换的侧影。每个夜晚，茨冈小姑娘都会来门口等着汉嘉回来，即使他故意迟到深夜才回家，也会在一踩上台阶的时候就看到那个身影。他们两个就这么静静地、不言不语地每天晚上相会，汉嘉从不曾把钥匙给茨冈小姑娘，茨冈小姑娘则总是等着他。有时汉嘉故意晚归，直到过了午夜才回来，想以此考验茨冈小姑娘，可只要汉嘉一开门，身旁便有一个身影一闪进入屋子里。茨冈小姑娘会为汉嘉做晚饭，但永远是土豆炖马肉香肠，生火用的木柴都是她自己从瓦砾堆上捡来的，有梁木，有板条，都大得像十字架一样，被她背在背上。每个夜晚，电灯灭去，房间里有幽暗的亮光波纹似的闪动，汉嘉去取啤酒，便好像走在满是海藻和其他水生植物的鱼缸里。汉嘉喝起啤酒，便定要转身瞧一下光裸着身体的茨冈小姑娘，她也躺在那里望着汉嘉，一双眼睛的眼白在闪着光亮。

第二次世界大战结束前的那个秋天，汉嘉买了些蓝色包装纸，一轴线，一团细麻绳和一些糨糊，花了一整个星期天的时间坐在地上糊风筝。茨冈小姑娘为他打来啤酒，他和她一起动手做了一条长长的风筝尾巴。茨冈小姑娘在汉嘉的指导下把一只只纸鸽系在绳子上，然后，他们一同到位于捷克的奥克洛乌赫里克去放风筝。开始，茨冈小姑娘很惊喜，两手紧捂着脸颊，手指上方露出一双睁得大大的眼睛，可在汉嘉把风筝绳递给她之后，她却吓得大叫起来，说她觉着自己像圣母玛利亚一样在升天。于是汉嘉把自己的双手按在茨冈小姑娘的肩上，说要是那样的话，咱俩就一块儿飞上天去……后来，他和她又一起去放了几次风筝，茨冈小姑娘的胆子大了一些，她握住风筝绳，像汉嘉一样浑身颤抖，因为在一阵阵风的袭击下风筝在颤抖，她把绳子绕在手指上，兴高采烈地叫嚷。

有一天晚上汉嘉回家，却不见茨冈小姑娘在门口等他，汉嘉开了灯，通宵达旦地在门外徘徊，可是茨冈小姑娘没有来，第二、第三天也没有来，从此没有再来。汉嘉寻找她，但是永远见不到她了。直到后来，汉嘉才知道她被盖世太保带走了，同另外一些茨冈人一起被关进了集中营，在马伊达内克或者奥斯维辛的焚尸炉中被烧死了。

天道不仁慈，可那时候的汉嘉还很仁慈。

战争结束后，汉嘉在院子里把风筝、风筝绳，以及茨冈小姑娘用纸鸽做成的那条长尾巴一块儿烧掉了，这个小姑娘的名字汉嘉已经忘记。

战争结束后，汉嘉在地下室里狠狠地把成吨成吨的纳粹小册子和宣传品扔进压力机，这些东西全是一个主题，几十万页的图片，画着欢呼着的男男女女和儿童，欢呼着的老人、工人、农民、党卫队员和士兵。在这凶狠的悲恸的重复的动作背后，是一位茨冈小姑娘优美奏鸣曲的光辉在温柔地闪动着，在我心中，一如那些燃起在异国夜晚的，煮着一锅土豆炖马肉香肠的安静的炉火。汉嘉把开进了但泽市的希特勒和他的卫队们，把开进了华沙的希特勒，把开进了布拉格的希特勒，把开进了维也纳的希特勒，把开进了巴黎的希特勒，把在他私人宅邸的希特勒，把庆丰收的希特勒，把希特勒及其忠实的牧羊狗，把希特勒及前线士兵，把视察大西洋壁垒的希特勒，把去往征服了的东方和西方城市的途中的希特勒，俯身看军事地图的希特勒，把所有这一切统统扔进了他的压力机。可越是把希特勒和欢呼着的男男女女与儿童们扔进机槽，汉嘉就越是思念他的茨冈小姑娘，他的一无所求的茨冈小姑娘，以火光为生命，最终与火焰融为一体。

汉嘉挥舞手臂将纳粹小册子和宣传品扔入压力机的动作在我的脑海中反复，那么决绝，那么用尽全力，仿佛永远不会疲劳。一个漆黑的人影，我不知道他长什么样子。我只能看到他的愤怒，听到他的心的哀鸣，我还能听到哭泣，甚至随之哭泣，有一种无助令我发自内心地悲伤。

突然，我理解了。

我知道自己错了。

若一个人对一个群体的苦难漠不关心，对造成这苦难的凶手毫无恨意，那是因为他还没有与这个群体产生联系，而这种联系随时可能降临，如同墙灰飘落在肩头，令路人成为挚爱，新知成为旧友。我不再觉得希特勒是个伟人了，因为我已经与吉卜赛人这个群体产生了联系，就通过一个捷克作家虚幻的投影和一位茨冈小姑娘的故事，于是布拉格古城飘着火光的石墙距离我不再遥远。希特勒不是伟人，或许他是伟人，可依然是个浑蛋，在他那崇高而值得牺牲年轻人生命的王座下堆着的，是无数普通人，一无所求的人，是这些人破碎的以及来不及实现的幸福，无人讴歌，一地骸骨。

# 第十三章

今年的冬天，北京一直不下雪，于是我生病了，或许是空气太差的缘故。

开始只是一点隐隐的预兆，无精打采，疲劳，还以为来自一整天的工作。可到了第二天，充足的睡眠却没有令情况好转，我还是那样疲惫地站在地铁中，甚至忘了拥挤的压力，只觉得脑袋不太舒服。我的手臂垂在身体两侧，没有看书的心情，住在布拉格的汉嘉知趣地躲在橘色封面之后，没有用他的生活来打扰我。

后来我才知道，我生病了。

我不太清楚发烧和重感冒的区别，对我来说，它们的感受差不多，像炉火与炽热的阳光。我穿得很多，可依然冷得发抖，我不断告诫自己这只是身体小小的不寻常，或者是细微而必要的调整，可我突然害起怕来，就像之前每次生病的时候一样。

我害怕死亡，它像一种盖棺定论，我孤独到了最后。

身边的人都在看手机，整个世界突然开始弥漫一股异乎寻常的冷漠，困在地铁车厢中的躯体一动也不能动，被裹挟着，飞驰在大地的深处。人类的精神如此脆弱，会被外界，或者自身的一点变化随意操纵，他们在楼市上涨时蜂拥而入，在股市大跌时仓皇出逃，在工资比预计少了 500 块钱的时候出离愤怒，也在奢侈品打折的时候大喜过望。他们还会对同一群人的同一个行为欣赏、无视或厌恶，普通而平凡的乘客，只因为一个渺小的人的一点小小的不舒服，便一下子堕落成鲁迅先生笔下麻木的中国人。

我在虚假的寒冷中想到这些，于是在精神的世界中鞠躬道歉。

而在一切对自己的批判过后，肌肉酸楚依旧，地铁在蠕动，摇晃着疲软乏力的我。我感受着这种疲软无力，同时试着去反驳自己心中的恐惧，我还想彻底放松地靠在身后的人的背上，可又自然地，被理智所阻止。

你要熬过这一段时间，我对自己说，你能做到，你熬过了那样寂寞的这些年。

这些话语起作用了，它们帮助我强打起精神。地铁一路驶过奥林匹克花园站与奥体中心站，到达北土城，另一辆列车接过病号，又马不停蹄地冲向新的目的地。我在大地的深处拐了一个直角，从向南转到向东，从北土城到安贞门，从安贞门到惠新西街南口，从惠新西街南口到芍药居，从芍药居到太阳宫。金台夕照在更远的地方向我招手，被病痛折磨的身体渴望阳光的抚摩，我害怕寒冷的空气加速自己幻想中的死亡，可又迫不及待地，想要走进办公室，想要坐下，想要低头趴在桌子上，不管不顾，专心于那场五脏六腑之间细胞与病毒的战争。

我还希望自己可以晕过去，在众人的惊呼中放弃一切抵抗，然后我会醒来，感受到自己宛如重生的身体。可这并不会在我的身上发生，如同爱情；我从来不曾失去意识，即使睡去。我拥有一颗固执地要求切身体会所有不幸的大脑，顽强地抵抗着一切麻醉，这大脑令香烟无奈，令酒精摇头，同时坚定地拒绝毒品的怜悯，这大脑，倔强固执，因为它的存在，那些一喝酒便会睡去的人早已成了我在漆黑的夜里深深羡慕着的幸运儿。

至于我，酒精找不到救治我的办法，它只会在错误的方向发力，每次都令我头疼欲裂。我还记得在毕业的那一年，仅仅喝下了四瓶啤酒的我是如何蜷缩在宿舍的床上，捂着脑袋，紧咬牙关，室友在打鼾，我则在以从未有过的狰狞恶狠狠地诅咒这个世界，我希望每一个人，包括我自己，都能立刻在一声巨响中灰飞烟灭。那是辗转反侧的一晚，死亡展现出别样的诱惑，而在可怕的折磨过去之后我意识到了一点，我意识到真正将我抛入地狱的不是头痛，而是不仅没有被消掉，反而被放大到极致的恐惧和孤独，我给予自己的希望毕竟虚假，稍微一拉扯，便破碎崩塌。

可这也是没有办法的事情，如果没有这些穿着希望外衣的幻想，恐怕，我撑不到现在。我曾说梦想是一种用来服用的药，其实希望也好，幻想也好，都是一样的东西。

## 第十四章

病重之后的第 2 天，我突然想到了一件可怕的事情——也许我杀了人。这个想法如鬼魅般浮起，从虚弱与酸痛中；又如云雾般变换，化作一段逻辑完整的因果。我又开始害怕了，但这一次在头脑中燃起的不再是孤独，是地狱的烈火；我担心的不再是一生的定论，是永恒的酷刑。我重新审视自己每一天的行为，结果越发感到不安。在恐惧的顶点我甚至对自己说，尽管你可以轻松地逃过法律的制裁，可你逃脱不了自己杀了人这个事实。你不仅可能是个骗子，还有可能是个凶手。

如果一切真的如此，我不知道是不是我的错。

我的工作是和人聊天，和人聊天就是我的工作，所以我在无意中杀死了谁也有可能。作为流感病毒的帮凶，我在几个小时的时间里持续作出攻击，于是保不准会有某个身体在离开了战场之后才耐受不住，它太苍老了，防线崩溃，最终以一个生命的逝去作为战败的宣言。死者的家人不会知道发生了什么，他们的泪水洗不去蒙在真相表面的灰尘，他们会怪罪所有无辜的因素，同时，放任真凶继续端坐于辉煌的大厦之中，日复一日，好像什么都没有发生过。残酷的世界，曾剥夺他人生命的人继续拥有着生命，没有改换也没有变质的生命；曾破坏平衡的人继续依赖着平衡，依然出现也依然仁慈的平衡。而如果我将这一切都讲给朋友们，告诉他们我犯下了不该被饶恕的罪孽，他们也绝不会用厌恶的眼神看我。他们只会想方设法地安慰我，告诉我这种事情根本就不会发生，就算发生了，那也不是我的错。

他们一定会这么说，以前的每一次，他们都这样说。

所以对错是什么，是一种神圣的准则，还是占大多数的人的观点的集合？如果是后者，那么可以操纵众人心绪的煽动家无疑能够成为对错的制定人。这让我想起古希腊悲剧中自然法与实在法的辩证，想起安提戈涅安葬兄长的手，我甚至感到庆幸，庆幸如今的自己已经不再讲究对错，告别了一道艰深莫测，甚至可能真的没有真相的难题。

想到这里，我强支病体，与平衡击掌。

可无论我怎样漠视对错，我终归不想杀人，于是我开始用复杂而矛盾的眼光提示坐在对面的客人，希望他们早早失去耐心，然后以无人可挡之姿态起身离开。可是，真糟糕，每个人都对我的提示无动于衷，他们甚至会在听到一些自己感兴趣的话题时向我靠近，全然不知有什么正借着我说话的气流奋勇行军。千百万肉眼看不见的微小恶魔，高举手中的刀剑，它们摇旗呐喊，万马奔腾，斗志昂扬，势在必得，我作为它们的巢穴，只是一个空有思想却无力阻止一切发生的巨大建筑而已。这样的想法曾令我心安，我把自己看作无能为力的一方，是被胁迫的罪人，既然审判者是那样的明察秋毫，那他一定会原谅一个被逼迫的犯错者。

可是后来我又想起一件事，藏匿恐怖分子的建筑，是会被炸毁的。

## 第十五章

病情再次加重的一天晚上，我想喝一碗鸡汤，便在离西小口还有一站地的永泰庄地铁站出站了，那里餐馆比较多。冬夜的风一天比一天冷，我只好裹紧自己的衣服。

街边的餐馆很多，可都不像有鸡汤的样子。

我只能继续走，继续找，继续裹紧衣服。

突然，我停下了脚步，很想就这样大哭一场，我已经是一个快30岁的人了，快30岁的人在生病的时候竟然没有一个能回的家，没有一位妻子可以为我煲上一碗鸡汤……我不知道到目前为止，自己的一生都在做什么。

# 第十六章

意识到自己生病了的时候，我正在地铁上；意识到自己要康复了的时候，我也在地铁上。

那天下班以后，我习惯性地拿起多加的衣物，穿好，裹紧，与同事们告别。我以这副略显臃肿的姿态走入地下，等待着完成每日的通勤。地铁呼啸而来，在我的面前打开车门；我转过身努力后退，将自己塞进人群。

在急促的提示音之后，车门艰难地合上，蹭过我的鼻尖。

突然，也不知是到了哪一站的时候，我开始感到燥热，一股急切地想要脱掉毛衣的冲动席卷大脑，我知道自己流汗了，熟悉的感觉像来自年少时的盛夏，我的思维也如同回溯了时光一般敏捷有力，四肢强健，手臂上的肌肉在渴求释放力量。这些感受令我忘记了一切，沉迷于生命之力如刚孵化的雏鸟；我突然变得怪异，体热难当，却很想露出微笑。幸福涌出心间，我意识到健康又回到了我的身上，我很高兴，虽然仍是一个人走在欢笑的人们中间，虽然仍然没有逃开孤独的网帘，可至少我还有我的身体，忠心耿耿的身体，我的身体没有背叛我。

我感到感激，同时深深体会到“陪伴”这个词的分量。

地铁在飞驰，所有人都在低头看手机，而我摸向额头细密的汗珠，很开心，甚至想要唱起歌来。在极度但却无人可诉说的欢愉中我的思绪一跃而起，穿出雪白的车厢，飞过地铁的轰鸣，一直飞到一处旷野，在那苍茫的天地间，有一个勇士的身影。他曾陷入苦战浴血而斗，直到黎明的曙光到来。勇士举起剑，恶魔之血顺着剑刃倒流向剑柄，他踩在满地奇丑无比的小怪物之间，欢呼，却没有人听见。

我的身体，我的忠心耿耿的身体，我的身体没有背叛我。

在地铁刚到永泰庄的时候，我就迫不及待地挤出车厢，出站了，那里有一家新开的便利店。我推开门，从黑暗步入光明，开始挑选商品，饶有兴致。我先从货架上拿下两种薯片，因为此时的我很想吃些什么；然后我开始挑饮料，只要凉的，因为我的身体已经恢复了健康。我开始喜欢“冰”与“凉”与“冻”这样的字眼了，甚至一看到带着这些字眼的饮料就控制不住地要拿下一瓶。我买了两瓶冰露，它们带有“冰”字；买了一瓶“冰咖啡”，出于同样的原因。还有一瓶冰红茶，一瓶“小茗同学”，后者橘黄色的包装上写着“冷泡·冰橘绿茶”。生命是个轮回，曾伤害你的也会反过来为你带来快乐，所以寒冷才会融入甜美的饮品躺进我的右手，她是一位狠辣但也美丽的女子，现在，要为之前所做的一切谢罪了。

可是这些还不够，我还想吃一些真正的食物，冒着热气的，喷香喷香的食物。

所以从便利店结账离开之后，我斜跨夜色中的十字路口，推开了一家清真饭店的门，这是一家身怀绝技的餐馆，挂着最常见的“兰州拉面”的牌子，却供应着我吃过的最好吃的烤鸡心。饥饿感像是和这家餐馆有利益联系一样，近乎疯狂地指使我点单，鸡心、羊肉串、红柳肉串、鸡脆骨、肉筋、牛肉串、烤鸡翅、烤香肠……我甚至还点了一盘炒方便面，很难想象就在中午，我还在以“维持生命”为理由劝自己多少吃些什么。

然后，服务员一言不发地走了，我从塑料袋中取出一瓶饮料，冰凉而甜美。

食物陆续被供应上来，可以吃下整个星球的豪情随着不同肉类逐一跌落肠胃，渐渐平息。当红柳羊肉串摆到面前的时候我开始后悔起来，摸着自己已经在拒绝食物的肚子，恐惧滋生。我记得曾在某个旅游景点看过一长幅壁画，画的是人死之后所要历经的种种刑罚。其中一项就是给浪费食物的人准备的，那壁画告诉我，一个人生前浪费的所有食物会被汤汤水水地混在一起，堆在一条死后必经之河的岸边，只有将其全部吃完才能过河，才能被审判、轮回，进入新生。我实在不希望在那里看见这根红柳羊肉串。

所以我费尽力气，饱受折磨，终于让它只剩下一根粗长的树枝。

吃饱了的我，有些呆滞。疾病仿佛越飘越远的哀思，令人不舒服，但也仅此而已。

灯光很亮，四周杯盘狼藉，这都是夜晚该有的氛围。

饭店里正放着《樱花草》这首歌，它勾起了久远的记忆，我静静地听着，不知道该摆出什么表情。早已不知飘到哪里去的大学一年级的生活在高远的夜空中若隐若现，都是如今的我早已陌生的雀跃与笑脸。一个承诺，在十一年的时间里不了了之，而我，在十一年的时间里变得冷漠。

我站起身，走了，留下盘子中面面相觑的蔬菜们，我想自己死后要过的那条长河岸边，又多了一些油腻的成员。

## 第十七章

在我工作的大厦楼下，隔一条马路的地方，有一个自动消防站。我总是站在它的面前看。

我不知道自己在看什么，这之前我甚至不知道有一种东西叫“自动消防站”。里面有头盔，自救呼吸器，应急灭火逃生瓶等设备，都是我不熟悉也不想用的。可我总是静静地站在那里，在每一天的午饭之后，直到冬日的寒风将我驱逐。对于我的这个习惯同事们常常流露不解，因为我们本没有太多休息的时间，可我知道自己是容忍不了在建筑物中度过一整个白日的，总得回到室外去，哪怕一次也好，哪怕只有 5 分钟也好，这短短的 5 分钟可以切断“整日”这个词语，如同一场小睡可以撑起后半天的全部工作。有时我会想，明明自己已经参透了人生的唯一法则，悲喜应该已成为一堆残破、散落、古老的石碑，落寞地歪斜于内心某一处角落，可我还是会屈从于成百上千种喜好，或许心中的某一些东西，永远无法真正死去。

所以我依赖每天的凝视，享受每天的凝视，这种无意义的，即使自己想起也觉得莫名其妙的驻足与观察，可以给予我一天之中唯一的宁静。在这些时刻黑夜尚未降临，四周也鲜有行人，我既被解放于过去也被解放于未来，语言退到意识之外一片永恒的黑暗。是的，语言，它走了，我不需要和别人说话也不需要听别人的话，情感的往来变得无关紧要，一条湮灭的路，一条断掉的桥。也有些时候我会盯着倒映在玻璃上的那副面孔，长时间地和自己四目相对，我一直觉得这种注视代表着某两种完全对立的行为，可探究良久也没能说出它们的名字。

终于有一天，我想到了，我明白了。

是相识，和道别。

不是普通的相识，是那种渴望认识真正的对方的相识，而且这种渴望没有被热恋蒙蔽，没有持久的微笑，没有炽烈的目光，双眼没有满溢着幸福。这是那种相识，你与一个人亲密无间已久可一直不求甚解，觉得他无非就是那个样子，无非就是会做那些事情，你也允许他影响你的生活，毫不在乎地接受他的干涉。就这样，长久的时间过去了，你慢慢发觉自己的人生已深陷泥潭，细小的不对劲积累起来变成巨大的噩梦，令你愤怒，疑惑，却不知道自己是怎么变成这个样子的。你责怪过很多不该责怪的，你分析过很多不用分析的，直到有一天，你终于明白原来自己所有悲剧的根源，都是他。

可他却消失了，消失了足够长的时间来让你的愤怒淡去，也让希望死去。再也不在乎未来了，你，拥有了坚不可摧的理论体系，紧抓住世间最宝贵的真理。而当他再一次出现，再一次站到你的面前的时候，你不怒不悲，只是注视着他的双眼。在长久的沉默之后，你轻轻地问他说，你到底是谁。

相识，和道别。

不是普通的道别，可我也没有时间去思考那么多了，午休时间即将结束，我得回到大厦里面去。于是我转身离开，镜子里的自己也同样决绝，可是我们都没有憎恨彼此，因为我们俩都拥有足够多的冷漠，来冰释前嫌。

对了，就是这样的道别。

回到楼上以后，我坐回椅子，靠墙小睡。下午会遇到什么样的客人呢，是一个，还是一对？是健谈的，还是不屑的？是兴致勃勃的，还是心不在焉的？她或者他或者他们会不会恨我？命运是微小细节的堆砌和发展，那么下午的我又将如何轻轻地影响自己的一生呢？

然后我想起土耳其飘满热气球的天空，就这样睡着了。

## 第十八章

苗苗姐总是散发着一种肆无忌惮，已婚妇女的肆无忌惮。快 30 岁的我倒是还顶得住。

每天中午，每次看到我回到公司，她都会对我投来恨铁不成钢的眼神，“时间越来越短了”，她总是这样说，有时再加一句“是不是因为今天这位技术太好”。我往往打着哈哈应和过去，以肆无忌惮应对肆无忌惮，再不是曾经那个对此类话题面红耳赤的少年。是什么改变了我？在闲暇时间我曾眺望远方的楼宇，视线穿越晴空，仿佛在被建筑物埋没的地平线的另一边的某一处，藏着不知在何时与我走散的羞涩。我曾有很多亲密的好友，羞涩也是其中一员，可后来随着人生的长路在面前铺展，一路走来，众位好友中只有孤独留了下来，为了指引我走向真理所在的田园。对此我曾经满怀怨恨，可情绪不同于痛苦，它能够被时间抹平，我终于可以将手臂渐渐张开做出拥抱的尝试，也承认人生是一个和解的过程。

与自己的性格和解，与自己的容貌和解，与降临的命运和解，与不变的悲痛和解。与别人的幸福和解，与虚妄的承诺和解，与荒芜的未来和解，与幼稚的过往和解。没有泪水，不在乎公平；忘记希望，不责备困境。在参透生命的唯一法则之后，我开始用这些话语锤炼自己敏感脆弱的神经，这锤炼饶有成效，它铸就了一张在独处时严肃冰冷的男人的脸。

可在锤炼的过程中，羞涩离开了，因为炼成的这副躯体、这个心灵，对它来说太过坚硬。

对不起，我的朋友。

就在我向精神世界的好友道歉的时候，阿曼达经理喊了我的名字，她翘着纤细的腿，对着我抬起纤细的手，一张写有尊称的纸条在半空中弯曲。

到了工作的时候了。

我站起身，整理了一下腹部的衬衫，试图将干练与专业赋予自身，阿曼达经理坐在玻璃圆桌旁，一直带着似有似无的笑容看着我，双唇咧开一条缝隙，电子烟的气味轻轻向我扑来。我向这股味道迎去，带着一点坚定走向希望渺茫的下午，如果年少时的羞涩看到如今的我是这样一副世俗的模样，我想，它一定会很失望。

可是我只能如此。你要知道，羞涩，在大人的世界中你不是一种可爱，而是一种罪过。

# 第十九章

三个月的时间里，我和150多个老人聊过，我从他们身上学到了很多人生智慧，不过大部分都不是他们用语言告诉给我，而是我自己学到的，就从他们的动作和神态上，从饱受婚姻折磨的黯淡眼神上，从被经年累月的柴米油盐污染的皱纹上，甚至是从他们的愤怒，不耐烦与不屑一顾上。

我曾遇见过一个心怀学识的阿姨，而她全程神情悲凉，对丈夫的厌恶完全挤开了她曾受过的教育与出国工作的经历，也完全挤开了旅行所能营造出的最好梦境。我曾拿出大堡礁的多姿多彩双手呈上，可从那双已经死去的眼睛中跳出一个醉醺醺的男人，手拿酒瓶，摇晃逼近。只一击，所有珊瑚便碎裂四溅，像在天边铺开了彩色的云霞。这个男人，身为幻象，蛮横地霸占着自己妻子的头脑，于是远方失去了意义，花园也荒芜成墓地。我试图用一些日本的风景唤起老人年轻时的记忆，从而激发一些渴望，可毫无热情的对话令我深刻地意识到自己的企图有多可笑。对那个年代的国际工作者而言美景不值得流连，只有祖国，才是唯一值得沸腾热血的名词。

于是我越努力，越徒劳，逐渐成为技穷的黔境之驴，奇怪的是我还不想结束对话，因为我不想把和我对话的人打发走。我开始带着探究的深意观察阿姨的眼睛，那一双暗沉沉的瞳孔有时对着我，有时歪向一边，她的嘴，微微张着，每时每刻都像在无可奈何中煎熬。第一次，我可以如此清晰地看到某个人的婚姻成为剧毒，而一直渗入思想的深处；原来生活真的可以如永夜一般黑暗，再多色彩前来渲染，也只能更进一步地证明黑色的不可侵蚀。突然，我的头脑中扬起一道令人窒息的羞赧，因为我感到可笑，自己，在有些时候，竟然也敢将“绝望”挂在口中……这位阿姨是一位引路人，她拖着已被折磨得奄奄一息的身躯，引领我直到真正的绝望面前。

于是我仰起头，战栗着，面对一只恐怖的巨兽，一头凶残的恶魔，如果有一天它向我扑来，那么我将毫无反抗的余地，我将被直接撕碎，如同被巨浪拥抱的水花。

我打了一个寒战，从此深深知晓有些婚姻比不可治愈的疾病更加凶猛。

曾有一些时刻，如同历史上那些最著名的农民起义一样，愿景将现实的胶膜冲至极限，如此接近成功，好像下一秒就可以破膜而出。在这些时刻我表现出了最大的激昂，言语中溢洒着北美大陆的夕阳。我看到阿姨的眼中有什么在闪烁，于是受到了鼓舞。我甚至比她更超前地想象她的未来，在俄罗斯的红场勾勒一个瘦小苍老的身形；在漫天大雪的陪伴下，疲惫的女人远远离开自己的至爱和至恨。涌动的情绪冲入我的头脑，化作颜料，化作绘画的手，我是一位误以为自己要留下传世之作的画家，誓要将一位悲苦者拽出泥潭，让那个最令她痛彻心扉的生活，变成只能回望的身后。

可我还是失败了，我眼看着阿姨的眼神又暗淡回去，她开始看向旁边。

我目送着阿姨离开，她的脚步很缓慢，手中拿着送给她的无足轻重的礼物——一条毛毯。经理们友好但冷漠地送她出门，他们不知道她正在向着什么走去。

可是我知道，我眼睁睁地看着那个背影走到一片恶臭的沼泽边，双脚踏了进去，然后没到了腰身，然后没到了脖子，那个背影慢慢地沉入沼泽深处，再也看不见了。

## 第二十章

那边，又爆发出一阵尖锐的欢笑。

阿曼达经理的张力常常引我心生敬佩，她与苗苗姐的配合永远如戏剧般引人入胜。虚假的愤怒却引起观者真实的战栗，虚假的欢笑也能勾起真实的喜悦，我庆幸曾经的那个喜欢夸大其词的自己已经死去，否则只是两位女子的表演也将成为当代的《伊利亚特》，而这座大厦，便是恢宏的石质剧场。

而除了敬佩，我还心生恐惧。所有的笑都是假的，我怕这样下去有那么一天，自己会失去爱与恨的能力，会有一天，把一切真心都当作逢场作戏。

或者，我已经失去这两种能力了。

## 第二十一章

这一天，当上午接近尾声的时候，只剩下一桌客人，南希还在和她鏖战。苗苗姐刚刚送走了一位女士，并成功地让她留下了几千块钱，这说明这位女士愿意通过我们旅游一次，体验一下。

过了一会儿，苗苗姐从工位中探出脑袋，冲我招了招手。

当只剩下极少量顾客的时候，就到了顾问们互相帮助的时候，我们会做一件叫作轮桌的事情，顾问们两两地坐在一起交谈，不一定有关旅游，只是制造一种热闹的场面。我曾认为这是一种欺骗，后来又将其归于商业上的技巧，这种行为和所有商店都会布置的明亮灯光与华丽展示台一样，是一种对环境的雕琢，只不过我们的雕琢是通过声音来完成的。我在这里学到有关心理学的理论，了解到热闹对于人类潜意识的安抚，还有寂静是如何等同于“不安全”，在某些情景中，这理论完美无瑕。

所以当苗苗姐探出脑袋向我招手的时候，我一下子就明白了，我从客人的背后潜行而过，没有给他机会看穿我们的把戏。笑容，我带着它坐到苗苗姐的对面，好像一位被小礼物吸引而来的猎物，我来自北京某个贫穷的城区，为了一条廉价毛毯，跨越几十公里。

苗苗姐没有看我，她正在发信息，手速飞快，我安静地等待了一会儿。

对话在苗苗姐放下手机的那一刻开始，当她的目光还在向下的时候，言语便已经在向前。苗苗姐用夸张的表情为我描述刚刚取得的微小胜利，详细说明那位女士在什么样的情境下，如何吃了她一块巧克力，还说就算看在这块巧克力的份儿上，她也一定要从那位女士身上抠出一点钱来。我带着笑容，看着苗苗姐表演，她的五官变化如同章鱼运动时八个触角的张弛，在一瞬间让周遭的空气都化作湛蓝的海水。我喜欢看苗苗姐闲聊，她的表情很丰富，我甚至喜欢听她骂人，因为每一次都是那样的浑然天成，脏字和句子的其他部分完美融合，像手臂的尽头是手掌。她喜欢管“一周”叫“一个周儿”，听起来有一种别样的感染力；她最擅长劝服别人，能把别人不爱听的，以别人爱听的方式说出来。语气，音量，表情，语速，这些元素都是她用以达成目的的武器，而这些武器，件件致命。

苗苗姐是我们的金牌顾问，她的描述真实可信，她的询问是来自朋友的关心，她的承诺毋庸置疑，她连闲聊都充满感情，她没有过于出众的嗓音，却拥有令人着迷的话音，落入听者的双耳，像相声在顿挫铿锵，像风铃在叮当作响。总是喋喋不休的我变得沉默，而笑容也一直留存，我享受着这段倾听的时光，命令思绪躺下，命令它如慵懒的猫儿，任由苗苗姐牵引。不过我要忏悔，在某些时候我也会走神，于是灵魂抛弃躯壳独自乘电梯下楼而去，走出大厦的旋转门，走过站在门边的男人女人，他们都身着西装，一边抽烟，一边闲聊。静静的北京早冬，往来的车辆都扬起清冷的气流，我的灵魂在寒风中微微飘动，一路远去，消失在立交桥的尽头。

当然，他还会回来，就在我深吸一口气的时候。

苗苗姐没有发现我的失礼，她依旧满面笑容，或许她早已看穿了一切，可是却决定赠予我一个朋友的包容。是没有发现，还是不愿追究？并不重要。重要的是这两种情况分别代表了身为成年人的两条生存之道，一为无知，一为忽视，能够灵活掌握这两种技巧的人，便会在这个残酷无情的世界中寻觅到真正无瑕的幸福。

而我，正向那真正无瑕的幸福走去，蓝天中飘荡着安静的云朵。

# 第二十二章

不知是从什么时候开始，我的睡眠与梦被紧紧绑在了一起，即使是几分钟的小憩，也足够我的灵魂神游于一个场景丰富而主线清晰的故事。我梦见过一洼水坑，它却与海洋一样澄澈，水中逡巡着精致的游鱼；我也梦见过熟悉的街道，它空无一人，只有我和需要我见到的角色。用上“角色”一词，是因为我觉得梦就如同电影，那些在现实中无法实现的渴望和无法遇到的恐怖，悉数进入这个精神世界的摄影棚，在可以无限延展的空间中证明自己在一个人心中的分量。这一定是一处趣妙的场所，演员们来来往往，不化妆也不用面具，他们都一样敬业，而且，都一样善良。这一边，鬼怪在热身；那一边，赛车在调整，没人知道何时该自己上场，可他们随叫随到，带着全副的武装。有时因为白天经历的一些事情，有临时演员来了，但这陌生的面孔不会在影棚中引起骚动，每一位演员都无暇他顾，专注于重复自己。咖啡师一遍一遍地倒着咖啡，咖啡落入一个容量无限的杯子，永远不会溢洒；史前巨鳄一直在爬行，但没有前进分毫，像被困于一个隐形的跑步机。走进这个惹人落泪的世界，便会看到逻辑失灵之后的种种美好，我曾看过默默无闻的孩子引领众人逃离灾难，也看过美丽的女孩向自卑的男孩付出深爱。我甚至看过一些耻于言说的幸福，那是逃离了现实世界的恩赐，又以千百倍的娇媚在梦境中归来。

梦是纯粹的美好，也是最后的退路，唯一的副作用是梦醒时分的怅然若失。

我时常想用一种景致来代表梦境，于是头脑中便光影幻化，翻过无尽的温柔。梦是布拉格广场吗？黄昏，长影倒映，光在沉落，石墙如硬酪？梦是南太平洋吗？粼粼，水天无界，渐变之蓝，清爽之风？或者，梦是北欧夜空？飘荡着无数条绿色的光绸，好像诸神在擦拭星河？难道梦是撒哈拉的北方？有一长队骆驼遮挡住颤动的夕阳？有没有某个词语，可以诠释梦的内核？有没有某种风光，可以用来赋予所有梦境？有没有一种渴望，发光在一个人一生中做过的所有的梦？有没有一种解释，学会了，便能够超凡入圣，驾驭幻境？这些问题我从不曾找到答案，只能日复一日地享受梦境之神洒下的甘霖，并祭其为来自神域的秘密。随着时间流逝，我的心中竟越发不安，因为我知道生命是个轮回，一直累积的治愈终会在某一天变化为狰狞獠牙，再深深扎进我的心里。

对于这一天的到来，我战战兢兢，像独木桥上的人恐惧着随时可能到来的跌落。

可梦境还是会来访，无视我的恐惧，也不容我拒绝，它将我置于跌宕的冒险之内，置于曼妙的身影之前。我会手持利剑，淡然面对众人的敬拜，从地图中召唤出真正的峡谷，在千斤巨石的重压之下毫发无伤。我也会劝服走入歧途的男子，我的语言有无以理解的魔力，我可以操纵一个人的心绪，令他痛哭，令他狂喜。梦境中的我依然孤独，可是终于可以拥有拥抱，拥有吻，拥有某个人柔软的内心，我会以决绝或妥协闯入某种不曾属于我的生活，直到从梦中清醒，才知道一切从未发生过。

我花了很长时间，才知道该如何面对梦醒后的失落，或者说，我花了很长时间才变得麻木，可以自如地切换两种心态，分别对应虚幻和现实。这并不容易，但我终于成了更坚强的自己，我甚至领悟了梦境的本质，它也是一种药，一如梦想，一如死亡。

死亡是解药，梦想是兴奋剂，梦境是止疼片。它们都是作用于灵魂的药方，专门用来对付和肉体无关的疑难杂症。明白了这一点后，尽管恐惧梦境的反噬，我却再也不会有身处悬崖边缘之感，只要我还拥有睡眠，只要我的睡眠还和梦紧紧绑在一起，那便没什么“一无所有”可言。

可以被满足，即使是最无耻的要求；

可以被原谅，即使是最龌龊的自己。

我不再害怕，梦里，什么都有。

## 第二十三章

还有一件事，我从好久之前就开始明白没必要诉苦以乞求别人怜悯，因为我从好久之前就学到，在一个旁观者的眼中，连与命运抗争因而痛苦扭曲的人影，或许也只如埃德加画笔下千姿百态的舞女。这个世界不是靠怜悯推动的，人类文明不是因为同情才走到今天，所以我开始遏制自己贩卖悲惨的冲动，试图以理性与客观来看待自己与别人正身处的困境。渐渐地，我开始相信，每个人会以自己被设定好的角色来参与这出名为“人间”的鸿篇史诗，有些人就是负责牺牲，有些人就是负责悲苦，我们并非没有改换角色定位的机会，可一切要看演员的天赋，努力程度，以及剧本的走向。

所以抱怨是没有用的，而接受是努力的前提。

所以我接受自己的角色定位——一个垃圾桶。

我很肯定自己已经成为垃圾桶了，这是我在工作中的角色，一旦有别人聊到一半想要摆脱的客人，便会直接扔到我这里。这种感觉很差，我看着一名或两名客人在经理的带领下向我走来，霎时便会理解摆在橱窗里的商品的痛苦，局促，两手不知放在哪里。优质的客人也有可能换一个顾问接待，但那是因为经理嗅到了自己的错误，承认错看了一条大鱼，于是他或她微笑着引导水流的方向，鱼儿便会懵懂地游往由苗苗姐负责的池塘；会游向我的鱼儿往往是出自正好相反的原因，她，或他，被放弃了。

可我毫无怨言，因为我知道自己有多重要，一个没有垃圾桶的房间，一定会被垃圾铺满。

## 第二十四章

有些客人令我记忆犹新，高女士便是其中一位。

从一开始，她就显露出与众不同，我曾毫无防备地走到她面前，面带笑容地说，您好，我是您今天的旅行顾问，可她看了看我伸出的右手，将自己的右手揣进兜里，说，她不握手。

她也拒绝在薄本子上签上自己的名字，只写上，高女士。

我们的对话可以用驴唇不对马嘴来形容，两人份的自说自话中夹杂着蹩脚的敷衍和持续的走神，随便一听，便是随意的回答。这是一场有关旅行的长谈，可没有人真正对旅行感兴趣，之于我，是工作；之于她，是打发时间。当我问起她的旅行习惯的时候，语句都掉进黑暗的深洞，她的回答甚是莫名，自然又随心所欲，总是随手一甩便摒弃了我抛给她的逻辑线头。

您平时喜欢旅游吗？

我今天来这里费了好大劲，你们楼下的人就是傻子，问也问不明白。

而随着时间的流逝，细碎的语言被拼凑到一起，我被迫明白到这位阿姨的生活也是一团糟，每日头昏脑涨。可是与之前所有被生活折磨的长辈们不同，高女士似乎并没有真正为此烦心。我看着她思考，听着她谩骂，而她的愤怒还有憎恨，一直是那样不紧不慢。我知道这不是一个真正的抱怨者会有的态度，我猜面前的老人在享受抱怨的过程，她像一位艺人，表演，但不是为了金钱。而那些人生中的琐碎，都是卖相拙劣的营养品，供奉着她的淡然。

我进一步想到，如果抽离了一切令人不满的事情，说不定她反而不知该如何生活，她不知道——抑或不愿承认——自己口中的烦心事已经成为自己的慰藉，成为自己的安宁，成为自己的快乐。她的生命力都依存于对市井琐事的循环咒骂，她的悠然自得，如腐草之上蓬蓬的荧光。

而错位的对话一直持续。

我说，五星级酒店富丽堂皇，而且服务恭敬有礼，她想了想，问我，为什么那些外地人要偷她的毛巾。我说我不知道。她又问，难道他们不嫌脏吗？我用那些毛巾擦屁股。我说，那毛巾不是我偷的，所以阿姨，我不了解小偷的心理。然后我继续说五星级酒店，说私人泳池的水很清澈，阳光下，像钻石碎成了千百万块儿，她又想了想，说，不明白为什么那些农村人那么穷，还要生那么多孩子，我们北京人这么有钱，都只生一个。她还说，那些农村人生了那么多孩子，一个个头都那么大——她用手比画了一下，像是抱着一个西瓜——弱智。

我放下手中的笔，合上薄本子问她，阿姨，你是不是被这个社会伤害过?

她笑起来，说没有。

既然这样，阿姨，为什么你要像现在这样伤害这个社会。

这句话我没有说出口，而她又陷入了仿若呆滞的状态中。

颇为出乎我意料的是，她甚至也对我们的小礼物不屑一顾，都没什么用，她说，没有一个值钱的玩意儿。

所以她冷漠地离开了，像来时一样。我目送她离去，也看到了经理眼中鄙夷的眼神。被鄙夷的不是我，可我并不因此而感到开心，我知道自己刚刚经历了一场彻底的碾压，一位并不市井的市井小民，和那些绞尽脑汁迎合我的提问以保障自己的所得的老人完全对立，她不贪小便宜，也不接受任何引导，或许她今天来到这里，只是因为需要一个可以出门的理由。

## 第二十五章

令我记忆犹新的除了高女士，还有蝈蝈叔叔和佛像阿姨。

一切始于一个常见的开场，一位男子走向一对老年夫妻，我去握手，问好，突然，患上了幻听的症状。

蝈蝈，蝈蝈，蝈蝈，蝈蝈……

我看向四周，带着一点迷惑，在一瞬间觉得老北京城从天而降，自己正置身于清晨的市场。那是一个我从未去过的世界，坐着一位年岁沧桑的叔叔，他戴着70年代的棉帽子，穿着70年代的厚棉袄，淡褐色的毛衣和花白的头发都怯怯的，分别从棉袄拉链的边缘与棉帽的底沿探出来。这个叔叔不言不语，却聒噪异常，有一股声响源源不断地从他的怀中传出来，蝈蝈，蝈蝈，蝈蝈，蝈蝈……在寒冷的空气中渐渐扩散开去。

空气温暖起来，市场也渐渐淡去，我又站在明亮的灯光中了，身后的电视放映着有关旅游的美丽影片。我不知道自己有没有失态，或许数秒的迟疑已经足够糟糕，可我还是完成了相识与寒暄，并了解到，原来真的有一只蝈蝈，就藏在那位叔叔的内怀之中。

经理试图让蝈蝈暂时留在会场之外，可他失败了。没有事，叔叔一直这样说，拒绝与自己的宠物分离。他将经理的无奈甩在身后，带着自己的妻子，还有来自大自然的鸣叫，闯入人造的音乐。我走在这对夫妻的前面，一度丧失了语言，我的脑袋里面有一千只蝈蝈振翅鸣叫，好像夏天最盛之时满林知了变了声的演唱。

蝈蝈，蝈蝈，蝈蝈，蝈蝈……

我们的座位在这里，我说。

蝈蝈，蝈蝈，蝈蝈，蝈蝈……

两位请喝水。

蝈蝈，蝈蝈，蝈蝈，蝈蝈……

叔叔这个爱好挺独特的呀。

我的声音中有一丝无奈，不知是否有人察觉。

好在对话迅速进入正常，蝈蝈的鸣叫也融入了音乐的旋律，我们聊起各自的生活，好像走过差异巨大的人生轨迹的双方真的有什么共同点一样。蝈蝈自然是最好的话题，叔叔甚至向我展示了这只小虫的真容，他从怀中掏出一个略显粗短的竹筒，小心地揭开盖子，我能看到小小的一方黑暗中有什么在振振发声。我隐约看到了折成三角的腿，还有肥胖臃肿的肚腩，真是一个雄壮嘹亮的小东西。在我的啧啧赞叹声中盖子又被盖上，叔叔一言不发，却露出了骄傲的表情。

我以为这次谈话会一直这样和谐地进行下去，可是我错了。

最开始的时候，那位阿姨没有任何异常，虽然她接近被称作奶奶的年纪，可依然很健谈，很和蔼，她说自己信佛，也若有若无地向我传达着信佛的好处。对于这些暗示，我一次次地敷衍而过，从经理的手中接过本子，开始最常规的工作。可就在我进行问卷调查的时候，突然，一切就那样发生了，她一下子失控，愤怒地质问我，调查这些信息干什么，我有点不知所措，不知道“出去玩主要是为了放松还是长长见识”这种问题到底如何冒犯了她。我甚至开始胡思乱想，怀疑她的出行动机十分特殊，乃是出于国家的利益。

我试着问下个问题好平息阿姨的愤怒，可一切已经不可挽回了。

“你这些问题让我烦。”

说完这句话之后，这个接近奶奶年纪的阿姨闭起了眼睛，再不听我说的任何事情。她的脑袋微斜，微扬，滴水不进，像一尊佛像。我感到惶恐，因为不知道自己做错了什么，我只是在做该做的事，我并没有打探她的私人信息。

而阿姨一直闭着眼睛，好像已经以怪异的姿势和冰冷的表情进入睡眠。叔叔在一旁颇感无奈，甚至还露出了一丝羞愧，我想他能够理解面前的孩子并无恶意，他只是太过笨拙，而这，不完全是他的错。

刚进行过的愉快谈话都识趣地散开了，将整片氛围让给尴尬来主宰。我变换着花样道歉，可佛像不会回应，而顽石不会睁眼。甚至连蝈蝈都感受到了气氛的变化，它退隐了，安静地藏匿在黑暗中的黑暗，或许也是一脸惶恐。

张经理盯着我们看了好一会儿，终于站起身，他赔上好话，成功说服这对夫妻重新坐到南希那里去。我得救了，心还在怦怦地跳，我好久没有这种耳赤的感觉了，在这一刻任何真理与法则也都失去了效力，我不敢看那两个转了弯的背影，也不敢看救我于危难，又重新回到经理座位的张姓恩人。我装作整理手中的资料，薄薄的本子只写了第一页的一半，一切戛然而止在最坏的难堪。

而在汹涌的羞赧平息，在重拾听觉之后，我能听到两个经理在偷偷谈论我，听到了类似“那个孩子”的字句。我很高兴他们还将如此爱怜的标签贴到我的身上，就贴在我自己贴给自己的“蠢货”“讨人厌的人”还有“失败者”的旁边。在渐渐远去的乐声中，我的耳边又响起夏天最盛之时满林知了变了声的演奏，蝈蝈，蝈蝈，蝈蝈，蝈蝈……还有一个头发花白的佛像，闭着眼，扬着头，滴水不进，喜恶不收。

老朋友“沮丧”来拜访我了，我想老朋友“孤独”正在路上。

余光中，我看到晶晶姐正向我走来，她平时总是坐在里屋办公室，负责会员的行程安排。是什么让她特意离开工作岗位？或许，是一纸刚刚写好的开除通知。

她坐到了我的对面，肌肤雪白。

她笑起来，恰如春风。

“没关系的，”她说，“什么样的客人，你都会遇到。”

我挤出笑容，心里好像不那么难过了。

## 第二十六章

今天早上从我起床开始，很多人死去了，好像死神也有业绩压力一样。

拜前一夜低质量的睡眠所赐，我在混沌中沉入地下的王国。地铁的早高峰异常刺耳，有人在喊，你知不知道先来后到。多幼稚啊，因抢占位置而引发的激烈争吵，它在离我十几米远的地方愈演愈烈，喷溅着矫情和无聊，嘲弄着真正的悲苦。乌克兰飞机坠毁，四个人丧生；韩国医院大火，33 人死亡。我以思维的长杆串起恼怒与消亡，于是发现后者的那一端下沉得势不可当。可我又清醒了，从混沌中强挤出一丝理智，我知道自己也会因琐事愤怒，这是人类排解情绪毒素的一种方式。

于是我重新变得平和，客观，成为一个长大了的大人。

可世界并没有长大，至少这个地下世界没有，我又听见了人们的愤怒，这一次它离得太远，细节听不真切。死寂的通勤因其变得跳动，而我的跳动来自沉睡又苏醒，意识如溺水者般浮浮沉沉，不知道是挣扎着想进入梦境，还是挣扎着想进入现实。

而地铁一路飞驰，偶尔响起雄壮的轰隆声。

在列车到达金台夕照的时候，我已彻底失去睡意，走出车门的我脚步平稳，恰如别人。新的一天，两次失败，这样的心理预期并不招人喜欢，可我还是会将其准备好，就算是一种不值得提倡的未雨绸缪吧。这令我想到“意外”这个词，对大部分人来说，意外会招致失败，而对我来说，意外，只有意外，才会带来成功。没有什么比这更令人沮丧了，好在我拥有强大的内心，所以并不会因此难过。

我相信此时此刻站在我身边的人都是如此，大家在排队等待出站，各自迎向悲喜不同的一天，有的时候，我蛮喜欢一日将尽之时的回望，躺在床上，便能从一天的消极中捕捉到细微的喜悦。也许是一顿好吃的菜肴，也许是一条简短的笑话，这些快乐就藏在一个看不见的盒子里，而时间会来将盒盖揭开。现在，一大堆新的盒子又如期而至，它们摆在每一个等待出站的人面前，摆在我的面前，一天之后，我自然会知道里面装的是什么。

所以我从不悲伤，就算今天的盒子空空如也，明天也会有新盒子到来。期待循环往复，只要我还拥有生命。

就在这个时候，我想起了乌克兰的飞机，还有韩国的大火。

走进公司，坐到工位上之后，我突然想起来今天该我刷杯子了。

说是刷，其实并没有刷子，不过我坚持用开水间的热水烫遍全杯，还要小心不要让满溢的热水误伤手指。热气蒸腾在不锈钢水槽之上，湿润的雾气单调又无趣，从不会显现出色彩斑斓的幻象，在我的手中，一个又一个马克杯从静立在托盘上，到接受热水的淬炼，再到迎来冷水的解救，最后又回到托盘，它们走过的是一个名为蜕变的半圆，直到被一个嘴唇送回原点。有一些客人排斥公用的水杯，对此我完全理解，可我也理解就算再被否定，一个盛有半杯水的杯子外加一句“您先喝点水”也是不可或缺的。打消疑虑，拉近距离，艺术的销售与商品无关，最聪慧的人，都戴着最逼真的假面，可是对于这艺术，我只想欣赏，或者利用，我不希望它的一部分为别人带去病痛，所以我常常祈祷热水可以杀灭一切病菌，在这些时刻，我渴求一个生命对其他生命的剥夺。

我又拧开开关，随着开水装满水杯，细菌的国度也燃起了一场大火。

## 第二十七章

来到公司的第一天，我就知道这份工作的精髓是四个字，不卑不亢，这个成语应该贯穿我的每一次谈单，也该贯穿我的整个人生。我时常以这四个字作为应对各类问题的指导，可是这份气质难以捉摸，张经理曾以例子引导我，晶晶姐曾以自身影响我，苗苗姐则擅长与客人成为朋友，在她身上，不卑不亢只是一种与生俱来的自然。有的时候我会觉得，不卑不亢来自一个人有过的所有经历，这种气质如同一块晶体，诞生于一个人过往人生的聚合，所有经历熔炼在一起，放射出名为“自信”的光芒。腹有诗书，令人不卑不亢；家财万贯，令人不卑不亢，或者，一无所有但坚信着什么的人也会不卑不亢，这个迷人的小精灵就是这样戏弄着我，如北欧的诡计之神对我展示出不同的面容，时而如盛放之花，时而如凋落之叶，我永远无法了解其真颜。

而时间永恒流逝，我在一次又一次的失败中捕风捉影。我的心态渐渐凝固，对于如何说服简朴的老人花费数万元用于旅游深感绝望。晓之以理，收效甚微；展现共情，如蜻蜓点水。我甚至怀疑每一位客人都能看穿我的表演，只要一眼，就知道眼前的孩子正在笨拙地使用某种尚不熟练的技巧。

而时间永恒流逝，一次又一次的失败消磨了经理们的耐心。我知道在我看不见的时候，他们曾经皱起眉头。雇用我是一笔糟糕的生意，可后悔已经来不及了。或者有一天他们能够突破所有屏障，下定决心，解雇我，毕竟在一切都无法挽回的时候只有止损才是最明智的选择。

这一天不远了，我开始能若有若无地察觉到他们的不满，如盛夏微风，想捕捉时，已融于酷热的空气。只有一次，我明明白白地感受到了他们的愤懑，那天，我放飞了煮熟的鸭子。

那一天，我看到自己面前有一面大镜子，可镜子中倒映的不是人类的身影。

是一只信天翁，在甲板上笨拙迈步的，波德莱尔的信天翁。

虽然次数很少，可我也曾拥有优质的客人，林阿姨就是其中一位，我的回忆中还竖立着她的雕像，模糊地刻着一位睿智长者微笑时的样子，真优雅啊，这位林阿姨，一看就曾以腹中学识与优渥家境对抗此生的风霜，她逃不过人间的种种，却也不会被其污染，这难免让我觉得若人生是一场对抗，那她与尘世打了个平局。

而每次回忆起林阿姨的时候，夜色都会渐渐氤氲开来，记忆的国度也变得热闹，神奇地响起无声的喊叫。抽奖开始了，回忆中唯一的一次，撒手锏一样的抽奖，令整个会场沸腾。从未见过的内容被投影在幕布上，甚至令我感到手足无措，更甚于第一天开始工作的那一刻。其实大可不必如此，这是很简单的活动，如果客人能从自己随身的任何东西上找到屏幕上的三位数字，并且第一个喊出来，经过核实后，就可以获得或大或小但都与旅行有关的奖项。真是精巧的设计啊，即使愚笨如我，要看出这一点来也不需太长时间，我很快领悟到参与抽奖的人会以怎样迅速的动作掏出所有银行卡、现金，无比主动的同时无比兴奋，全然不知身后有着怎样锐利而专业的目光。组局者各司其职，外来人懵然激动，逐个出现的数字恰如幸运本身，以犹抱琵琶的娇羞分三步露出真容。那一天，我的耳中声浪如海浪，阿曼达经理的热情一波波地冲击着整个会场，这是发自内心的兴奋么？这是逢场作戏的巅峰么？我早已分辨不出，我在忙着帮助身边的林阿姨，提醒她看看现金上有没有幸运在栖息。

857，857，有没有 857？

这是 817，这是 367，快，再看看那张银行卡。

林阿姨不慌不忙地微笑着，手上的动作充满漠然。突然，一旁传来张经理不失礼貌的敦促，是的，张经理也来了，出于某种原因，他相信幸运之神会青睐这位举止与外表一样优雅的老人。此时的我还不知道，林阿姨的幸运之神也会是我的幸运之神，这一点直到一切落寂，人群散去，才以如梦初醒之姿被阿曼达经理敲进我的脑中。

林阿姨不紧不慢地寻找着，在一群大喊大叫的人中显得有点格格不入。她掏出数张百元看看又随意抛在桌上，翻转银行卡，同时以平常的语速问我“这上面有吗？”她像个局外人，她在陪朋友参加一场自身毫无兴趣的聚会，她被迫参与自身毫无兴趣的活动，一举一动，只是为了显得合群。

可所谓命运，总有有趣的地方，在数字2和9的后面出现了数字4之后，张经理愣了一下，迅速开始在桌上翻找。突然，他高举右手，手中有一张卡片，他大喊着“这儿呢！”“这儿呢！”像在呼唤久别的老友。相比之下，我和林阿姨都冷静得多，但我很快意识到了什么，附和着喊起来，我的声音中没有激情，我的努力参与，只是不想被经理们抓住把柄。

只一瞬间，阿曼达经理便注意到了，她送出一番兴高采烈的祝贺，同时有一张用于美国游的7天住宿券飘落在我和林阿姨的眼前，稳稳停在散乱的现金与银行卡上，片刻之后，这份幸运的背面写上了林阿姨的名字。机遇和鄙夷便是在这一刻交叠着降临的，而愚笨如我，注定只能拥有后者。

抽奖结束之后，热闹也降了一个等级，我先是拙劣地恭喜林阿姨抽到大奖，然后又生硬地将话题转回数十分钟之前的内容。林阿姨依旧微笑着，依旧点着头，她似乎依然感兴趣，又似乎从来不曾在意。这倒是我熟悉的互动模式，曾一次又一次发生在我与不同的客人之间，人们说再不擅长的事情只要做得多了都能达到一个还不错的程度，我也曾深信不疑，直到自己成为最无可辩驳的反例。

我和林阿姨继续聊着，偶尔有客人起身离开，热闹又减去一分，夜色又更加深沉。在某个时刻，我的目光越过林阿姨的肩膀落到阿曼达经理的脸上，她正看着我，嘴唇跃动起来，拼尽全力拼出“和她交朋友”这几个字。

表面的我点头应和，内心的我瑟瑟发抖，因为我知道，自己从好久之前就开始失去与人交朋友的能力了。

果不其然，一切都顺理成章地向着最坏的方向发展，终于，林阿姨波澜不惊地说出“我还是先回去想想”，看来，我的友谊和我推荐的产品一样，都不是她需要的东西。

毯子送来了。

就在林阿姨翻看毯子的时候，我清清楚楚地看到了阿曼达经理的眼神，心中猛地一冷，又迅速被羞赧填满。

啊，这个时刻，这个特殊的，有着某种分界作用的时刻。

就是从这一刻开始，缓慢的心态变化如同漫长的化学反应，以天为单位，以新的失败为催化，将活泼的变成不活泼的，将曲线变成直线。有没有变得不卑不亢我不知道，可我清楚自己变得冷漠了，不再愧疚，不再害怕，从对没有结果以及被责骂的恐惧中解脱出来，收获了轻盈的翅膀。我走向外面，每一步都像在名为“平和”的空中花园里面做云中漫步，路过的天使都在对我大声谩骂，可我只能看到他们放慢了的口型变化，听不见半点声音。

或者，对于失去这份工作，我从来没有害怕过。

距离林阿姨的到来与离开已经过了四天，我开始免疫经理紧皱的眉头，厌恶的语气，我隐约听到类似“都来了快两个月了，一点用没有”的句子，却只感到极弱的一丝难堪。我开始退化了，从人类退化成石头，从知廉耻者退化成厚颜无耻者，风平浪静地写字，风平浪静地等待着属于我的辞退通知书。我的一个朋友曾经告诉我，这世上的好事坏事只看它是否有助于你的终极目标，那么当我不再愧疚的时候，我突然发现所有这一切，所有我正经历的挫折，无奈，悲观与羞赧，都好得那样纯粹。

只有一次，我的眼前出现了自己的幻象，我看着它一点一点滑向深渊，不过，也没有觉得害怕。

## 第二十八章

每天我都会失败，通常是一天两次。

开始的时候，我也如所有人一样，对失败并无好感，可也不知是从哪一天开始我意识到失败是一种灵丹妙药，不变的药方，却可以治愈两种截然相反的疾病。哦，伟大的，全能的失败，你为傲慢者削去尖顶，也对自卑者进行麻醉。我意识到经年累月的失败像持续倒入深坑的细沙，在足够多的时候就会把人托出人生的困境。成功是一种光华，足够迷人，但也足够高傲；失败是低微但随和的尘埃，对所有人不离不弃。当我被层层尘埃围绕的时候，我的视野被蒙蔽可心态变得平和，再不会向往光华的灿烂。

现在，和被心灵鸡汤激励到的人们不一样，每一天清晨我醒来的时候，想的从来不是“今天又是新的一天”，或者，倒是“今天又是新的一天”，可后面却接着“还有两场失败等着我”。于是我日复一日从狭促的床铺起身，与窗台上蜜虫的尸体们告别，以大人的心态走入地铁的入口，在清冷的空气中等待腾腾的热饼。在这些之后，我便做好了准备，不会难过于某一位阿姨或叔叔的拒绝，工作成了过场，而人生亦如是，我在日渐深厚的麻木中消耗着自己的生命。

午饭时间，我向窗外远眺，一整片淡红色中赫然矗立着一幢黑色建筑，形如立着放的子弹。它让我想起小时候玩的一个叫“英雄无敌”的游戏中专门用来制造铁人的工厂，而铁人们攻击敌人时打出的每一拳，都回荡着扎实的声响，像童年无忧无虑的欢呼。人们说一个人不该沉溺于过去，我深以为然，可被回忆美化之后的往昔是如此勾人心魄，行走其间，便会听见迷雾之中响起塞壬的歌声。于是我理解了老人，理解了落魄者，我理解所有哀求着自己的过去回来帮助自己面对当下的人们，他们是如此可怜，唯一可以依靠的，却是早已消散的烟云。

世界疯狂转动，注定要被牺牲的人们，都如泥点一样被抛入虚空。

可谁是注定要被牺牲的人呢？

我翻检随身的行囊，既没有找到过人的智力，也没有找到超凡的容貌。我又试着去找显赫的家世，哪怕是拼搏的毅力也好，可它们都不见踪影。我只看到近乎虚假的善良和偏离正轨的道德，还有怯懦，还有只闪光一瞬就消逝的激情，它们都蜷缩在破旧暗淡的角落，不敢看我。我还看到了自己曾付出的微小努力，试图改变却跌回原地的经历，我又听到黑暗中传来无数嘲弄的笑声，这些笑声让一个 13 岁的孩子满面羞惭，从此失去打理自己外表的勇气。

所以，谁是注定要被牺牲的人呢？这个答案再明确不过了。

可是，我没有怨言，因为被牺牲之于我是一种客观现实，而接受了客观现实的人，自然会转移目光，因触手可及的收获而喜悦。我不会因为自己没长翅膀而闷闷不乐，可我会因为自己能够奔跑而开心；我不会因为自己身为人类，肢体柔弱而哭泣，可我会因为自己能够跳跃而开怀。当我终于在某一天找到了写有一生命运的密卷，翻开它，了解到我在这茫茫尘世负责的岗位的时候，我也终于露出了释怀的笑容。

密卷上只写着三个字，“被牺牲”。

## 第二十九章

每一次讲单，我们都会带着客人看三段短片，一段关于我们所属的集团，一段关于我们在海南的度假村，还有一段关于分时度假的概念。

随着背景音乐音量的调整，每一位顾问都能感知到视频攻势的开始，并自然地邀请自己的客人观看。挪动座椅，灯光暗下，铿锵的言语响起，澎湃的企业发展之路如一道长虹贯穿观者的双目。而树林又出现了，林间响起清脆的鸟鸣，安闲的白日与觥筹交错的夜晚，都留在海南最美的日落海滩。视野又进一步开阔，从古老的中华大地一直铺向遥远的大洋与大陆，不同肤色的人都戴着墨镜，面露笑容，诉说着度假带给自己的更幸福的人生。这并不虚假，我也向往着海岛澄澈的波浪，在刚刚开始这份工作的那几天，我会因这些短片而感到兴奋，好像一个承诺正在缓缓降临，它许我以南美的秘境，北非的古城，为我穿戴上紧绷的潜水服，一路沉入鱼群四散的珊瑚。

可这种快乐没有持续太久，一天两次冲到面前的手舞足蹈，足以让我对最美的景色麻木不仁。于是这一天，奇怪的事情发生了，我静坐在黑暗中观看短片，思绪离题万里；在我脑海中浮现的不是兴奋而是兴奋消退时的样子，我把它想象成大火烧过山林，一路席卷向远方只留下身后冒烟的枯枝焦土；或者像海浪退回阵地，留下沙滩的洇浸。这让我更进一步地想起生命消退时的样子，不，不是消退，是消失，或许如烟花，一瞬灿烂后归于黑夜，这是属于见义勇为者的死去；或许如青草，深沉的土壤之下掩埋着芸芸的众生。想到这里我看向身旁的老人，她的双眼还目不转睛地盯着屏幕，可脸上没有向往的神情，看来那些金发男女对度假时光的赞许不能引起一位中国老人的共鸣，这再合理不过了，不仅是因为那些男女来自西方世界，更是因为他们代表一个更具光芒的阶层，想用他们贵族式的笑容打动一个心中只有五谷的老人。

当我看到紫色和褐色对峙的时候，我知道了，这个短片几乎和我一样笨拙。

## 第三十章

这一天，阿曼达经理发火了，因为我们一整天颗粒无收。

更确切地说，是因为我们好几天一直颗粒无收，或许是因为客人的质量，或许是因为我们的懈怠。理由并不重要，因为房租和水电费不会关心。我能看出各位领导的忍耐已经到了极限，他们急需发泄一些愤怒，恨铁不成钢。苗苗姐、南希和我站成一排，都靠着墙，都低着头。我又开始用手按压墙壁，越来越紧，仿佛墙是我唯一的依靠。突然，如灵光一现般，我从经理尖锐的怒吼中嗅到了北京的气息，我终于感受到了它的存在，透着类似“拼搏”或是“委屈”的字眼。

不过我并不委屈，我是笨拙的劝说者，销售艺术的弃婴，此时我所经历的一切，正折射着这个世界上最令人宽慰的公平。弱与承受，地位与音量……于是我开始认真体会阿曼达经理的暴怒，并意识到这份暴怒是多么难能可贵，它完全真实，再不是服务于销售的逢场作戏。阿曼达经理一定十分失望，她曾如此尽心地培训我们，一次又一次；她曾和颜悦色地向我们传递销售的真谛，可我们都辜负了她的温柔。这让我很庆幸自己生活在一个和平的年代，若刀光剑影浸染了人间，那么无能如我者，必将只有炮灰一用。

万籁俱寂，在勃发的怒斥中，我感恩着生命，我曾说在那卷揭示自己一生命运的密卷上写的是“被牺牲”3个字，可若是实实在在的心脏停跳，尸身冰冷，那还是会令我不寒而栗。我花了很久才开始接受平庸，我已懂得用真理来束缚心中不甘，这些时刻摇摆的精神博弈构筑起我头脑中的城堡，可所谓城堡者，可做庇护，无益前行。

是的，我深深沉于自保的泥潭，双耳闭塞，阿曼达经理的言语都失去了激励的意义，我已经看到了一个毫无改变的自己，又将出现在新的一天。或许阿曼达经理也看到了，她的语气渐渐低落，最终化作叹息。夜变得寂静，一如它该是的样子，在明亮的灯光下，所有人都在等待一个心照不宣的和解。

阿曼达经理也低下了头，仿佛她也犯了错一样。

“明天又是新的一天。”

她终于说出了这句话。

是啊，明天又是新的一天，可是下一次人生，是否又是新的一生呢？

## 第三十一章

有一天，我遇到了一位有品质的阿姨，一位能和我聊川端康成的阿姨，还有一个身为老兵的父亲。我和她聊得很开心，从《雪国》中的片语到战场的惨烈。阿姨很健谈，也总是憨憨地笑，两种看似对立的行为和谐地共栖于一个躯壳之内，这躯壳尚未真正苍老，意图征服满头黑发的霜雪，刚刚走完一半征程。我依稀记得我们的谈话是在满屋的热闹中开始的，又在无人察觉的时候，熬走了周遭的谈笑，之后，夜色一点一点，如同泼在墙上的油漆缓缓流下，我们所在之处慢慢化作舞台，有探照灯的光圈从天而降。光圈之外都是黑暗，黑暗中传来苗苗姐与南希的交谈声，我知道她们是在发挥余热，为一丝渺茫的希望伪造喧闹尚未沉寂的假象。

可我辜负了她们的努力，至少在主观上如此；我很自私，打着工作的幌子满足一己之欲；我身处舞台，却将其浪费成公园普通的长椅；或者我正身处花园，利用语言的吸管贪婪地从不同的花蕊中吸吮蜜汁。青提色的蜜汁是文学的优美，黑色的蜜汁是战争的悲壮；琥珀色的蜜汁是共和国旧日的信仰；淡蓝色的蜜汁，则是远方的海风与浪。令人诧异的是，这一次不顾职责的我反而在一定程度上践行了职责，来访的客人似乎已卸下所有防备，一脚迈进了随时可能收紧的网。

但我没有注意到这些，反而开始做梦，在眉飞色舞的诉说中，好像自己已经去到了一片蓝天碧海之间。不知不觉中我已置身人声鼎沸的海鲜市场，看着长须的龙虾被人提起，几张纸币从一只手递到另一只手。我还听到洁白瓷盘落在木桌上的声音，侧眼一看，盘子上堆满刚刚烤好的鱼肉，辣椒粉末在一片如雪的白中显得分外鲜红。我招呼着阿姨来到木桌边，于是她的眼中也有了美食的倒影，蓝宝石一样的海水在我们的身后涌动着清波，将一首清爽之歌吹入一位老人的耳中。

而梦境没有到此结束，我们又出现在澳大利亚的密林，身边挤着不同国家的游客。大家一起坐着缆车从树丛中飞过，从层层绿叶的背后传来不同鸟儿的鸣叫。缆车冲出密林，冲入无垠的白雪，夜色突然降临，极光飘动在每个人的头顶，深邃的绿色，像逝去的灵魂在天国舞动。

能和我聊川端康成的阿姨，父亲是老兵的阿姨，她一直紧跟我的步伐走过这些梦境，然后金光一闪般，说她想带着孙子去迪士尼乐园。

阿姨，请系好安全带，我们要去美国的奥兰多了。

我不知道阿曼达经理是什么时候察觉到异样的，简直不该出现在我这里的异样，竟然会令她兴奋的异样，她向我们走来，以熟练的借口提出更换座位的要求，但这一次，我也要跟随而去。于是我和阿姨都坐到了苗苗姐的位置，好像这里更有成就一单的运气。我继续向阿姨解释我们的旅行方式，强调同行者的高素质，已回到原位的阿曼达经理则一直在我的余光中低伏，目光锐利，双耳竖立。

终于，我说出了那句“阿姨，您稍等，我请我们的经理来给您解释一下这方面的问题”。

已等待了太久的阿曼达经理从圆桌旁站起身，款款向我们走来。她坐下之后就再没有离开，一场鏖战就此开始。时钟上，分针转过一圈，又重新冲向起点的位置。在这片小小的，充满欢愉想象的战场上，惊呼与大笑反复飞出，被赶到了另一张桌子的苗苗姐和南希也全无怨言，不时抬起头来，对着我竖起大拇指，或是露出微笑。

我也对着她们露出微笑，双手则安分地背在身后。在比我低上一层的地方，阿曼达经理还在引导猎物，她牵着猎物的手一步步向更坚固的绳网走去，当猎物被别处的响动吸引时，便魔法一样地拿出一些闪光的小玩意儿来。迪士尼，这三个字是一切的中心，阿曼达经理巧妙地利用着这片千里之外的乐园，把它垂在一个老人伸手就能够到的地方，这距离如此之近，以至于每个人都能在四射的光芒中看清迷人的细节。

比如如何到达，比如如何住宿；

比如园中有哪些是孩子的最爱，比如如何用最少的花费达成最尽兴的玩乐。

能和我聊川端康成的阿姨，父亲是老兵的阿姨，依然在犹豫。

时间一点一点过去，阿曼达经理决定将这场美梦的终点拉后一些，她轻快抛出寥寥数语，无数粉色细沙便飞来铺满我们脚下。天空晴朗，海风清爽，明媚的阳光中，似乎有什么在向我们跑来。

咦，是什么呀？矮矮的，脚步如此欢快；

近了，近了，渐渐能看出浑圆的轮廓；

哦，是几只可爱的小猪啊。

于是我清楚了自己身在何处，这里定是巴哈马的海滩，巴哈马，听来与奥马哈颇为相似，它们也确有相同之处，那便是让人类幻想出的场所真实地降落于这星球。巴哈马是真实的天堂，奥马哈是真实的地狱，每当我将时钟拨回1944年6月6日的清晨时分，那里的海水都会变成一片血红。

可巴哈马不一样，主宰这里的不是血红而是粉红，是粉嫩的小猪在粉色的沙滩上过着粉红色的生活，是远来的游客兴奋地拍照，一个又一个小猪蹄像小鸭子的脚掌一样拨动清波。这片伊甸园般的景象成功地吸引住了所有人的注意力，猎物的眼中也开始冒出向往的光，能和我聊川端康成的阿姨，父亲是老兵的阿姨，她再次露出憨厚的笑容，好像最开始站在雪国晶莹的车站时那样。

阿曼达经理捕捉到了这个闪光的时刻，她加紧了攻势，令迪士尼乐园和巴哈马海滩重叠在一起，成为无人可以拒绝的诱惑。阿姨思索着，思索着，突然问起价格来。

一连串数字从阿曼达经理的口中鱼贯而出，“原价”“但是”“折扣”“只要”等词语将这些数字串成一串项链，明晃晃地闪耀在猎物的面前。这是一个占便宜的机会，这是梦开始的地方，这是无比安全纯粹欢欣的未来，这是能够和孙子共度天伦的承诺。同一个事物变换着身份像多彩的花瓣纷纷落下，渐欲迷乱一个有品质的老人的双眼。这位老人在犹豫，死一样的安静突然出现并赶走了一切声音，就连阿曼达经理也不说话了，空空的会场突然定格在这分外明亮的夜晚。

我在一旁站着，从未有过地，双腿有些发酸。

已经7点了。

巴哈马海滩还有奥兰多迪士尼也在我的身边，一左一右，它们和我站在一起安静地等待。

“我还是觉得有点贵。”

阿姨突然这样说。

阿曼达经理没有放弃，悦耳的女声又响起来了。

在这一天结束的时候，我依旧站在原地，不同的是身边换了陪同。巴哈马海滩变成了苗苗姐，迪士尼变成了南希。从阿曼达经理娇小的身躯中涌出巨大的愤怒笼罩着我们，好像绵延无数公里的雨云。暴雨倾盆，我却在雨中微笑，因为只有我的身上没有被淫雨淋透，阿曼达经理说，今天非常意外地，反倒是我做得特别不错。

这不是因为有一位有品质的阿姨加入了我们，而是因为我已尽了最大努力也使用了恰当的技巧，我已将成功拉近至极限。从此斥责的话语都绕开我冲向另外两位雨中行人，如狂风般令她们发抖。可就在我几乎要开始同情南希和苗苗姐的时候，我突然感到深深的惭愧，因为今天的我与平日的并无不同，我依旧在笨拙地推销着什么，唯一的区别只是今天面对的这位客人，更容易被梦吸引。

因为她是一位有品质的阿姨，一位能和我聊川端康成的阿姨，还有一个身为老兵的父亲。

## 第三十二章

周阿姨开始摇晃起来了，她的目光一直锁定着我的双眼，头则像摇头娃娃一样，只是没那么夸张。于是我知道她现在很激动，因为老年人的摇头是情绪激动的表现，不可抑制，仿佛要说清楚话就必须张嘴一样。

真奇怪，我不知道自己怎么会如此莫名地想起这一幕来，也许，在一瞬间我看到了几十年后的自己。

## 第三十三章

自从我不再是个孩子之后，我就毫无来由地明白了很多道理，或是世间的真相。比如，如果你一直发自内心地渴望某种事物，那就会得到恰恰相反的东西。

在收获更进一步的人生智慧之前，我愿意相信这是这世界的唯一法则，我甚至曾在脑海中幻想一位神灵，他高居天上，但注视着每一个人。他会花数十年的时间来判断一个人真正渴望的究竟是什么，一旦确定，就会去查阅一个以“相反之物”为标题的清单。于是渴求财富的人一贫如洗，向往爱情的人一生孤独，所以才会在某个皎洁的月夜，在这人间响起哭诉。可是，哭诉又有什么用呢？在这些扭曲而可怖的因果背后有这世间唯一的法则在隐现，那是充满耐心的恶意，来自一位莫名邪恶的神灵。我花了很久才窥见这位神灵的偷笑，颇为狰狞，他也发现了我，然后将食指放到嘴唇前，做出一个“嘘”的动作。

我不敢言语，只能被胁迫着，和他一起观赏一出出悲剧。疲于讨好的人在十数年或者更长时间之后才发现自己被所有人唾弃；立志要用美德颠覆现实的梦想家终于流下眼泪，将诚实揉作一团扔到身后。这些可怜的人，“改变了初心”的“无耻之徒”，他们用尽一生向天空伸出双手以祈求某种纯洁与美好，可最后从云端坠落的回应，定是污浊。

所以，年少时的坚信是危险的，持续一生的渴望是可悲的，如果我能回溯时光与儿时的自己对话，我一定要告诉他，孩子，请把你最想要的深深藏在心底，藏在连自己都会忘记的地方，这样，你就不会拥有一个痛彻心扉的未来。

而对于现在的我来说，一切都已经太迟了。

舞台已被建立，我们都在上面流着眼泪起舞。

## 第三十四章

我不喜欢吃外卖，不喜欢渐渐冷却下来的食物，更不喜欢它们在自己还滚烫时对塑料盒做的事情。我时常想象有机物和无机物之间的混战，在微观层面，一定也是尸横遍野。这些尸体有着难懂的名字，有着焦黑的样子，没有一处讨人喜欢。每到午饭时间，外卖骑手将它们连同或方或圆的战场一起送到我的手上，或者送到南希的手上，或者送到苗苗姐的手上，他又匆匆离去，却也不忘说上一句再见。我看着那蓝色的背影，时而觉得他和我一样卑微，时而觉得他实在比我伟大，注视的视线以弄虚为始以务实为末，一头是似是而非的欺骗，一头是脚踏实地的奔波。

在极其个别的时刻，我甚至认为这骑手是负责制裁的天使，屈尊泥沼只是来赐罪者一死。对此，我自然无怨，欣然接受这需要日积月累才会有效的神罚。在这些极其个别的时刻，我憎恨自己到了已知的极限，我憎恨自己的一无是处，又憎恨手中的一无所有，我的憎恨与悲伤都混在了一起，又强颜欢笑，这姿态真像一条绳索，紧绷着，将人一步步拉向疯狂。

好在我还没有疯掉，所以在冷静之时依然能感到这些想法的可笑，并且，更进一步。

我想，我似乎明白了为什么自己无法胜任目前的工作。

这是一份以共情为基础的工作，而我的种种思维，不要说共情了，根本就是站在了常识的对立面。我可以看到这世间的共识是一座花园，而我就站在与它一河之隔的荒漠上。这条河很窄，我离花园很近，我能清清楚楚地看到园中的玫瑰、木兰、曼陀罗、康乃馨，却始终无法与园丁们达成共识。

他们拿起一朵花说，这是水仙，我说，不，这是百合；

他们指着一棵树说这是桃树，我说不，你看上面结着梨花。

亿万个园丁，一个我，我和他们之间有着碍事又可怕的分歧，说这分歧碍事，是因为它将我的观点变成世人眼中的矫情，说这分歧可怕，是因为它来自我的性格，于是极难被清除。这样一看，将外卖认作神罚未免过于肤浅，真正的惩罚要来得比这些食物早得太多，近 30 年前，畸怪的性格就已经盯上了一位呱呱坠地的婴儿。

然后世界疯狂转动，沙漏翻转，以上为下。只需要 20 年，人们就转身背对食堂和家中厨房，张开双臂拥抱塑料袋和塑料盒的大军，而我被迫卷入一个时代对外卖食品的狂热，削足适履，滴落的汤汁便是点点的血迹。

可是人可以适应环境，真正长大了的人，都早已没有怨言。

## 第三十五章

我是一个特别喜欢看电影的人，电影是我睁着眼睛就可以做的梦。

这一天，《公牛历险记》上映了，我走进电影院，选择了中间的位置。灯光渐渐暗去，激昂的音乐响起，在一条飞舞的金龙定格之后，探照灯簇拥着巨大的20世纪福克斯雕像出现在荧幕上。

咚咚，咚咚，动画片要开始啦。

《公牛历险记》的故事颇为老旧，又一次讲述特立独行的角色如何通过执着的善意感动冰冷的体制。我静静地坐在黑暗中，心绪跟随一头会说话的牛波动在一个二维的世界，那里的悲伤都是铺垫，那里的绝望只是语言，即使残酷如屠戮，也被洗刷掉血腥，被暗示一笔带过。我沉醉地看着，左右都没有人，甚至我的面前都没有人，只有一头雄壮的公牛，在踏上尚不知晓的绝路之前，对自己的儿子费迪南德说：

希望这个世界对你温柔一点。

真是陈词滥调啊。

希望这个世界对你温柔一点。

眼泪一下子就流出来了，但我长大了，不敢让人看见。

在下一次眨眼之前，眼中的世界被泪水染上了一层华彩，无数微小的，曲折的镜面，将幻想的世界折射来折射去，花花草草都扭曲起来，色彩像音符一样跳跃，情感如河水一般流动，缓缓地，暖暖地，好像有人走进我心中，静静蹲下，然后点燃了这么多年堆积的悲伤。

这悲伤燃烧得不声不响，一直跃动着如泪的火光。

屏幕上还在讲述公牛费迪南德的故事，我却坐在黑暗的放映厅，像惊醒一般发现，原来这么多年来什么都是自己一个人在做。一个人去学手绘画，走进深冬的民宅；一个人去学法语，在地铁上反复背诵课文。一个人去吃饭，一个人去看电影，看着没什么特别的情节，眼泪小心翼翼地流。我变成了别人眼中精神有问题的人，白痴，惹人讨厌的人，变成了没人可怜的可怜人。这让我再一次想起这世界的唯一法则，我想起自己从小到大一直都只想做一个正常人，一个讨人喜欢的人。

这一点一定也被那个高居天上的神灵确定了，一定也被他记在了自己的清单上。

向您致敬，尊敬的神灵，您说过的话，从来都是言出必行。

在放映厅灯光亮起的时候，我没有立刻起身，前面有其他人站起来了，他们都向右而去，以无数人名的缓慢上升为背景。一横一竖的轨迹如扫描般优雅，从一个点出发，为这世界抹去童话。灰暗的天空又降临下来，降临在影厅之外，在整个商场的上空，这是我要去往的天空，我要行走在其下，被迫从容。

至于那些泪水，于黑暗中诞生的微不足道的泪水，早已蒸发，连痕迹都没有留下。

# 第三十六章

晚归的地铁上偶尔会有喝醉的人，那天我遇见的是一位壮实的男子，30来岁的样子，穿着浅绿色羽绒服。他是被两个安检人员搀着走向地铁出口的，还一直摆手，示意自己不需要帮助。我早在十几分钟之前就领略了他的声音，那么尖细，简直是对外貌的嘲弄，当时他就坐在我的右侧几十厘米的地方，身靠长座一端透明的板子，在他对面坐着的仿佛是他的朋友，长着一副外国面孔。

喝醉的男子不断凑向对面，不断地说英语，可反反复复的，都是“喝啤酒”两个单词。

他一定很喜欢喝酒，酒精一定可以解决他许多的烦恼。

这多么令人羡慕啊。

看着他那被搀扶着渐渐远去的身影，我又想起自己固执的大脑来，要求切身体会所有不幸的大脑，顽强地抵抗一切麻醉的大脑。我曾以为这份固执是上天的恩赐，是它令我拥有厌恶烟酒的本能，于是不需要吃什么苦头，便能保持灵魂的高洁无瑕。那么多年来我都心怀感激，稚嫩而真诚，直到暗夜一再降临，我惊恐地发现自己没有任何手段对抗黑夜。

我不记得人生是从什么时候开始变成煎熬的，是从哪一天，从哪一年，我始终不曾哭过，因为始终不曾遭受值得展示的苦痛，可那些从未改变也无法改变的伤怀锲而不舍如穿石之水，持续以微小的感伤提醒我此生注定要面对的命运。我身为顽石，足够强大，可敌人亦足够坚韧，最重要的是，足够真实。我无法用化学名词来诠释心中之痛的来由，做不到诉诸理智。羡慕之情就是由此而生的，它是被压抑的哭泣，被迫换上一身新衣。

告诉我，晚归的男子，为什么你喝酒不会头疼？

我看着那位男子消失在地下通道的尽头，虚弱无力，但幸福充实；我也渐渐消失在地下通道的尽头，终于清醒，终于坚定，似乎不曾问过任何问题。

## 第三十七章

那天，我遇到了大麻烦，一位姓贾的女士完全在交锋中击溃了我。

从她入座开始，只过了几分钟，我就感到大事不好。她的语速很快，情绪很高，她的健谈令我心慌意乱，因为我感受到了高傲，并开始不舒服起来。若这次交谈是一场演出，那我只是负责报幕的那一位。

哒哒哒，哒哒哒，贾女士连珠炮似的说着她的自驾游，她的高级玩法，怎么住帐篷，怎么在黄石公园玩了 10 天。我不知道该怎么让她停止炫耀。对话越来越失控，我开始不知所措，这预示着一场灾难即将来临。余光中，我看到经理坐不住了，他要来解救我，就用一种简单直接的方式。

“女士”，张经理走过来，“我让那位小姑娘向您解释一下我们的方式。请跟我来。”

南希则大方地从自己的工位上站起，带着微笑，一场灾难就这样化解了。

我坐在自己的座位上，本来有人的对面空空荡荡。隔壁传来的和谐对话并非为了交流，而是为了讽刺，讽刺一个不知道该如何与这个世界相处的男人，为何还要留在这个世界上。每一个音节传到我的耳中都会摔碎，摔成嘲笑如水滴溅起。我前所未有地认识到自己的无能，并因此面红耳赤。

一场自卑与自尊之间的连年征战，今天，自卑赢得了一场至关重要的战役。

像伊阿宋拿到了金羊毛，亚瑟王拔出了石中剑，我终于得以置身于某个传说却是身为反派，而英雄们达成了他们的伟绩。头脑变得空白无比，我知道这是大脑在保护主人，它先主动驱逐了所有带毒的负面情绪，比如羞赧，比如愤怒，然后命令脊柱缓缓向后，驱动后背靠上墙壁。我将头低下，装出满不在乎的样子，我盯着手机屏幕，一副若无其事的样子，可是无论我如何努力，手机上的字，还是一行都看不清楚。

死亡远远地看着我，他没有向我招手，只是对着我笑，一副胸有成竹的样子。

## 第三十八章

药放进药锅。

倒入自来水，和药持平或高一公分。

用竹筷子搅拌一下，以防粘底。

盖上锅盖。

盯着药锅开锅，先用大火。

开锅后，掀锅盖，火调小，搅拌。

煎到看不见药水，关火。

拿杯子，将药汁倒入其中。记得用壁挡。

重复以上过程。

这是刘阿姨教给我的烹制中药的方法，是我引出了这个话题，试图和她成为朋友。刘阿姨没有发现这一点，因为她正沉浸在兴奋之中，她苦口婆心地告诉我如何躲开中医院的陷阱，如何不再服用2000块钱买来的，20分钟煎好的，只有苦味儿和深颜色的水。她细致地向我分享如何用竹筷子按压药锅中的药面以查看是否到了关火的时候，提示我药理低的第一锅和药理高的第二锅要混在一起，然后分两次喝。

我用尽全力摆出倾听的姿态，不时提出问题，就像阿曼达经理传授的那样。气氛一直友好而热烈，可转折终于来临，我点着头表示从她那里学到了很多，然后说，“我们还是来谈谈旅游吧”。

仿佛明亮的房间突然停电了一样，不需要听感完美的耳朵我就能发觉对面的音高降了数个音阶，与此同时，音量也低了下来。“旅游啊，”刘阿姨说，眼中的光芒开始暗淡了，“我一般就是国内走走。”

直觉在我的心中说起话来，它对我说，结束了。

我不相信直觉的话，把它拨到一边。

“那么，国内您都喜欢去哪里呢？”

“孩子带我去哪儿我就去哪儿。”

我一时失语，尽管知道该顺着“孩子”这根藤蔓继续问下去，可即使愚笨如我，亦看不到其中的意义。

这真是最好的一课。

突兀的转折不会带来柔顺的对话，冷掉的热情很难被重新加温，自己亲手掐断的火苗，即使已经化作一缕青烟，也会在寒冷降临时对我嘲弄地笑。我不知道南希如何处理这个问题，我知道苗苗姐不用处理这个问题，我知道曹经理、阿曼达经理，他们多年以来以处理这种问题为生，这些拥有智慧或技巧的人，或是久经磨炼，或是无师自通，最后，都成了销售艺术的代言人。灯光又变得明亮了，音乐又变得震耳了，看来我的注意力在不可控制地滑向周遭，像海浪，不可遏制地退散向远洋的方向。刘阿姨也一样，眼光左右游移，我想，即使现在再提起，她也不会像之前一样充满热情地在我面前或讲解，或痛斥了。我错失了一具苍老躯体中难得燃起的火光。

曾经的她，以毕生所学，在一个盛产承诺的梦幻之乡授人以渔，而现在的她，只是在等一个毯子。

## 第三十九章

我是一个看书很慢的人，可我还是看完了《过于喧嚣的孤独》，此时距离我第一次遇见那位全身蹭满文字的垃圾打包工，早已不知过了多久。一个孤独者死亡了，千万的孤独者还要继续生活，在一段时间的休息之后，我又在地铁上翻开了新的一本书。

这本书叫作《潜水钟与蝴蝶》，落入我的视野时，正头顶烂俗的励志之名。或者这样说并不公平，尤其是对一个全身瘫痪的作者来说。他叫让·多米尼克·鲍比，硬生生地靠着眼皮眨动，一个字母一个字母地将自己的故事与思想倾诉给为他执笔的人。于是《潜水钟与蝴蝶》问世了，像一颗神奇的珍珠，一路从深海浮上水面。

出于某种奇妙的缘分，《潜水钟与蝴蝶》接棒《过于喧嚣的孤独》陪伴我度过每日的通勤，却又与后者在各个方面彻底对立，《过于喧嚣的孤独》的主人公是一位垃圾打包工，每日被绿头苍蝇与老鼠围绕；《潜水钟与蝴蝶》的主人公是时尚杂志《Elle》的主编，想必衣着光鲜。《过于喧嚣的孤独》的主人公住在布拉格的地下室，《潜水钟与蝴蝶》的主人公住在巴黎的云端。这些对立又带来了对立的故事走向，在《过于喧嚣的孤独》的最后，垃圾打包工在智慧的陪伴下飞升天堂，而在《潜水钟与蝴蝶》的开始，时尚主编怀揣虚荣与浮华坠入地狱。两本书交接的时刻，有巨大的沙漏翻转在空中，城市的底层被连根拔起，轰隆的巨响中，泥土扑簌而落，污水也在半空汇成河流。曾经失去的都终于成为拥有，却又在区区数页之后，刚刚拥有的，又尽数失去。我时常怀揣浮空的希望，想要从不同的书本中汲取力量，我猜当自己翻开那深蓝色的封面时，潜意识中，一定流淌着对“坚强”二字的渴望。

多年以来，我想要将这两个字刻入性格深处，为此吞下了无数文字，无数励志的例子。可原居于性格的懦弱又将它们一一吐出，这恶魔命令我妥协，又操纵我照做，它将我玩弄于股掌如飓风裹挟残叶，吹散了我渴望嗅闻的每一束花朵。

现在，我的手中又有了新的一朵花，采撷自全人类的智慧巨树，花蕊中放射着一个不屈的灵魂的光芒。我将如蜜蜂与蝴蝶般探入此花，在大地的深处吮吸花蜜，这样一来，在一定程度上，我便是在阅读自己的故事。

因为我和鲍比一样，每个人都和鲍比一样。虽然外观不同，材质不同，可我们都身处于某个潜水钟之中，每个人都是动弹不得的被禁锢者，沉到了这个年代的深处。

## 第四十章

刚见到张女士和露丹小朋友的时候，我以为她们是母女。

“这个‘路’？”

“不，露水的露。”

她大方地说，眼睛看着我，摆着只属于孩子的天真的笑。

后来我才知道，原来露丹小朋友和张女士是侄女与姑姑，虽然颇为疑惑，但我没有追问。为什么姑姑到我们这里来要带着侄女？这个问题的重要性几乎为零，我要做的只是提供一份虽真但夸大的承诺，并希望她们能陷入扎根未来的梦境。这是我的工作，无关善恶。所以我摆好心态，暗地复习各式技巧，又面带笑容地开始对话，我又在笨拙地布局了，好像此时埋下的伏笔真的能在数十分钟之后发挥作用一样。我开始投她们的所好，可不知不觉，又说回了自己。

这一点在我们谈到“学习”这个话题的时候尤其明显。在这个时代林林总总的学科中我只擅长语言，于是便询问起露丹小朋友有关英语学习的事情，她笑起来，似乎有些不好意思，又摇了摇头。

我知道自己即将听起来像一个执拗的家长，定会惹人生厌，可我还是对她说，一定要好好学英语，未来会派上大用场的。不过我也对她说，欢迎学习法语，因为法语很优美，很好听，像春天小溪涌动的水流。

她睁着大眼睛看着我，张女士在一边，微笑着。

话题越发有趣起来，露丹小朋友说，她喜欢麦当劳胜于汉堡王。

愚蠢，汉堡王可是火烤汉堡。

我觉得自己有义务去拯救一个迷途的孩子，所以告诉她火烤汉堡很健康，麦当劳？那是垃圾食品。她不置可否，也不知道有没有听懂，接着我向她介绍起更加健康的食物，京都的豆腐料理，那些软软白白的方块，浸在淡淡滋味的汤中，屋外是异国的景致与阳光，安静的小屋里，热气腾腾。

在我的话音落下之后，她问我，声音很小：

难道你也是个吃货？

我笑起来，告诉她，哥哥可是个高级吃货。

随着谈话的进行我知道她们该走了，一些规则只有身为工作人员的我们懂得。

我想和她们聊下去，聊三个小时，聊五个小时，可惜公司不会允许，生活不会允许。消费可能性低的客人在周六的下午会被迅速淘汰，像一个不受欢迎的人会被派对打发出局，我对此无能为力，只能眼睁睁地看着她们远去。但我毫无怨言，我知道现实会对一个人最渴求的东西说不，这是在示威，时刻提醒着我究竟谁才是真正的王。

这没什么，如果说这世界上有什么绝对的、唯一的法则的话，那一定是这个了。

终于，张经理走向我们，礼貌地问张女士是否清楚了礼物的领取规则。

这便是离别的时刻了。

看着露丹小朋友略微不快的表情，我开玩笑地问她，是不是舍不得我。

她点了点头。

后面来的是什么样的客人，我已经不记得了。

临下班之前，我如往常一样站起身，退向墙壁，又是徒劳而过的一天，我知道又要挨骂了，但我不怕。今天是特殊的一天，今天的我可以躲到自己的精神世界去，今天的那里，开出了一朵花。这朵花有着稚嫩的面容，清澈的喜恶，她被微风吹来探入一个成年人的冷漠，又被狂风送走，不见踪影。

可我依然记得她的笑，那是连“美”这个字都无法尽诉的瑰丽。

当她笑的时候我看到一段时光在眼前晕开，身边的一切事物都化作宣纸上的图像，染上了黄昏日光洒在窗棂上的色彩。啊，那段如被滤镜美化过的时光，那段充满了数学公式、英语单词的时光，那段偷偷看着一个人，并且敢于幻想的时光。在深刻了解到这个世界的唯一法则之前，我不自知地迷失于这样一段岁月，奔跑，哭笑，从未意识到自己真正身处的险境，是从这个乌托邦的渐渐脱离。

泪水开始涌上脑海，我命令它们克制在那里，不要向着眼眶而去。这泪水和她的喜恶一般清澈，这么久来的第一次，没有掺杂一丝悲伤。阿曼达经理还在痛心斥责，可责备的话语打在佯装悔恨的面孔上便纷纷散落，我的心灵始终徜徉于冬日的暖阳。

谢谢你，露丹小朋友，是你让那个我以为已经死去的小男孩，又微笑着站在我面前。

他一直微笑，看着我，仿佛不曾哭过。

我知道我这一生都会追求那些纯粹的美好，星空，文学，音乐，新芽初生，怯怯破土的爱情，可是我的性格，我的外貌，还有这个激流暗涌的世界，从来不会仁慈。

所以再见了，露丹小朋友，可惜没机会告诉你，你的名字很好听。枫丹白露，我想到的不是 Fontainebleau 而是 Fontaine Bleue，法语，蓝色喷泉。

## 第四十一章

曾有一天，我遇到一位雷厉风行的阿姨，穿着绿色薄羽绒服，皮靴收紧了小腿。她雷厉风行地讲话，雷厉风行地和我一起做在黄石公园畅游十天的梦，并在这之前就已雷厉风行地表示绝不可能成为我们中的一员。但我并不讨厌她，这是一个直率且懂得倾听的阿姨，她曾带着笑容畅想冰泡成串的景象，满脸真诚的期待，渴望有一天摆出运动员的姿势滑过贝加尔湖冬季的蓝冰。这令我深深觉得感激，心绪也追随着她的幻影而去，化作虚影站在湖边。我看着虚幻的自己远观她的矫健如远观一段忘年的友谊，渐渐地，感到无比平静。

这有一小部分是俄罗斯的寒冬的功劳，是冰冷又清澈的空气令我沉醉了。

剩下的便是她的功劳了，是她那诚恳的渴望让我所创造的死气沉沉的梦境有了生机。

所以，雷厉风行的阿姨啊，当我说希望有机会能和您再聊聊的时候，请知道，我并没有说谎。

## 第四十二章

姑父去世了，一个月之前的事。

生命并不神圣，亲人们的死亡在我的心中种下这种想法。尤其当我想到姑父紧闭着眼，曾经在街头与人搏斗的身躯毫无预兆地跌倒，无土的瓷砖便也会溅起尘埃。他是在每日例行的解手之后离开人世的，冬季清冷的早晨，只在一瞬间。

生命原来可以这样轻松地逝去，一下子就好，体内每一个器官会像约好了一样数着三、二、一，然后同时罢工。当妈妈在电话中告诉我这个消息时，我满脑袋都是它们自暴自弃的模样，以心脏为带头人，夹带着一份牺牲品——姑父的笑容。

这笑容我很熟悉，就像他叫我名字的后两个字时多加的那个“小”字。

姑父年轻的时候并不安分，倒换美元，在那个年代就游走于灰色地带，争夺地盘和资源。在可观利润之后的是挥舞酒瓶的暴力，我想，一定无比骇人。可惜我没有机会见识姑父恐怖模式下的英姿，我们这一家人都没有机会，我们只有机会看他笑眯眯地下棋并在胜利后爆发爽朗的笑声，或是光着上身走向电扇，将它调向更面对孩子们的方向。大姑……她才是脾气暴躁的那个人，不过受害者也只有她的儿子而已。

她的儿子就是我的表哥，总是被打得躲缩在地上，我还清楚地记得表哥跌倒撞飞椅子的场景。

按照世俗的理念，姑父不是那种伟大的男人，他错误地将财富的增长寄望于股票，又在期货的血池中耗光了本来可观的积蓄。他没有未卜先知地看到房产的价值，头脑中也没有令人敬佩的学识，他做得一手好饭，可也没有凭借这门手艺带领一家人走向更好的明天。一个默默的造福者，或是一位尴尬的普通人，受尽称赞，无法变现。年幼的我不懂这些，只知道将那些又香又嫩的鸡翅一个接一个地向嘴里塞，这个时候姑父总会笑起来，还说最喜欢看我吃饭，我想，那时的姑父一定十分开心。

姑父很开心我便也很开心，于是更加卖力地吃起来。

后来听妈妈说，在我看不到的那些时间，还有在我能看到但是没有注意到的那些时间里，是姑父一直在照顾渐渐变得糊涂的奶奶，那些无微不至的饮食安排，那些充满了每个24小时的琐事……我有些错愕，第一次认真尝试为“奶奶”这个称呼勾勒图像，结果只看到自己有多么片面，甚至自私。对这位年过八十，现已逝去的至亲，我只记得她手拿衣服站在花坛旁，一脸严肃地要求一点也不冷的我穿上衣服；或是在更多年过去之后，已经在一定程度上被困在椅子上的她，执拗地要把几十块钱塞进我的兜里。在我的心中，奶奶成了一位纸片人，尽管我还记得上小学时总是和她一起在屋子里玩扑克，窗帘拉着令光线昏暗，收音机里播放着林志炫的《蒙娜丽莎的眼泪》；尽管我还记得在她最后一段能正常走动的日子里，自己是如何一直拒绝和她去家旁边的新华公园走走，尽管这些回忆和悔恨带着往日的阳光，如波动的湖面一般生动又不可名状，可我依然忽视了奶奶作为一个人、一个老人，所能带给别人的麻烦。

而接受这些麻烦并一一化解的人，是姑父。当然，大姑也帮了很大的忙，但是脾气火爆的大姑常常和奶奶吵架，一边破口大骂，一边把事情处理好。这些都发生在我不知道的时候，是梦境之外的真实，我不清楚生活在这真实之中的人需要承受怎样的压力，我只清楚一点，这并不容易。

后来，姑父生病了，心脏做了支架，渐渐地，脾气也变得暴躁起来。还记得第一次看到姑父不耐烦地说话时，我甚至感到震惊，好在此时的我已经长大因此思考有了层次，我能理解一个人扛着病痛却要坚持奉献的无助，自然会赞同他的发泄。可姑父依然克制着，在大部分时间里和颜悦色，他依旧尽心尽力地照顾着奶奶的一切，直到那天一声炮响，漫天纸钱。

奶奶出殡的那个夜里，我特意留在最后离开屋子，只为认认真真地给姑父磕几个头。这是我人生中第一次给人磕头，我想，也会是最后一次。在双膝接触到地面的那一刻我突然变得坚决，一厢情愿而不管不顾地，要用额头与瓷砖的撞击来模拟生命与现实的碰撞，沉闷的疼痛化作沉闷的叩响，这是为了答谢那个已被消磨殆尽的，姑父自己的人生。我并不奢求眼前的长辈能被此举温暖，更不奢求他能清楚我的所为不掺半点虚情，我只希望在他也逝去的那一刻，在那渐渐淡去的光芒中，有鼓声回响，令他欣慰。

可是如今，他这样离去了，如此仓促，仿佛在那个世界有要事找他。家人说姑父今生是来还债的，上辈子，一定做了对不起奶奶的事情，因为这个男人几乎是追随着奶奶而去的，只享受了不到一年的自由。我们常常说，生命是神圣的，可为什么如此神圣的生命能被如此卑微的柴米油盐所践踏？如此神圣的生命，为什么最后只剩下一捧灰尘？

我想，这些问题的答案都已离开了这个世界，它们和姑父冰冷的身体一起，被烈火吞噬了。

## 第四十三章

我遇到过的最令人同情的阿姨是一位慢性病患者，是头脑方面的疾病，她曾经陷入深度昏迷，后续的伤害则影响至今。在和她说话的时候，一旦音量稍有减弱，她便会露出抱歉的神情，她会请求我提高音量，同时不吝解释这是自己的问题，这态度与我曾面对过的其他老人相比，简直称得上毕恭毕敬。她拎着一个袋子，袋子里装着一个青绿色的盆，亮亮的，还很新。盆的上面盖着一个白帽子，不过那白帽子很脏，看起来不像是用来戴在头上的。

这位阿姨似乎习惯于胆怯，一直很腼腆，很小心翼翼，仿佛坐在她对面的我是某位领导，无论我说出什么样的旅行观点，她总是会赞同。现在想来，她的神情不只怯怯，还足够诚恳，让人可以一眼看出这种与人为善已经深深刻入她的内心，融于她的血液。我想起从门口到坐下，她都有些步履蹒跚，看来深度昏迷带来的脑损伤影响的不只有她的听力。

我问她，她住的地方一定很远吧，她说了一个地点，确实和大厦附近的繁华有太远的距离。于是我试图展示共情，对她说，真是辛苦您来这么远了。

她赶紧说不辛苦不辛苦，还说出来走走，对她的大脑也有好处。

她的话语也很“蹒跚”，还用手指着头。

随着礼貌与恭敬交替着建起对话的大楼，一些更惹人落泪的人间碎片铺展在我面前。我得知她的妈妈撞到了门环，结果骨裂扩大成骨折，而她那样的家庭，必然只有硬熬过一切可怕的结果这一条路可走。令我惊讶的是，她在描述这些足以摧毁一个人的变故的时候没有半点悲苦流露出来，好像那些不可能不存在的悲伤都从她的有些破碎的大脑中找到了出口，飞入空气，又降落在我的心上。这悲伤并不安分，从心离开移居到我的脑海，安顿下来后便开始播放影像，镜头闪烁中，隐隐有老旧的民宅，简朴的床铺，我似乎看到有一位卧床多年的老人皱纹深凹如谷，每日每夜，和她已不年轻的女儿相依为命，这两个苍老及将老的灵魂在滚滚的人世中挣扎只为留在原地，可砂石土粒，依旧飞来如雨。

悄无声息的意象在我的脑海中浮动，直到我将视线从自身想象转向坐在对面的真实，我看到那个亲身出演了这出悲苦默剧的长辈竟如此恬然，她的坚强令我羞愧，而她的礼貌则令我敬佩。第一次，我想要全无所求地去与一位老人交谈，只为了在她久卧的黑夜中点起丝微的萤火；第一次，我主动将自己的职责推至一旁，以决绝的态度，与公司做暂时的决裂。可我依然需要一些交谈的素材，旅行，则是我手边唯一能够到的东西。

我问她，平时喜欢去什么地方旅游吗？

她很认真地回答我说几乎没有，因为走路不是很方便。

我真是个蠢货。

所以我又问她，那有没有什么地方是她想去的呢？

她又认真地对我说，没有什么，她要照顾母亲，没想过这些。

若换作平常，我定会倍感尴尬，可这一次我的心中有什么流过，我判断不出那是什么情感，我只知道，从这情感中隐隐透出的不只有悲伤，还有一丝温暖。我不由得向对面的阿姨微微探身而去，以同样的诚恳对她说，别担心，您的妈妈一定会好起来。

她忙不迭地说谢谢，还有些艰难地露出了笑容。

在拿到毯子的时候，这位阿姨对我千恩万谢，她将毯子塞好在来时拎的袋子里，又拿起白帽子戴在了头上。那个脏脏的白帽子，疲惫地趴在一颗饱经伤害的脑袋上。阿姨站起来，又向我鞠躬道谢，然后她转过身去，蹒跚地离开了。

# 第四十四章

今天在地铁上，在《潜水钟与蝴蝶》中，我读到了这样一句话。

“那个时期，相较于他以生命来护卫自己职业的尊严，我对自己选择在流行虚浮的世界钻营无用的事物，深深觉得羞愧。”

文中的“他”是让·保罗·K，从描述来看是一位战地记者，曾被囚禁于黎巴嫩首都贝鲁特的黑牢，后来又被巴勒斯坦游击队抓去做了人质，大概音讯全无了；“我”则是让·多米尼克·鲍比，潜水钟中的蝴蝶，法国时尚杂志《Elle》的总编辑。从道义上来说，我与鲍比相识已久，一直在读他的事迹，应该为他说话，可让·保罗还是胜了，他那模糊却坚毅的形象跳入我的头脑，手持巨杯将地铁的轰隆之声装入，一番摇晃之后，倒出战场上枪炮的嘶吼。鲜血，死亡，勇气，这些名词令人肃然起敬，而他将它们悉数穿戴于身；时尚，性感，舞会，这些名词妩媚到诱惑，可正如鲍比自己所说，流行虚浮。当磐石的刚劲与水晶的精致相撞，后者自然破碎散落，我希望有人能将这样的对抗置于灯光之下供人观赏，因为我想知道，在人性的闪光面前，人们究竟会不会对美丽不屑一顾。

当然，对结果，我没有预期，那不是长大了的人该做的事情。

# 第四十五章

这一天，不知道为什么，我不想再吃外卖了，于是在往常点外卖的那段时间，只剩下南希和苗苗姐脑袋对着脑袋。

中午，我早早地下了楼，毫无来由地竟先散起步来。这可真是奇怪，因为今天风很大，冬日之风一旦足够猛烈便会足够冰冷，寒意一波波地冲刷我的身体，心中却有什么在淤积。我没有再去自动消防站那里凝视自己，一路沿着高大的立交桥向相反的方向走去。

走啊，走啊，身旁行人稀稀。

耳边传来声响，猝不及防，原来是风太大，一辆共享单车倒下了。我看了看四周，这黄色军团再不像刚占领这个城市时那样神采奕奕了，它们如今溃不成军，都东倒西歪地躺在地上。我想起了进攻列宁格勒的德军，也一样败给了漫长的冬季。

风声大起，风寒钻心。

去吃火车头牛肉粉吧。

牛肉粉店距离公司很近，打着越南的招牌，看起来很像那么回事儿。我走入其中，向候在门口的侍者点头致意，她带着微笑问我人数，然后将我引向一排分开的座位。这里是吧台，我坐上高凳，饶有兴趣地看着厨师在眼前忙碌，他们侧头躲过热气，挥勺撷取食材，一幅红红火火的劳动场景，散发着东南亚特殊香料的香气。我又环顾四周，直到感受到双脚踏进远方的兴奋，终于心满意足。

打着灯光的吧台，音乐鼓点清晰，还身处北京的我竟在恍惚中走进了越南的一个小餐馆。

在拿起筷子的时候，我突然想到，如果一个人注定漂泊，那么一定要漂泊得有意义，他该让每一个有特色的小餐馆都成为自己一个人的舞台，而每一位厨师，每一名侍者，都该是这舞台的工作人员。每一次夹取食物，每一次观赏烹调，都是来自这个世界的怜悯，安慰一个孤独的灵魂。

若问为什么的话，那是因为这人间需要终极的善良，需要如自然法一样高于讨论的善良，凌驾一切，从星空的最深处折跃而来。这善良撑起希望如同理想撑起悲壮，若是连它都是虚假的，那这世间，未免太过残酷。

想到这里，我抬起头，放下筷子，看眼前一身黑色的男子抬起锅勺，将汤汁浇入放满食材的青边瓷碗，热气蒸腾中，薄薄的，深红色的牛肉渐渐老去，染上诱人的红棕。我感到自己已被垂怜，来自冥冥的善意以视觉的形式、听觉的形式，在这凄冷的冬日染上我的心灵。音乐也适时发力，为我营造出异国的氛围，在所有这些元素的相劝下我重新拾起筷子，夹起一片牛肉一口咬去，灵魂便镜像到那个素未谋面的国度。

还好，我对自己说，至少在这一刻，这还是一颗有温度的星球。

告别了门口的侍者，原路返回的我，迎着寒风向公司走去，共享单车依旧成排地倒在路旁，没有起死回生。可我不一样，心中充满了温暖，又似乎找到了某种补偿，多好呀，一位漂泊者得到了告慰；多温柔呀，当神灵开始给予祈求者所求。或者，不是神灵，而是平衡，是那伟大，全能的平衡，又一次展现了它的力量。

毕竟，只有受了伤的人才能被治愈，而这种幸福摄人心魄，不是么?

## 第四十六章

我想不起是在哪一天，自己认真动了离开的念头，离开这个公司，也离开这个行业。或许人只分两种，生来注定成功，或生来容易放弃，而从种种被我拾起又丢下的来看，除了一声叹息，别无答案。一颗平庸的头脑，没有触类旁通的智力；一身平庸的性格，没有水滴石穿的毅力。我，销售艺术的弃婴，如今要反过来放弃生母了。

以后该做什么?我不知道，我只知道自己该离开了。

终于，在距离第一次踏入这座大厦整整一个季度之后，我心怀惴惴，推开了曹经理办公室的玻璃门。他坐在办公桌后面，以这城市的天空为背景。我看到墙上挂着照片，是他在泰国的留影，这让我想起那次背靠墙壁听他描述皇帝岛的海水，只是寥寥数语，便让南希、苗苗姐和我心驰神往。我听过曹经理给客人讲单，那么随意，有时还跷着二郎腿，可就是从这样随意的一个男人身上魅力汩汩散发如同一眼清泉，令他面前的人都退化成婴儿，双眼随着一根手指而动。这手指指向海洋，婴儿们便因海风的清爽而笑；这手指指向雨林，婴儿们便因折断的巨树而惊。这手指指向一座古老的城，于是市集沸腾了，驼铃响起了，异国的商人画着浓重的眼影左顾右盼，吆喝与还价声中，夕阳渐渐坠向人间的敦煌。这就是曹经理的魔法，用平实的语言拉开一片片帷幕，他已将这世间的百般美景，无论是亲眼看过的还是从未到达的，都一一化作自己的收藏，随意掀起一块红布，露出的藏品便足以撩拨起某个人心中一份热切的渴望。不过我也知道表象背后的真相，我知道真正的本领不是懂得如何绘就红布遮盖下的色彩纷呈，真正的本领，是知道该掀开哪一块红布。

“你给的都不是别人想要的。”

这是他对我说过的话，我会牢牢记在心中，愿它辅佐我走过未来的人生。

可尽管曹经理如此擅长操纵心灵的魔术，他却依旧没有读心的超能，当我提出自己的想法后，他的表情，颇有些讶异。“怎么有这个想法啦？”在问我的时候，他的视线低了下去，还伸手去够桌子上的烟灰缸，我的视线随着他的手指移动，但这一次，再没有陷入他的魔法。

我顿了一下，有些羞愧地说出了自己的缘由，那就是销售艺术的国度，我不配进入。当然，我用的是更直白易懂的语句。曹经理对此不置可否，没有点头也没有摇头，他沉默着，又将桌子上另一个毫不重要的东西移到了一个毫不重要的位置，他问我，打算什么时候走。

我说，再过一个月，2 月末吧。

曹经理又沉默了一会儿，同意了我的请求，不过，将离职日期提到了过年之前。当时的我不了解此举的深意，甚至将节约误解为体贴。不过这是可以理解的举措，即使是恍然大悟的那一刻，我也依旧点着头，对着空气诉说理解，是的，我毫无怨言，因为我已逐步了解到在这个社会，各行各业共享着哪些技巧，这是一个大人该有的常识，而我，也早已不是一个孩子。

离开曹经理办公室的时候，我心怀尴尬，还有解脱。脚下的地毯化作石路，蜿蜒着变换，铺就了一段以“分时度假”为名的小径。从前，我在这条小径上笨拙地迈步，一边是名为失败的夜，一边是名为迷茫的雾，这夜里会传出责备，这雾里，会传出痛哭。我常常认为那是我的灵魂在悲恸，它害怕有一天夜与雾弥漫到一起将我彻底吞没，到那时，我便再也不关心自己身在何处。

我也害怕这一天的到来，因为我知道当这一天到来的时候，就算我还活着，生命也已经落幕了。所以我转过头去，透过浓雾看向自己的灵魂，我冲它点头，向它承诺它不会轻易死亡。我想正是这个承诺驱使我在这个明媚的正午走进那一方小小的办公室，忐忑但决绝，于是前方的水汽开始消散，在不远处露出一个出口，这出口就闪亮在十几天开外的地方，尽管不知通向何处，却隐隐泛着救赎的色彩。

现在想想，这样说却有些不公平，即使一边黑夜一边迷雾，可这条小径并不是地狱。我想起小径边不时开出的美丽花朵，在这条小径上行走的我，眼中常常倒映着晴朗的天空，我想起南希为我们点外卖，苗苗姐与我开玩笑，我想起在一次失败后阿曼达经理笑起来，说，不要有挫败感，这话语如一只温暖的手在寒冬握住我的手，又在回忆中挺身而出，默默勾勒着陪伴的模样。是啊，平心而论的话，在这个公司里的我，从来没感觉过社会的冰冷。

或许这才是我必须离开的原因，我要保护这条小径上点点滴滴的美好，不让它们被黑夜与浓雾吞噬。没有人比我更清楚，如果继续如小丑一般生活下去，夜与雾的扩散便一定会让彼此相遇，到那时，一切都晚了。

这样看来，我不仅是在拯救灵魂，还是在拯救回忆。

## 第四十七章

在提出离职之后，有一天晚上，刚刚敲定一单失败的我看到曹经理向我走来，然后借去了我的世界地图集。

我好奇地看着他在阿曼达经理常驻的圆桌旁翻开我的地图集，又拿出一只橘色荧光笔，他在那里写写画画，不知道在标注什么。他先连续画了几道，然后顿了一下，换了一只绿色的荧光笔，又在什么地方填了一笔。

然后他站起身，向我走来，将地图集还给了我。

“送你的礼物。”

他说。

在曹经理回到办公室后，我翻开了这份礼物，开始有些不明所以，直到翻开画着波兰地图那一页。

格但斯克。

奥尔什丁。

比得哥什。

波兹南。

弗沃茨瓦韦克。

罗兹。

弗罗茨瓦夫。

凯尔采。

卢布林。

比亚韦斯托克。

被绿色标注的则是马祖里省。

除了这些之外，在捷克境内，还有一个叫宁布尔克的城市也被染上了一道橘黄，这城市离布拉格很近，这色彩温暖又明亮，好像夕阳在石墙上燃起的安静火光。我看着这些地名，突然被汹涌的温暖所包覆，这些温暖差点就化作泪水冲出眼眶，好在我及时低下了头，让一切泯灭在萌芽。残余的温暖恬淡了，柔缓了，它们在我的心中轻轻擦拭，好像在试着拭去某一道干涸在多年以前的泪痕。

苗苗姐和南希还在苦战，我却什么都听不见，我静静地坐在两处战火之外，心中充盈着祝福，和远方。

## 第四十八章

“没见到便相信的人，他就有福了！”

高女士这样对我说，她的眼中有劝人向善的光。

还有几天工作的我在这一天连续遇到了两位姓高的女士，一位我叫她高阿姨，一位我叫她高女士。

高阿姨是一位蛮特殊的阿姨，她喜欢喝咖啡，在这个年纪的女士中并不多见；她还真的向往去异国旅行，在看到澳大利亚的照片时眼中闪烁着向往，可左思右想，还是不清楚自己何时才能出远门。

高阿姨还很客气，自认为浪费了我的时间，于是在我们谈话的最后，我要屡次三番地说出“没关系”这三个字，并在中间穿插“您别这样想”。

我送她去电梯，她还在一个劲儿地道歉，这令我想起那个令人同情的，习惯了恭敬的阿姨，直到电梯门开始合上，她还在说对不起，说浪费了我们的时间。

嗨，阿姨，这有什么可道歉的。

高女士则与高阿姨完全不同，她以安利为事业，口若悬河，有感染力，信仰货币的力量。她侃侃而谈与金钱交好的秘密，从她口中，一个又一个与她外表和年龄都不相符的名词像欢快的鱼儿一样跃出语言的小溪。穷爸爸，富爸爸，右象限，六大平衡……我似懂非懂地听着，似信非信地应和着，仿佛正置身于某个机场书店的电视屏幕里面。

有几分钟的时间，财富的使者苦口婆心地劝我去三里屯新开的安利体验店看看，她挥洒着言辞将词语堆成画面，天空破裂，一个充满科技感的房间从天而降，将我罩在其中。洁白的墙壁，巨大而明亮的玻璃，各种高科技产品被精美的包装所保护着，一列排开指向未来的所在。

我有些心动，高女士则很满足，突然，她说自己还信仰基督教。

然后，她希望我也能试着接受天父与圣子。

我毫无防备，没料到话题会突然从金钱转向神灵，从虚荣转向纯洁。财富的使者摇身一变，又化为神之使者，她向我一一细数神的善行，带我游览天堂与地狱如身为维吉尔圣洁的学徒。可我心存疑惑，我问高女士，从前的人们因为耶稣展露的神迹而对他顶礼膜拜，那么为什么，在现在这个年代，上帝的儿子甚至连出现都不愿出现在我们面前？我甚至向高女士承诺，只要耶稣出现在我面前并展露一点点神迹，哪怕只是将一块面包凭空变成两块；只要我能亲眼看见如同千年前的人们一样，那我一定虔诚地追随他，为千年以后的怀疑者提供相信的理由。

高女士看着我，眼中有劝人向善的光，她说：

“你有没有听过这句话，‘没见到便相信的人，他就有福了’！”

我有些错愕，也不知该如何反驳。见我有些犹豫，高女士又开始新的游说，她挥舞着天国的光带在我的面前旋转跳跃，光波涌动洒出极乐世界的百花芬芳。见我有些沉醉，高女士舞得更加欢欣，舞着舞着，手中就多了一条毛毯。

在送走了高女士之后，我有些感激地看了阿曼达经理一眼，她对我一笑，表情像吃坏了肚子一样。

## 第四十九章

之后，我又遇到了一些有趣的客人，比如以前是房管局司机的李阿姨，比如来这里“只是为了获取新知识”的邱阿姨。又比如语速快如机关枪的王阿姨，戴着好大一块血琥珀。这些客人来来往往如针线穿引，努力地为一段岁月缝合结尾。

最后的日子在一格一格地消失，有一天午休的时候，正呆坐在外卖盒前面的我，突然发现一切都在褪色。办公桌上的电脑，窗外低矮的楼群，连正在吃饭的苗苗姐和南希都变得有些暗淡了。

我知道，这是我的精神世界入侵了现实，是尚未离开的今日，被涂上了回忆的样子。

## 第五十章

我从没想到，在离开前的最后几天里，还能吃到一次蛋糕。

我一共吃过两次蛋糕，在找到这份工作之后，都是有人过生日。第一次的经历，已经有些记不得了。但第二次不一样，一切历历在目，当回忆的夜幕落下，黑暗中便闪烁起摇曳的烛火，这一天是曹经理的生日，大家站成一圈，围着一个粉色的蛋糕。每个人的脸上都带着笑，真的，或是假的，我深知此刻的真要比之前的真实更真实，此刻的假，也一定比平时的虚假来得黯淡。我沉默着，也尽量笑得合群，我最不擅长这样的场合，因为我生来丑陋，不敢在众人面前放肆欢乐。

可我喜欢享受别人的欢乐，我喜欢看着大家笑，听着大家唱，当别人开心的时候我也感到开心，这是善良抑或是懦弱，该夸赞和该责备的界限模糊了。模糊了就模糊了吧，我对自己说，这么多年的剖析与探究，我想自己已经给予了理性足够的尊重，是时候放松一下了。

而现在正是最适合的场合，我环顾四周，看到的尽是欢欣与放松，一双双脚在地毯上踏来踏去，都踩着因没有顾虑而显得杂乱的步伐，这些步伐在靠近时没有利益的驱使，远去时没有假意的送别，玩笑声四面八方地响起，让我再一次想起在这里，在这个小小的公司的庇佑之下，尽管身在北京，我却从没感觉到社会的冰冷。我一边这样想，一边侧过身子，有人从我面前走过，从另一个角度拍下蛋糕的样子。

“快拍！快拍！”阿曼达经理喊起来，“我要唱生日歌！”

灯光灭了，黑暗中隐约着唯一一支蜡烛，一朵火苗，怯怯地晃动着。

“一、二、三——”

祝你生日快乐，

祝你生日快乐，

祝你生日快乐……

曹经理身子一歪，两手举到耳边。

祝你生日快乐。

我在大声拍手，大声歌唱，像一个注定不属于这里的过客，像漂泊前最后的道别。

“再来唱个英文版的！”

“跳过这个环节！许愿！”

曹经理这样喊着，他已经等不及了，大家哄堂大笑。

“大傻子。”

是阿曼达经理的声音钻了出来。

寿星才没有理会这些，他一把抄起蛋糕上插着的一个棒棒糖，一口咬去，结果笑着骂了一句。

原来，这棒棒糖是纸做的。

啪！

“啊！”

我把脸从纸盘子上抬起，看到另一个纸盘倒扣在地上，蛋糕弄脏了地毯。张经理看到这一幕，大喊起来：

“我就知道阿曼达那种智商，一定干出这种事！”

我静静地听着这喊叫，像是站在起航的船上的人，听着码头传来的呼喊。

## 第五十一章

在公司工作的最后一天，下班以后，我告别苗苗姐，告别南希，告别阿曼达经理，告别曹经理。告别晶晶姐，告别张经理。告别艾拉老板，告别前台的小薇，我和每一个人告别，从储物柜中拿出大衣穿上，又拿出电脑包背在身后，他们向我点头，说，祝你以后万事顺利。

我则向大家表示感谢，背包中装着曹经理送我的远方。

离开这座大厦的时候，我最后回头望了望，近百天的时光罗垒而起，让整幢建筑都隐隐地闪烁起回忆的光。尽管如此，我无动于衷。若是从前，在我还是个孩子的时候，我一定会伫立良久以便缅怀，我一定会让岁月之河在心中逆流，回到起点，又将所有的失败与温馨重演。可我毕竟已经长大，成了豁达的大人，我早已懂得如何以轻快的心挥别一场宴席，面带礼貌的笑，一一与人握手，我的情绪之海已经如此宽广，什么样的离别，也只能激起与相遇同样的水花。而我最大的恐惧便是在未来的某一天，看到自己站在妈妈的灵柩面前，静如深夜，从容淡然。

不过，或许是因为无聊，在最后一次站在从金台夕照出发向北土城而去的地铁中的时候，我的心中还是翻涌起往事，或者这是不可避免的心之总结，发生在每一段人生落幕的那个月夜。我静静地站立着，不在乎地站立着，双眼直视前方，但视线都落下了回忆的山崖。对于这几个月来发生的所有事情，我自然无法一一记起，可还是有一些曾令我开怀的羞愧的同情的不舍的背影，一个又一个，都笑着转过身来。

地铁突然变得好慢，灯光突然变得好淡，这些身影站成一排，或高或矮。他们的脸上有笑容，他们的背后是黑暗，在我们之间隔着深深一道悬崖，只有死者才能飘然而过。

我抬起手，向他们轻轻挥动；

他们依旧微笑，对着我慢慢点头。

我知道，这便是离别的时刻，从此我要坐着返回的地铁继续奔向未来，渐渐远去，而他们，都留在了这一年的冬季。

地铁一路飞驰，一如来时。

## 第五十二章

生命是个轮回，这一点从曾为你带来快乐的也会反过来伤害你就能看出来，从童年对春节的热切期盼转变为如今对过年的恐惧就能看出来。

多年以前，我带着欣喜，认为春节是一幅油画，各种色彩奔放又厚重，凝固成绽放的烟火，凝固成丰盛的晚宴，凝固成一个孩子带着另一个孩子走街串巷，买鞭炮，吃炸串儿，凝固成春节晚会的小品，让一家人围在一起笑得前仰后合。这幅油画有好多复制品，都一一摆在人生的画廊，有时正欣赏着其中一幅的我会侧身绕过眼前的画向前看，于是便在固定的间隔之外看到另一幅油画，模模糊糊地，画着同样令人向往的内容。童年的我在画廊里嬉戏，从一幅画跑向下一幅，我只顾欢笑，全然忘记身后的灯光逐一暗去，从此再无办法逆向而回。

而我依然傻傻地相信春节是一幅油画，它的色彩早已干涸，尽管无法增加一点，却也不会减去一分。所以夜空中永远会盛放出花火，身边永远会站着哥哥，美丽不会被禁止，而孩子也从不会长大。没有信仰的我依然虔诚，奉春节意味着团圆为真理，我还相信在那个光之舞台上傲立的主持人们所说的每一句话，我为国家欢呼，因平凡的人而感动，年复一年，彻底沉醉于属于我们中国人的内敛的狂欢。

可惜，我错了。

春节是一幅可以随意更改的沙画，至少在某一刻如此，在那一刻，有一位神灵肃然而威严地站立在无人可见的云端，一只手握着可以绘制命运的沙。当沙粒纷纷跌落，人间便渐渐现出积雪的街道与拉紧大衣的行人，彼此擦肩而过，路过一些没什么生机的居民楼，一眼望去，稀稀疏疏地挂着敷衍了事的红色灯笼。

沙粒继续跌落，跌落成车轮带着脏兮兮的雪泥滚过柏油路面。

沙粒继续跌落，跌落成飞雪割裂路灯的光晕。

不一会儿，本就不多的行人一个个消失了，街边只剩一个独行的身影，这是一位已近而立之年的男人，不知如何孤身与长辈们相处，只好独自走入腊月的寒夜。在同样的街道上，更年幼的他曾嬉笑着走过，如今却变得沉默，以低垂的眉眼迎合晚风的冰冷。这便是去年春节时的我，每每想起，心中便涌起无尽的孤独，这份在团圆之夜逃避团圆的凄凉再也没有散去，阴魂不散地在此后的一年中，污染了许多本来无辜的夜。

告别了所有人的那天，在回到出租屋之后，我放下背包坐在床上，有些失魂。本就模糊的未来以更模糊的姿态聚拢而来，几番推搡，终于再一次将我独自赶入一个城市一年中最寒冷的夜里。过两天就是大年三十了，也是我要回家的日子，我提前徘徊于佳节之夜如同一次演练，心中满溢着三个月来点滴积累的喜怒哀乐。我从小区的后门出发，在漆黑而无垠的苍穹下行进，向着视线之外的一座立交桥而去，这一路上我将路过荒芜的院落和即将开业的巨型商场，在一个路口向右转，再经过一座学校和数个饭店，最终直面桥下的宽阔大道，大道上无尽的车流。这不是我的目的地，我也没有目的地，我只是走啊，走啊，几乎没有见到别人，走啊，走啊，好像要一直走到寒风的尽头。我曾认为所谓徘徊，要切实地用双脚走出循环往复的路径，后来才明白当心灵跌坐在原地时，即使走出千里，亦是徘徊。

渐渐地，我觉得有些饿，对了，今晚还没有吃饭呢。

我很高兴自己终于有了真正想去的地方，于是也有了方向。我向着那个方向而去，很快，就停下了脚步。

我最喜欢的那家黄焖鸡米饭漆黑一片。

哦，对，大家都回家啦。

突然，有鞭炮声响起，噼啪噼啪，噼啪噼啪，我找不到声音的来源，但我知道这是幸福的人们在欢庆春节将至，我想他们一定都把眼睛瞪得大大的，孩子们会带着稚气的笑，双手捂着小耳朵。这些快乐的孩子们，这些飞扬的孩子们，在他们面前，离别还显得无辜。我呆呆地站在原地倾听鞭炮欢舞，突然感到了可怕的孤独，这孤独被敲震夜空的爆裂之声衬托着，竟显得有些喧嚣。这令我深感恐慌，生怕长久以来建立的防线被一夕击溃，于是我将所有盟友悉数唤来，这些完美无瑕的理论将高举利刃，为我击退敌军。

最惨烈的战役开始了，浓烟与呼号都从焦土上升起。

"天道不仁慈"一马当先，冲破一片橘黄将"无人陪伴"劈成两半；"生命是个轮回，曾为你带来快乐的也会反过来伤害你"则是重装步兵，双手巨剑，斩碎了"逃避团圆的凄凉"。至于最灵活的战士，当属只有三个字的"被牺牲"，它那极小的身躯高高跃起，将匕首深深插入"对未来的恐惧"的胸口。还有我的骑士，高傲的骑士，发光的骑士，我的骑士如旋风般掠过敌军，每次马蹄落地，都踏起平衡的光芒。

这场战役如此恢宏，可除我之外，无人知晓。无人的夜，无人的街，只有一个正盯着一家饭店的男人站在那里，没人知道他在想什么。

当我重新迈开步子的时候，远方的战场上，已经遍布敌人的尸体。

我往回走去，今天晚上，也不是非吃饭不可。

在又一次路过那座学校的大门的时候，我突然想起来，去年的这个时候，不，是更早之前，我还曾与一个女孩儿约好一起去海岛呢。

哈哈，多幼稚啊。

我抬起头，看着夜空，那里一颗星星都没有。

但我还是笑了起来，像个大人一样。